카멜레온
낯선 자들의 섬

카멜레온

낯선 자들의 섬

허병주 장편소설

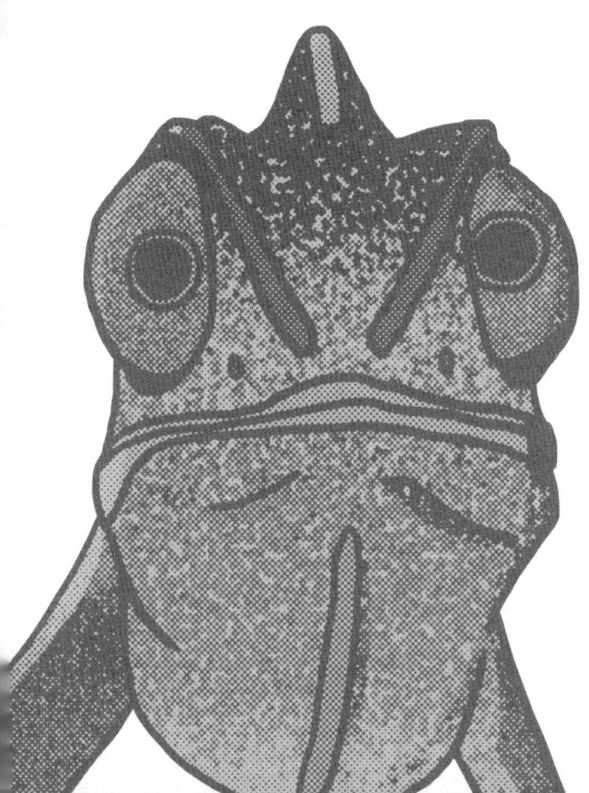

카멜레온 낯선 자들의 섬

초판 인쇄 2020년 9월 3일
초판 발행 2020년 9월 5일
지은이 허병주
펴낸이 허병주
펴낸곳 Director [영적지도자]
등록번호 제 25100-2020-000046 호
출판등록 2005-153(2005년 9월 8일)
주소(지사) 경기도 부천시 소사본동 78번지 211호
전화 010)3232-4770
팩스 032)349-2255

ISBN | 979-11-971052-1-0
값 15,000 원

ⓒ 영적지도자「Director」, 2020 (Printed in Korea)
이 책의 판권은 본사에 있습니다.
본사의 허락 없이 이 책의 복사, 일부 무단전제, 전자책 제작 유통 등 저작권 침해 행위는 금지됩니다.

하나님께 영광을 돌립니다
1편 승소 판결해주신
대법관님들께 박수를 보내며...

– 카멜레온 저자 허병주 드림

‖ 목 차 ‖

‖ 추천사 / 8
‖ 프롤로그 / 17
‖ 작가의 말 / 25
‖ 등장인물 / 26

1_ 성거산 토굴 / 31
2_ 암호 세 가지 / 43
3_ 피 흘리는 좀판 / 55
4_ 눈물의 Ga / 73
5_ 해창동 회합 / 89
6_ 주택배치증 위조하던 날 / 99
7_ 작전명 "너구리 가마" / 117
8_ 배치증을 둘러싼 암투 / 131
9_ 박 여사의 배치증 장사 / 145
10_ 임 지사 / 157

11_ 배치증 노린 육탄공세 / 169
12_ 윤 기자의 특종 / 185
13_ 최 목사의 형사고소 / 201
14_ 지달수의 범죄행각 / 213
15_ 법정 출두 차단 납치 작전 / 227
16_ 장 변호사의 계략 / 249
17_ 훼손된 시신 1번과 2번, 3번 / 259
18_ 산속의 초호화 별장 / 269
19_ 특별 수사팀 / 283
20_ 풀리지 않는 의문 / 295

해설 312

‖ 추천사 ‖

김성욱 박사 (총신대학교 통합대학원장, Ph. D)

오늘날 한국은 과거에 경험하지 못한 상황을 맞이하면서 코로나 19 바이러스로 인한 고통의 시간을 경험하고 있습니다. 이러한 환경 가운데, 코로나바이러스의 확진자 중에 한국의 신천지 이단들의 감염과 함께 그들의 이단 활동과 사회적인 문제들이 적나라하게 드러나 한국사회를 경악하게 하였습니다. 한국사회에 얼마나 사이비 이단들이 활동하는가를 보여준 것입니다. 저자 허병주는 그의 저서 "갈라파고스 수용소"(2020) 서문에서 "이단 종교의 피해자는 사랑하는 가족이 될 수도, 혹은 자신이 될 수도, 여러분의 이웃이 될 수도 있습니다"(7페이지)라고 제시하였습니다. 본서는 성경에 나타난 정통 신앙과 신학을 벗어나 사람들을 미혹하게 함으로 일어난 사이비 이단 종교들의 가정파괴와 기성교회의 침투와 분열 조장, 성경을 잘못 해석하여 신도들을 모으는 사이비 이단 종교의 실상을 보여준다는 점에서 한국사회에 큰 기여가 있을 것으로 봅니다.

이번에 나오는 책, "카멜레온: 낯선 자들의 섬"은 한국사회에 지난 반세기 이상 사이비종교에 의해 고통당한 피해자들의 아픔과 실상이 고스란히 잘 표현된 스토리텔링입니다. 현재 한국사회를 살아가는 모든 사람이 공감할 수 있는 사회적인 문제들과 사이비종교들의 문제가 사실적으로 묘사되어 있습니다. 추천자는 본 원고를 읽으면서 이 글이 한국사회와 이단 종교 피해자들에게 실질적인 도움과 치유가 될 것으로 생각합니다. 필자가 "카멜레온: 낯선 자들의 섬"을 읽으면서 느낀 점은 다음과 같습니다:

1) 이 책은 저자 자신이 일평생 겪은 체험을 중심으로 한국사회 이단 집단의 문제점들을 온전하게 드러냅니다. 어릴 때부터 사이비 집단에서 자라고 가정에서 목도한 실제 생활들과 아픔들을 기록한 점에서 본서의 가치를 보여준다고 봅니다.

2) 본서의 탁월성은 사이비종교 집단의 피해자들을 성경 말씀의 진리를 가지고 목자의 심정을 가지고 기도하고 치유하고 있다는 것입니다. 이 점에서 현재 한국사회에 있는 많은 피해자에게 큰 도움을 줄 것으로 생각합니다.

3) 무엇보다 본서는 사이비종교 집단의 사회적인 범죄와 불법적인 사회악들, 그리고 그들의 비윤리적인 현장을 작가의 문학적인 표현으로 기술함으로 한편의 장편영화를 보는 듯한 현장감을 보여줍니다.

4) 본서에는 이단 종교들의 재산과 부동산을 두고 벌어지는 재산문제, 정치권과 모략과 간계, 불법적인 부동산 재산에 대한 이전투구의 실제적인 현장 모습이 자세하게 묘사되어 있습니다. 이단 교주가 신도들을 기만하여 신도들에게 맹목적인 헌금을 강요하고 잘못된 이론으로 신도들의 사유재산을 인정하지 않고 자신의 재산을 불리는 실제 모습을 그대로 보여줍니다.

5) 이 책에 등장하는 최경진 목사는 이러한 이단 종교들의 피해자로서 수많은 피해자의 친구가 되어주고 법률자문과 함께 그들의 재산을 회복시키고자 불철주야(不撤晝夜) 헌신하는 목회자로 등장합니다. 믿음과 확신의 사람 최경진 목사는 정통 신앙을 소유하고 성경적인 목회와 세계관으로 충만하여 상처받고 잃어버린 양 떼를 사랑으로 상담하고 진리의 말씀으로 인도하는 진정한 목회자의 모습을 가지고 있습니다(66~72페이지; 202~203페이지). 오늘날 한국사회의 이단 문제들로 인한 과제를 해결하는데 이 책의 가치가 있다고 생각합니다.

저자 허병주님은 정통개혁신학의 목회자이며 문학적인 은사를 가지고 집필하는 소설가로서, 열정적인 창작 활동을 수행하고 있습니다. 끝으로 이번에 출간되는 "카멜레온: 낯선 자들의 섬" 이 혼란스러운 한국사회에

선한 영향력을 넘쳐나게 하는 데 크게 이바지하도록 간구하면서 추천사를 마칩니다. 감사합니다.

‖ 추천사 ‖

[역사의 정점에 서서]

차학순 박사(구약신학, 마두아성서학연구소 소장)

유사 이래 인간은 끊임없이 이야기(story)를 만들어 왔고, 또한 그것들은 일련의 역사(history)가 되어 오늘 우리에게 전해진다. 그리고 그 이야기들 속에는 수많은 주연과 조연들이 등장한다. 혹 어떤 경우, 아무런 의미가 없는 그저 스쳐 지나가는 과객 같은 이들도 등장하지만, 곰곰이 생각하면 이들 모두가 서로 어우러져 역사의 한 축이 되고, 동인이 되며, 이들을 통해 인간의 삶은 역사로 승화되어 영속성(permanence)을 지닌다.

인간은 매우 현명하고, 지혜로운 존재들이다. 그렇기에 그런 인간의 지혜들은 오늘날 가장 번성하는 하나의 종(種)으로 지구상에 우뚝 서도록 스스로를 만들었다. 그러나 돌이켜 보면 인간들처럼 이율배반적이고, 자기모순에 가득 차 있으며, 자가당착적인 행동을 하는 존재들도 없다. 부질없는 일들에 목숨을 걸고, 아무것도 모르는 일들에 뛰어들며, 심지어 도저히 납득할 수 없는 명분에 따라 거친 언행들까지도 거침없이 내뱉고, 행동할 수 있는 존재들이 바로 인간들이기 때문이다.

소설 "카멜레온: 낯선 자들의 섬"은 숱하게 등장하는 다양한 인물들, 끝없이 이어지는 사건과 사고들, 극단적 상황까지 몰고 가는 삶의 치열한 이벤트들로 가득 찬 소설이다. 그리고 그 어느 것 하나 쉽게 간과할 수 없는 엄청난 연속성과 연결성을 지닌 책이다. 그렇다고 이 소설은 그 무엇을 강요하기 위해 쓰인 책도 아니다. 오히려 이 책을 읽는 모든 독자는 스스로 생각하고, 고민하며, 어떤 것들이 더 중요한 것인지 확인하고, 나아가 어떤 삶을 선택해야 할 것인지 결정할 수 있도록 기회를 제공받는다.

역사의 정점에 서 있는 이들은 한순간도 한눈을 팔 수 없다. 치열하게 생명을 논하는 자리에 서 있기에 그저 한숨만 쉴 수도 없다. 이 소설은 이런 긴박감과 과거의 이야기와 현재의 실상을 통해 한국사회와 교회에 보다 더 나은 미래를 그린다.

하루속히
이단들의 바이러스를 잡는
더 많은 백신이 개발되어야 하고,
본 소설이
백신의 역할을
감당했으면 하는 바람이다.

프롤로그

김영일은 기독교 교회 장로였다. 그 교회 이름은 황금 교회였다. 황금 교회는 성삼위일체 하나님 즉, 성부, 성자, 성령 하나님을 철저하게 신앙의 대상으로 삼았다. 또한, 기독교 삼대 강령인 십계명, 주기도문, 사도신경을 신앙의 신조로 삼았다.

그런데 교회가 부흥이 되고 엄청난 재물이 축적되자 그는 갑자기 교만하여졌다. 자신이 하나님이라고 하고, 성경이 98% 거짓이라고 말하고, 구세주 예수 그리스도를 개XX라고 선언하였다. 급기야 이름을 황금교회에서 황금성으로 바꾸고 교회 철탑 위의 십자가를 철거하고 저주받을 뱀상을 올린다. 황금성은 황금교회의 재산을 불법으로 장악하고 온갖 불법을 자행한다.

김영일 교주는 말세가 가까웠으니 황금성 안으로 들어가자면서 신도들을 모았다.

최민섭 장로는 광주 부흥회에서 김영일 교주(당시 기독교 장로, 최민섭 장로와 동갑내기)를 만나게 되었다. 고지식한 최민섭 장로는 김 교주의 설교에 깊은 감명을 받았다. 그리고 광신도가 되었다.

최민섭 장로는 강진, 경주, 양산, 주왕산, 이천 등 13군데에 가마를 가지고 있는 갑부였다. 도자기가 나오는 날이면 전국에서 장사꾼들이 몰려들었다. 모두 현찰로 거래되었다. 최민섭 장로는 이조백자를 만들 수 있는 최후의 전수자였다. 그는 이조백자를 완벽하게 재현해냈다. 아마 요즘 같으면 매스컴에서 난리가 났을 것이다.

최민섭 장로는 용광로에서 3천 도에 견디는 내화벽돌을 직접 개발했다. 그 밖에 기와도 만들었다.

그는 일반 가마보다 효율이 훨씬 뛰어난 칸 가마를 창안해 내기도 하였다. 칸 가마는 위로 갈수록 온도가 낮아 그릇의 품질이 떨어지는 단점을 극복한 가마를 말한다. 중간에 칸별로 열을 올릴 수 있어 도자기가 잘 구워졌다. 60년 전 가마 하나는 1억 원이었다. 그는 그것을 13개나 갖고 있던 부호였다.

칸 가마 13개를 소유하고 있다는 이야기는 요즘으로 치면 재벌에 해당하는 것이었다. 그런데 우연한 기회에 그가 김영일 장로를 만나면서 그의 집은 가세가 기울기 시작하였다.

최민섭 장로는 김영일 장로의 황금 교회에 전국에 있는 13개 가마를 다 바쳤다. 황금 교회를 세우는데 돈을 가장 많이 낸 신도인 셈이다. 최민섭 장로가 전 재산을 바쳐 이룩한 황금 교회의 재산은 그의 일정 지분이 있다고 볼 수 있다.

　그의 아들 최경진 목사는 아버지를 따라 초등학생 때 황금교회의 신도들이 거주하는 황금촌으로 이주하였다. 김영일 장로가 교만해져 본인이 교주가 되고 타락한 황금성을 이룩하는 모습을 그는 옆에서 지켜보았다. 그 이후 최경진은 목사가 된다.

　최경진과 초중고 동창인 김철구(김영일 교주의 둘째 아들)는 황금성이 타락하는 것을 안타깝게 여기고 황금성의 명예를 회복하기 위하여 여러 가지 일을 하였다.
　그 일환으로 김철구는 최경진 목사에게 거액의 장학금을 지불하여 신학을 바로 공부하도록 지원하였고, 그것은 황금성이 초기 설립 당시 건전한 황금 교회처럼 기독교 신앙으로 바로 세워 명예를 얻기 위한 목적이었다.

　그러나 김철구는 아버지 김 교주가 사망하게 되자 황금성 2대 교주로 등극하게 된다. 그가 하나님이 된 것이다. 그러나 사람과 똑같이 생각하고 배변하는 인간이 하나님이 될 순 없다. 저주받은 그는 이후 행방불명이 되고만다.

교주가 사라진 황금성은 혼란에 빠지게 된다.

대법원은 황금성이 장악하고 있는 재산이 황금성 이전, 황금 교회 신도들의 것이라고 판결했다.

그런데 사기꾼들은 '신도'를 '주민'으로 바꿔서 소송 사기로 토지와 건물을 탈취해갔다. 지금까지 경진이 그들과 싸우고 있는 이유가 바로 황금 교회의 빼앗긴 토지와 건물을 찾으려는 것이다.

최 목사가 해영동 토지와 건물을 되찾는 일에 깊숙이 개입하는 이유는 아버지의 헌금으로 이룩한 황금 교회 재산이기 때문이다.

지금부터 하는 얘기는 거의 다 해영동 황금성 토지, 건물 소송 사기에 얽힌 이야기들이다.

남과의 소통을 거부하고 있는 황금성은 종교적 갈라파고스섬이다. 갈라파고스섬에는 다른 데서 볼 수 없는 육지 이구아나, 바다 이구아나, 코끼리거북 등의 동물들이 살고 있다. 그 섬은 다른 곳과 소통을 거부해 왔다. 그런데 부정한 권력과 투기꾼들에 의해 그 섬은 카멜레온처럼 낯선 자들의 섬으로 변해버렸다. 그 이후의 변태적 상황들을 이 소설에 담았다.

황금성은 검은 악마의 성이다. 어둠에 가려져 있어 우리의 시선조차 차단하고 있다. 그동안 장막에 가려져 있던 황금성의 추악한 음모는 이 소설에서 낱낱이 드러나고 있다.

현재 대한민국 이단 교회의 뿌리를 알 수 있게, 저자 본인은 이 소설에 황금성이라는 가상의 공간 속에서 이단의 공통분모를 말하고 있는 것이다.

이 소설에서 수천억짜리 해영동 토지를 놓고 대통령, 국회의원, 도지사, 정보부장, 조폭 등은 쟁탈전을 벌이게 된다. 저자 본인은 이단의 1세, 2세가 뿌려 놓은 씨앗들이 모습을 카멜레온처럼 바꾸어 필연적으로 사회의 악으로 꽃을 피운다는 사실을 이야기하고 싶다. 수많은 지킬과 하이드 들의 이야기를 하고 싶은 것이다.

해영동 토지, 건물 사기 사건에는 소송 사기에 노련한 변호사가 뒤에서 조종한 것을 알 수 있다. 해영동 토지는 그렇게 소송 사기로 부당하게 소유권이 넘어갔다. 현재 모든 이단이 소유하고 있는 부동산은 이 소설처럼 같은 전철을 밟을 것이다. 이단들도 이 소설을 읽으면서 자신들의 미래를 생각해보는 경종이 될 것이다.

이 소설에서 주인공 진리교회 최경진 목사, 해영동 주민협의회 지달수 회장, 이윤근 정보부장 3인이 삼각 구도를 이루면서 갈등이 격화된다.

이들 3인의 갈등 구조 안에 황금성 주택배치증이란 문서가 자리 잡고 있다. 여기서 급조된 가짜 주택배치증이 요술을 부리게 된다. 이것이 주택소유권으로 둔갑한 것이다. 이것을 놓고 대통령, 국회의원, 검사, 판사, 도지사 등이 서로 더 많이 차지하려고 음모를 꾸미게 된다. 여기에 이윤근 정보부장이 개입하여 소설 속 당시 백 대통령 아들 백철환에게 비자금을 만들어준다.

이 소설에는 등장인물도 많이 나오고 사건도 수도 없이 일어난다. 독자들이 일일이 기억할 수 없을 정도로 많은 등장인물이 왔다가 사라져간다. 독자들은 최경진 목사, 지달수 회장, 이윤근 정보부장과 주택배치증을 기억하고 있으면 이 소설을 이해하는 데 도움이 된다.

지난 80년대부터 시작된 토지 사기극이 언제 끝날지 아무도 모른다. 이 토지를 불법으로 가져간 500명은 아무리 흔들어도 요지부동이다. 그 이유는 단 하나다. 자기들의 행위가 떳떳하지 못하기 때문이다.

최경진 목사는 이들을 고소 고발했지만, 검찰은 계속 무혐의 불기소 처분을 내린다. 이들은 '신도 총유재산'을 '주민 총유재산'이라고 대법원 판결을 변조하여 소송사기극을 벌였다. 법치국가 대한민국에서 대법원 판결을 변조해서 수천억짜리 토지의 소유권을 이전해갔는데도 그들은 오늘도 무사하다.

우리나라는 전 세계적으로 이단 교회가 활발하게 발호하고 있는 나라 중의 하나다. 이단 또는 사이비 종교는 카멜레온과 같이 색을 자꾸 바꿔서 겉으로는 구별이 안 된다. 이단 교회는 전문가가 아니면 구별하기가 어렵다. 경제가 어렵고 정치가 불안하게 되면 이단 교회가 더 기승을 부리게 된다. 마치 코로나바이러스처럼.

이단 교회의 3대 특징은 권력과 결탁한 돈, 섹스, 폭력이다. 이들은 돈, 섹스, 폭력을 이용해 자기들의 영역을 확장해 나간다. 그러기 위해 먼저 신도들의 돈을 갈취하게 된다. 돈에 혈안이 되어있다. 그런데도 뜻대로 되지 않으면 폭력을 통해 달성하기도 한다. 섹스는 자기들의 쾌락을 위한 배설구이면서 구원을 받으려면 교주와 관계를 맺어야 한다고 선동한다. 섹스가 신앙의 가운데 놓이게 되고 포교의 더러운 수단이 되어버린다. 폭력은 다른 종교에서도 입증이 된 것이다.

흔히 소설은 스토리텔링이라고 한다. 다시 말해 꾸며진 거짓말이라는 것이다. 여기에 나오는 얘기들은 사실 같은 거짓말이다. 이 세계 어디엔가 존재하고 있을지도 모르는 것이다.

이 소설은 황금성이라는 이단 단체를 만들어 교회의 재산을 접수한 이단의 사후 이야기다. 이단 교주가 죽고 그의 아들 제2대 교주까지 행방불명 된 후, 남겨진 암흑의 세력들과 그 재산을 둘러싼 치열한 혈투는 시작된다. 그것은 카멜레온처럼 색을 바꾼 또 다른 이단, 혹은 이단 같은 또 다른 불법을 자행하는 무리의 잔인한 싸움이다.

그 속에서 불쌍한 서민들은 그에 이용당하고, 다시 버림받는다. 저자는 이런 피해자가 더 나와서도 안 되며, 이런 범법자들이 판을 치는 세상이 되어서도 안 된다고 생각한다.

이 소설이 우리나라의 어둠의 세력들을 몰아내는 데 큰 역할을 할 것으로 확신한다.

해영동 토지 사기극의 주역들은 어느 날 아무 이유 없이 세상을 떠난다. 이것이 바로 정의를 사랑하시는 하나님의 심판이다.

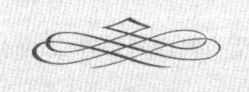

‖ 작가의 말 ‖

이 소설을 쓰면서 나는 할 말을 잃어버렸다. 하나님만이 이 엄청난 사실을 말씀하실 수 있을 것이다.

하나님은 성경에서 돌작 밭에 뿌린 씨앗은 말라 죽고 생명을 잃어버린다고 하셨다. 화마가 지나간 육의 몸을 가진 노명수 집사가 정상 육체로 돌리는 데 비용이 얼마나 들까. 과연 정상으로 회복될 수 있을까. 이 소설은 여기에 초점이 있다. 인간의 영의 몸이 한 번 노 집사처럼 이단의 화마에 일그러져버리면 다시 회복하는 데 드는 비용은 얼마일까.

그런 저주받은 영혼의 돈을 갈취한 자들에게는 필연적으로 저주가 따라올 뿐만 아니라, 자식 3~4대까지 저주가 임한다고 성경 말씀은 말하고 있다.

육의 몸보다 영혼의 몸을 치유하는 것은 훨씬 더 힘들다. 비용으로 따진다면 상상도 할 수 없는 비용이 투입되어야 한다. 그 속에 그리스도의 사랑과 인간의 희생이 함께 투약되어야 하는 것은 물론이다.

이 땅에 이런 이단들이 뿌리내리지 않도록 이 소설은 경계하고 있는 것이다. 하루속히 이 이단들의 바이러스를 잡는 더 많은 백신이 개발되어야 하고, 본 소설이 백신의 역할을 감당했으면 하는 바람이다.

2020년 8월
벳새다 들녘에서 아이 許秉周 牧師

‖ 등장인물 ‖

김영일_ 황금성을 창업한 기독교 교회 장로. 많은 기업을 일으켰지만, 독단적 경영과 갈라파고스 섬 같은 고립경영으로 부실기업만 양산했다. 섹스안찰을 받아야 천국에 간다면서 여신도들을 현혹하여 돈을 받아내어 경영자금으로 투입한다. 말년에 당뇨, 간경변증, 고혈압을 앓으면서도 성폭행을 자행하였다. 그는 둘째 아들 김철구를 후계자로 삼았다. 박기수 장로에게 자금을 주어 자기의 교리를 전수하라고 당부한다.

최경진_ 해영동 진리 교회 목사. 부모님의 영향으로 황금성이 황금교회시절 교인이었다. 그러나 김영일 장로가 돈에 눈이 멀어 교주로 등극하고 재산을 장악하자 그에 맞서 목사가 된다. 그는 숱한 위기의 순간을 맞으면서 빼앗긴 황금교회 신도들의 땅을 찾으려고 나선다. 눈 하나 깜짝하지 않고 당차게 사기꾼들을 제압해 나간다. 곧 실세 중 실세인 정보부장의 사기공작에 부딪힌다. 이윤근 정보부장은 최후에 남아있는 5천 평의 대지에 눈독을 들인다.

지달수_ 해영주민협의회 회장. 황금성 김영일 교주가 세상을 떠나자 장원제 변호사와 함께 신도들의 재산을 탈취할 음모를 꾸민다. 이윤근 정보부장의 지시를 받아 해영동 주민협의회를 급조하여 신도들의 땅을 가로챈다.

한지만_ 해영경찰서 경사. 의문의 살인사건이 일어나자 그것을 파헤치기 시작한다. 넘치는 정의감과 끈기로 이 사건의 전모를 확인하게 된다.

김철구_ 김영일 교주의 2남으로 형 김철성을 제치고 황금성 후계자가 된다. 중학교 1학년 때 연예인들을 불러 섹스파티를 벌였다. 그가 교주가 된 뒤에도 섹스파티와 접대는 계속된다. 그는 아버지 김영일 교주의 30조 원대의 재산을 차지하고도 형에게 단 한 푼도 주지 않는다. 그러다 황금성의 암투 과정에서 행방이 묘연해진다.

이윤근_ 정보부장. 정보부 도청팀의 첩보로 황금성 땅 사기로 정치자금을 마련한다. 그는 몰래 토지 사기 사건에 개입한다. 그는 부하들을 시켜 임정수 도지사의 집무실 금고에 있는 위조 주택배치증을 탈취한다.

장원제_ 해영동 변호사. 주인이 없는 부동산을 찾아 소송 사기로 편취하는 사기꾼이다. 장 변호사는 이윤근 정보부장과 대학 동문이다. 지달수를 해영동 주민협의회 회장으로 만든다.

임정수_ 해영동 지역구 의원을 지낸 도지사. 대권 주자를 꿈꾼다. 운동권 주사파였다가 김정일을 만나고부터 바로 전향했다. 10년 앞을 바라보고 동생 임광식을 해영동 토지 소송 사기에 끌어들였다. 충군로 인쇄기술자를 매수해 장원제 변호사를 통해 가짜 주택배치증을 만든다. 그러나 자기 집무실 금고에 은닉한 배치증을 탈취당한다. 정보부 이윤근 부장과 일진일퇴로 다툰다.

백철환_ 백 대통령 장남. 아버지를 믿고 여성 편력이 심했다. 정보부장 이윤근에게 신도재산 편취를 사주한다.

양정숙_ 해영동 주민협의회 사무직원. 양 여사로 불리었다, 가짜 주택배치증을 정리하면서 알게 된 비리를 무기로 지달수 회장을 모텔로 유인하여 주택배치증을 받아낸다.

카멜레온의 색이 바뀌는 것은
자신의 몸을 숨기기 위함이 아니라,
또 다른 자아가 드러나는 것이다

1_ 성거산 토굴

"불은 꺼지고
화장터 화구의 철문은 올라가 있다
모서리에 비벼 끈 담배꽁초들이 버려져 있다
더럽혀진 뼈다귀를 물고
눈곱 낀 그녀의 개가 머리를 털어 댄다"

보름달 밝은 빛이 떠 있는 밤, 세 남자가 산을 오르고 있었다. 움직이는 그들의 머리 위에 세 개의 바위가 보였다. 크고 둥근 바위 두덩이 사이에 삐죽한 바윗덩이가 하늘을 향해 치솟아 있었다. 그 세 덩어리의 바위는 달빛을 받아 묘하게 반들거렸다.

 세 남자는 묘한 분위기를 자아내는 바위를 바라보며 올랐다. 모두 험한 산세가 버거운 듯 아무 말이 없었다. 산 끝자락에서 파도 소리가 간간이 들려왔다. 어둠 속 산은 죽어있는 듯했다. 가끔 풀벌레 소리와 나뭇가지 흔들리는 소리만이 났다. 고요 속에 들려오는 세 남자의 숨소리는 동물의 것인지, 사람의 것인지 분간이 되지 않았다. 세 사람은 점점 지쳐가고 있었다.

 왼쪽에서 혼자 무거운 짐을 등에 한가득 짊어진 남자가 먼저 정적을 깼다.

 "성거산 꼭대기에 있는 저 바위, 오늘따라 더 묘하네요. 이 동네 미치광이가 갑자기 생각나네요. 제가 어릴 때 이 동네에 미치광이 한 놈이 살았는데, 그놈이 보름달 뜨는 밤마다 미쳐서는 이 산의 바위가 여자의 거기를 닮았다고 얼마나 떠들어 대던지… 노 집사님도 그 말 들어봤지요?"

 등산로가 아닌 험한 길은 어둠뿐이었다. 세 남자 머리에 매달린 헤드라이트가 눈앞의 길만 겨우 비추었다. 설만태는 자신의 발도 보이지 않은 칠흑 같은 어둠 속에 일행이 잘 있는지 확인해 보고 싶어 말을 꺼냈던 것이다.

 남자의 뒤편에서 어눌한 노 집사의 목소리가 들려왔다.

 "네 저도 몇 년 전 들어 본 적이 있어요… 전 그저 뱃사람들이 저 바위가 하도 특이해서 멀리서 저 바위만 보고 집으로 찾아온다는 것만 압니다."

 묵묵하게 최 목사는 두 사람의 이야기를 듣기만 했다. 그의 머릿속에는 오직 좀판들 걱정뿐이었다. 오늘 가져다줄 옷가지와 음식은 지난번보다 적었다. 아무리 모아도 최 목사의 주머니 사정으로 그들을 보살피기란 쉽지가 않았다. 딱히 이을 말을 찾지 못한 두 사람은 말이 다시 끊어졌다. 말이 끊어지자 세 사람이 다시 정적 속에 들어갔다.

"악-"

얼마나 지났을까, 저 멀리 어떤 사람의 울부짖는 목소리가 정적을 깼다. 뒤이어 다급한 발걸음도 들려왔다. 세 사람은 각자의 헤드라이트를 끄고 몸을 낮췄다. 그들은 서로가 무사한지 손을 더듬어 서로를 확인했다.
귀를 세워 소리가 나는 곳을 찾기 시작했다. 방향은 분명 그들이 향하던 토굴 쪽이었다. 사람의 다급한 발걸음과 함께 동물의 것 같은 발걸음도 들려왔다. '꾸어억'하는 소리도 가끔 들렸다. 아마도 멧돼지에 사람이 쫓기는 것 같았다.
최 목사가 몸을 일으켰다. 누군가가 위험에 빠졌다면 도와야 했다. 만태는 최 목사를 잡고 앉혔다. 그리곤 속삭였다.
"목사님, 다치실까 걱정됩니다."

쫓기던 사람의 발걸음 소리가 조금 더 가까워지다가 어느 순간 멎었다. 큰 것이 낭떠러지에 굴러 떨어지는 소리가 뒤이어 들려왔다. 짐승은 '꾸에엑'거리며 굴러 떨어졌다. 풍덩 소리가 뒤이어 들려왔다. 한참이 지나자 다시금 고요해졌다. 산이 아무 일 없었다는 듯 다시 잠들었다. 바람이 나무에 스치는 소리와 함께 멎었던 풀벌레 소리가 들려왔다. 세 사람은 얼어붙었던 몸을 다시 일으켰다. 잔 나뭇가지들이 발에 걸려 투둑 부러지는 소리가 났다. 덩치가 제일 좋고 다부진 근육을 가지고 있는 최 목사의 경호원 만태가 헤드라이트를 다시 켰다. 그의 헤드라이트 불빛 끝에 물체가 나타났다. 최 목사의 좁판 정보원이 정신을 잃고 쓰러져 있었다.

그간의 세월을 알려주는 듯, 최 목사의 집무실은 낡은 가구투성이였다. 집무실 오른편에 군데군데 녹슬어 삐걱거리는 철제 녹색 책상이 있었다. 최 목사는 어둠 속에 책상으로 다가가 스탠드의 스위치를 올렸다. 스위치가 조금 뻑뻑한 듯 딸깍 소리가 나며 불이 켜졌다. 80년대에나 볼 법한 까만 알전구 스탠드가 불을 내고 있었다. 그것이 아직 작동되는 게 신기할 정도였다. 책상 반대쪽 구석에는 버려진 듯한 간이침대가 있었다.

간이침대 위에는 남자가 나동그라져 있었다. 남자의 몸은 팔과 옆구리, 등이 마구 뜯겨있었다. 찢겨진 옷은 핏빛으로 물들어 있었다. 그는 온몸에 땀과 피를 뒤집어쓰고 있었다.

남자는 쿨럭거리며 괴로워했다. 최 목사는 그의 땀을 계속 닦아내어 주었다. '으으…' 소리를 내다가 남자가 이내 지쳐 잠에 들었다. 눈을 감고 고요히 죽은 듯 누워있는 남자의 머리는 민머리였다. 밤중 그의 살벌했던 현장을 보여주는 듯, 아무렇게나 엉켜 먼지 덩어리 같은 가발이 침대 밑에 떨어져 있었다. 최 목사는 그 가발을 집어 먼지를 털어주고는 남자의 옆에 놓아주었다.

남자의 볼 여기저기가 뜯겨있었다. 동물이 입으로 뜯은 것 같았다. 눈을 감은 남자는 눈썹과 속눈썹이 없었지만 아주 짧은 털이 비죽비죽 자라고 있었다. 고요한 밤에 최 목사의 전구 빛을 받자 남자의 민둥 몸이 빛났다. 머리와 온몸에 털이 없는 남자는 얕은 숨을 내쉬고 있었지만 하나의 시체 같았다. 최 목사는 조용히 불을 끄고 문을 닫아주었다.

아침이 되자 최 목사 아내의 비명과 유리 깨지는 소리가 들려왔다. 최 목사가 부랴부랴 집무실에 달려갔다. 청리차 집무실에 들어갔던 아내는 남자의 징그러운 모습을 보고 충격에 몸을 떨고 있었다. 최 목사 뒤에 숨어 입 앞에 손을 가져다 대고 남자를 두려운 눈으로 쳐다보았다.
"누구야! 가까이 오지 마!"
최 목사가 들어오는 걸 보자 남자는 최 목사에게 칼을 겨눴다. 칼끝에는 피가 묻어있었다.
"나야 최 목사, 남석씨 진정해"
진정하라고 다급하게 외쳤지만, 남석은 최 목사를 알아보지 못하는 듯했다. 최 목사는 토굴 속 좀판들의 안부에 대해 물어볼 것들이 많았다. 그러나 남석은 좀처럼 이성을 차리지 못했다.
"너도 날 물어뜯으러 왔지! 이새끼야, 나는 안 죽어 나 박남석이야!"
남석은 동물에게서 생존해야 했던 충격적인 지난밤의 순간에서 벗어나지 못한 것 같았다. 최 목사는 동물을 견제하듯 눈을 남석에게서 떼지 않았다. 아내를 그의 등 뒤에 숨기고 뒷걸음질 쳐서 길을 내주었다. 남석은 길이 나자 긴장을 늦추지 않고 최 목사를 주시하다가 도망쳤다. 노 집사가 그의 뒤를 쫓아갔다.
최 목사는 아내를 진정시켰다. 토굴에 있던 정보원이었다고 알려주며 지난밤 충격적인 일이 있어 이성을 잃은 모양이라고 말해주었다. 최 목사의 전화벨이 울렸다.

"최 목사님, 좀판들이 이상합니다."

수화기 너머 만태의 다급하게 속삭이는 목소리가 들려왔다. 남석의 피습 사건 때문에 좀판들에게 음식을 가져다주지 못했던 이유로 이른 새벽 만태를 좀판들의 거주지인 토굴에 보냈었다.

"만태씨, 왜 그래요?"

"좀판들이 이성을 잃었습니다. 꼭 동물 같이 소리를 내면서 서로 물어뜯고 난리들입니다. 어제도 남석이 쫓기던 게 동물 같은 게 아니고 좀판들이었나 봅니다."

"지금 만태씨는 괜찮나요?"

"예, 저는 좀판들이 서로 물어뜯는 것을 보고는 몰래 사진만 찍어두고 숨어 내려오다 전화 드리는 중입니다."

만태는 낮이 되어서야 최 목사에게 도착했다. 만태가 찍어 온 사진은 참혹했다. 숨어서 찍느라 흔들린 사진 속에는 좀판들이 만태의 말대로 서로 피 터지게 물어뜯고 있었다. 지난달까지만 해도 잘 지내던 좀판들이 왜 서로 물어뜯게 된 걸까. 최 목사는 도저히 이해되지 않았다.

그들은 김 교주에게 속아 가산을 다 팔아 황금성에 털어 넣고 황금성에서 집단 거주하던 불쌍하고 순박한 신도들이었다. 김 교주가 죽고 아들 김철구가 뒤이어 교주가 되자 신도들은 철구에게도 섹스안찰을 받으며 그나마 남아있던 모든 재산을 털어 넣었다. 알거지 신세가 된 신도들은 오갈 데도 없고 너무 늙거나 너무 어려 황금성을 떠날 수 없었다. 어느 날 김철구도 갑작스럽게 사라지자, 교주가 없는 불쌍한 신세가 되었다. 그들은 버려지다시피 한 황금성에서 수십년을 살고 있었다.

신정권 백 대통령이 집권한 지 3년이 흐르자 그동안 아무도 관심을 두지 않았던 황금성 땅도 음지에서 양지로 올려졌다. 역세권이란 입지가 투기 바람을 불러오기 시작한 것이다. 해영동 토지는 세간의 관심에서 떠나 있었다.

그 땅을 처음으로 눈독 들인 사람이 바로 지달수였다. 그는 해영동 부동산에서 하는 일 없이 바둑 훈수나 두던 백수건달이었다. 귀동냥으로 부동산 지식을 익힌 그는 해영동 일대 땅에 팻말만 박으면 될 것으로 짐작하고 부동산 투기에 뛰어들었다.

지달수는 우선 나서서 황금성의 불쌍한 신도들 먼저 내쫓았다. 최 목사가 지달수 패거리와 맞서서 신도들의 앞장을 서서 형사고소 한 것이 여러 번이었다. 그러나 그럴 때마다 번번이 무슨 뒷배가 있는지 검찰은 지달수 쪽 편만 들며 불기소했다.

어둡고 바람이 부는 밤이었다. 서울에서 서쪽으로 1시간 거리에 떨어져 있는 해영동은 지하철과 가까이 있는 동네였다. 세찬 바람 때문인지, 해영동 거리에는 돌아다니는 사람이 없었다.

지어진 지 50년이 다 된 작은 교회에도 바람이 계속 지나가고 있었다. 교회의 철탑이 간신히 몸을 세우고 있었다. 교회 옆 회색 시멘트로 지어진 사택은 몸을 낮춰 바람을 견뎠다. 슬레이트 지붕이 바람에 우우우 소리가 났다. 사택 안의, 최경진 목사는 바람 때문에 깊은 잠에 들지 못하고 줄거리도 없는 악몽을 거듭하고 있었다.

최 목사의 꿈속에 이번에는 을씨년스런 화장터 건물이 나타났다. 영화 필름처럼 돌아가는 어두운 공간은 건물도, 바닥도, 나무도 모두가 회색이었다. 그때 예순 문턱에 접어든 비싼 옷을 입은 졸부 신사가 차에서 내렸다.

그는 다짜고짜 시체 한 구를 화장해달라고 말했다. 사전에 예약도 안 되어있었다. 슬퍼할 가족 한 사람 대동하지 않고, 사망신고서조차 없었다. 그는 인상을 험상궂게 지으면서 화장을 하라며 억지를 부렸다.

꾸벅꾸벅 졸고 있던 화장장에게 난데없이 들이닥쳐 '지체할 시간이 없으니까 서둘러 화장하라'라고 명령조 지시를 내렸다. 화장장은 성화에 못 이겨 관 뚜껑을 열어보았다. 서른이 갓 넘어 보이는 젊은이였다. 그는 정장 차림이었다. 마치 살아있는 것처럼 혈색이 불그스레했다.

관리자는 시신을 화구(火口) 안으로 밀어 넣기 전에 한 번 더 젊은이의 얼굴과 사망 상태를 확인했다. 얼굴 곳곳에 번져있는 시반으로 보아 사망한 게 틀림없었다. 화장장은 관 뚜껑을 닫고 화구를 열어 시신을 집어넣었다. 불을 지피자 화구 안에 불길이 거세게 일었다. 10여 분쯤 되었을까, 갑자기 화구 속에서 날카로운 비명이 들려왔다.

최 목사는 악몽에 놀라 새벽잠에서 깨어났다. 화장터와 청년의 얼굴이 아직까지 그를 보고 있는 듯했다. 섬뜩한 가슴을 쓸어내리며 냉장고의 물병을 꺼내 단번에 들이켰다.

"이 무슨 불길한 꿈인가. 화장터에 관이 보이고 시체의 비명까지 나오다니"

그는 자리에 앉은 채 꿈속에서 본 것들을 차근차근 되새겨 보았다.

"화구 속에 불이 활활 타오르기 시작하고 비명이 터져 나왔다면 생사람을 집어넣었다는 것인데… 참 꿈도 이상하네."

그는 나이 예순이 되기까지 이렇게 끔찍하고 선명한 악몽을 꿔보기는 처음이었다. 찝찝한 마음을 뒤로하고 다시 잠을 청했다. 오늘 할 일이 많아 잠을 더 잘 요량이었다.

다시금 잠자리에 든 지 얼마쯤 되었을까, 휴대전화 벨 소리가 요란하게 울어댔다. 손바닥에는 땀이 흥건하게 고여 있었다.

아직도 밖은 어두웠다. 휴대전화기가 계속 울려댔다. 처음 보는 전화번호였다. 그는 누운 채로 왼쪽 귀에다 전화기를 가져다 대었다.

"여보세요. 이 새벽에 누구십니까?"

최 목사의 목소리는 잠에 덜 깨어 잠겨 있었다. 걸걸하게 긁히는 목소리였다. 그 목소리는 듣기 거북할 정도로 까칠했다. 상대방은 잠시 뜸을 들이고 있었다.

"지달수가 어젯밤 갑자기 의문의 주검으로 발견되었습니다."

그의 말에 최 목사는 잠에서 깨는 것을 느꼈다. 그는 벌떡 일어나 이불을 빠져나와 의자로 갔다.

"아니, 그게 사실입니까? 이 얘기는 언제 누구한테서 들었습니까?"

"저는 여기까지만 말씀드리겠습니다. 더 자세한 것은 목사님이 직접 알아보세요. 이만 끊겠습니다."

"여보세요, 여보세요? 영안실이라도 알려주세요!"

그 남자는 더 이상의 대꾸도 없이 전화를 뚝 끊어버렸다. 최 목사는 화면에 뜬 전화번호를 보았다. 발신자 번호 열자리가 모두 0으로 찍혀있었다.

　지달수는 유령단체인 해영동 주민협의회를 만들어 신도들의 재산으로 판결 난 토지와 건물 5천 평을 집어삼키는데 앞장섰던 자였다. 최 목사는 그와 많은 싸움을 해야만 했다.

　시곗바늘은 7시 45분을 가리키고 있었다. 창문 너머로 바깥은 희뿌연 하늘에 함박눈이 펑펑 쏟아지고 있었다. 그때 부인이 방문을 열고 들어섰다. 그는 이리 와보라며 다짜고짜 부인의 손목을 잡아 서재 안으로 들어갔다. 부인은 어리둥절해 하며 끌려들어 왔다. 최 목사가 평소에 하지 않던 경솔한 행동을 하자 놀라는 눈치였다.

　"여보. 놀라지 마요. 어젯밤에 지달수가 죽었대…"

　"예에? 지달수가요? 정말요?"

　한순간 아내의 표정이 경직되어 말을 잇지 못했다. 그러곤 이내 정신을 차린 듯 물었다.

　"누가 그러던가요?"

　"한 시간 전에 정체불명의 사람이 전화했는데 본인 이름은커녕 영안실조차 안 알려주고 그냥 전화를 끊었어. 진짜인지 아닌지 이 주변 영안실을 가봐야겠어."

　최 목사는 노 집사에게 얼른 전화를 걸었다. 노 집사는 최 목사가 어려울 때 의논하는 몇 안 되는 사람이었다.

　"노 집사님, 저 최 목삽니다. 어제 지달수가 죽었답니다."

　"네? 지달수가요? 목사님, 잠깐만요. 일단 저 차 좀 세우고 다시 전화드릴게요."

지달수가 죽었다는 말에 노 집사도 놀랐는지 어눌한 말이 심해졌다. 얼마 지나지 않아 다시 전화가 걸려왔다.

"목사님, 진짠가요? 누가 그러던가요?"

"아니 누군가 갑자기 전화를 걸어와 그 말만 하고 전화가 끊어졌어요. 발신 번호도 결번으로 나와서 사실 확인이 되지 않고 있어요."

"번호도 밝히지 않은 자의 전환데 믿어도 되는 걸까요?"

"그래도 혹시 모르니 이 지역 영안실 좀 둘러봐야겠어요."

"목사님, 해영동 근처에 영안실이 있는 병원은 딱 세 군뎁니다. 의문의 전화가 사실이라면 아마 그중 하나일 겁니다. 얼른 수소문해보겠습니다."

2_ 암호 세 가지

 최 목사와 노 집사가 여기저기 수소문했지만, 지달수의 시신이 있는 병원은 없었다. 그렇다고 인구 백만이 넘는 도시에 있는 병원들을 일일이 다 찾아 가볼 수도 없는 노릇이었다.
 반쯤 포기상태에 있을 점심 무렵, 노 집사가 서둘러 사택으로 들어왔다. 얼굴 반이 어색한 노 집사의 얼굴은 상기되어 낯선 사람으로 보였다.

 최 목사가 노 집사를 처음 만나던 날이 떠올랐다. 면접을 본다고 쭈뼛쭈뼛 최 목사의 집무실로 들어오던 노 집사의 얼굴은 어딘가 어색했다. 자세히 보니 피부가 이식된 건지 조금 울퉁불퉁했다. 짙은 화장이 꼭 피에로 같았다. 최 목사는 한참 노 집사의 어색한 얼굴을 바라보았다. 노 집사는 최 목사의 시선을 느꼈는지 자신의 얼굴에 손을 가져가서 무언가를 뜯어내는 것이었다. 그가 뜯어내는 것은 다름 아닌 자신의 피부였다. 턱부터 코까지 울퉁불퉁하게 붙어있던 피부는 형체를 잃고 뜯어져 나갔다. 기가 막힌 분장술이었다. 노 집사는 인공 피부를 벗겨 낸 후 한마디만 했다.

"저는 최 목사님 아버님 밑에서 일했었습니다."

화상으로 뒤덮인 피부는 참담하다 못해 차마 눈 뜨고 볼 수 없이 끔찍했다. 화상 자국이 틀림없었다. 성난 화마가 얼굴을 훑고 지나간 자리는 참혹했다. 반 이상의 코와 입들이 한데 엉겨 붙어 반죽이 되어있었다. 코는 무너져 있었고 입은 붙어 잘 움직이지 않았다. 그나마 남은 반쪽 입으로 들썩이며 말을 하고 있었다.

그는 얼굴 화상 때문에 아무도 자신을 써 주는 사람이 없다고 했다. 노 집사는 자신을 한 번만 써달라고 무릎을 꿇고 울었다. 최 목사는 그의 모습이 또렷이 기억났다. 최 목사는 그의 모습에 안타까움과 가련함을 느껴 고용하게 되었다. 최 목사는 아버님 밑에서 일했다는 노 집사의 화상에 대해 자세한 건 묻지 않았다. 그에게 채용 통보 후에 최 목사는 혼자 중얼거렸다. '그래, 외모가 중요한 것은 아니니까…'

노 집사가 교회에서 일하게 된 지 그로부터 10년이 지났다. 노 집사는 최 목사의 충실한 청지기였다.

"목사님, 찾아냈습니다. 중앙동 지성병원 영안실입니다. 그 인간, 하나님의 벌을 받은 게 틀림없어요. 그런데 내일 서둘러 화장한다고 하네요."

노 집사는 오른쪽으로 다가서더니 최 목사의 귀에 대고 낮게 말했다.

반쯤 붙은 입에서 새어 나온 바람이 귓속에 들어왔다.

"목사님, 화장을 못 하게 막아야 합니다. 화장하게 되면 모든 증거가 다 사라집니다. 무슨 뾰족한 묘안이 없을까요?"

그의 말을 듣고 보니 퍼뜩 생각나는 일이 있었다. 지난 3월 중순 해영지청에서 최 목사와 대질 심문을 할 때 지달수가 이 검사에게 내뱉은 말이었다.

그날은 지달수와 검사실에서 대질 심문을 하는 자리였다. 그의 얼굴은 완전히 죽어가는 인간처럼 사색이 되어있었다. 그는 검사한테 따지듯이 덤볐다.

"나 지금 병원에 다니면서 고혈압 치료를 받고 있는데 조금만 더 강도 높게 조사했다가 나 죽으면 책임질 겁니까. 나 잘못되면 검사가 책임져야 합니다. 내가 죽으면 높으신 분들이 가만히 있지 않을 겁니다."

거의 협박조로 들릴 만큼 그의 말은 거칠었다. 그는 극도의 심리불안 상태를 보였다. 눈을 좌우로 마구 굴리며 몸을 덜덜 떨기까지 했다. 누가 자신을 지켜보는 것처럼 뒤를 자꾸만 돌아보아서 옆에 있던 최 목사까지 없던 불안증이 생기는 것 같았다.

지달수는 평소에도 무슨 검사를 아느니, 어떤 정치인을 아느니 떠벌리기를 무척 좋아했다. 그러나 그는 중학교 밖에 못 나온 것을 숨기고 있는 자였다. 그는 그것을 숨기기 위해 주위에 좀 유식한 사람이 보이면 찰싹 달라붙어 유식한 말 한마디라도 배우려 온갖 애를 썼다.

검사는 안 되겠는지 잠시 휴식 시간을 갖자고 말했다. 지달수는 다리에 힘이 풀렸는지 신발을 질질 끌며 터덜터덜 검사실을 빠져나갔다.

최 목사가 대기실에서 음료를 먹으며 잠깐 쉬는 틈에 지달수가 그의 옆으로 다가왔다. 들리지 않는 목소리로 무언가를 중얼거리며 안절부절못하고 있더니 최 목사에게 말을 걸었다.

"최 목사, 이렇게 자꾸 몰아붙이지 마세요. 나를 우습게 봤다가는 얼마 안 가서 땅을 치면서 후회하게 됩니다."

"아니, 지달수 씨, 그게 무슨 말입니까? 우습게 보다니요. 저는 인간다운 사람은 높이 보고 그렇지 못한 인간은 쓰레기로 봅니다. 사람은 자기가 하기 나름이죠."

최 목사가 말하자 그의 얼굴은 먹빛으로 변했다. 그는 잠시 숨을 고르면서 허공으로 시선을 돌렸다. 다시금 검사의 호출에 검사실로 들어갔다. 그는 검사실 안에서도 이상한 소리를 그치지 않고 계속했다.

"지금 누군가가 나를 제거하려고 눈을 부라리고 있다는 말을 여러 차례 들었어요. 최 목사, 나를 세게 몰아붙이면 나 죽습니다. 최 목사 당신도 무사하지 못할 겁니다. 그리고 배치중에 관해서는 난 잘 모르는 일입니다…"

"아니, 지달수씨, 여기는 검사실입니다. 검사님한테 거짓말하지 말고 진실만을 얘기하세요. 마지막 부탁인데 말조심하시구."

최 목사는 거짓말하는 지달수의 모습이 순간 불쌍해 보였다. 그는 지달수에게 한마디 꺼냈다.

"지달수 선생 아니, 지 집사, 부탁인데요. 먼저 하나님께 회개부터 하세요. 왜 많은 사람에게 피해를 줍니까? 그런 거짓 판결을 받다니, 말이 됩니까?"

"……"

그는 한마디 대꾸도 못 하고 눈만 껌벅거렸다. 무언가 양심에 찔리는 표정이었다.

"지 집사, 나쁜 짓을 했으니까 그런 협박을 받는 거요. 어서 빨리 하나님께 회개하고 죗값을 달게 받아요."

지달수는 최 목사의 거침없는 충고에 얼굴이 하얘지면서 경련을 일으켰다. 지달수가 벌떡 일어섰는데 자리에 땀이 축축이 배어있었다. 지달수는 흥분해 숨을 거칠게 쉬어댔다. 길쭉한 그의 얼굴 전체가 다 새빨개졌다. 주름에 반쯤 덮인 눈에는 핏기가 서려있었다.

"최 목사, 왜 나를 범죄자로 몰아붙이는 겁니까. 나 정말 죽을 수도 있어요. 당신이 책임질 수 있어요?"

"아니, 지 집사. 왜 자꾸 죽는다고 합니까? 검사 앞에서 대질심문을 하는 것뿐인데, 왜 그렇게 엄살을 떠는 겁니까?"

"최 목사, 나는 100억까지도 만져본 사람입니다. 난 죽을 위기를 수없이 넘겨왔어요. 지금도 그들이 날 노립니다. 당신도 안전하지 못해요."

검사 앞에서 대질심문하던 그 날 자꾸 흥분하는 지달수 때문에 한 시간 심문하고 나서 15분씩 쉬었다. 그래서 2시간이면 끝날 대질심문이 8시간이 넘게 걸렸다. 이날 세 사람은 지달수 하나 때문에 파김치가 된 것을 최 목사는 또렷이 기억하고 있었다.

최 목사는 그가 갑자기 죽게 된 게 토지와 지상 건축물 사기사건 조사의 스트레스 때문이었을까 하는 의문이 들었다. 죽기 전 지달수는 아주 건강한 사람이었다.

최 목사는 그의 집무실 문을 나서는 검은 캐쥬얼 복장의 남자 뒷모습을 지켜보았다. 문 앞에서 공손히 인사 후 조심스럽게 문을 닫는 모양새에서 최 목사를 존경하고 있음을 알 수 있었다. 검은 옷의 남자는 지달수의 서브 운전기사인데, 최 목사에게 죽을 뻔한 위기에서 도움을 받은 후, 최 목사에게 정보를 가져다주는 정보원이 되었다.

검은 옷의 남자는 지달수가 죽은 날도 그가 운전해 청운동 별장에 데려다주었다고 했다. 지달수가 대기하라는 말을 듣고 별장 앞에서 대기하고 있었다. 얼마 지나지 않았는데 지달수의 전화가 걸려왔다. 조금 떠는 듯했으나 애써 침착하려는 목소리가 평소와는 달랐다. 지달수는 차를 가지고 집에 돌아가라는 말만 하고 끊었다.

경찰이 비밀리에 부검과 사인을 조사 중인 것 같다는 말도 덧붙였다. 경찰은 검은 옷의 남자에게 지달수의 시신 사진을 보여줬다. 경찰이 한눈파는 사이 그 사진을 찍어서 최 목사에게 보여주었다.

사진 속 지달수 시신은 왼손 소지 손가락이 사라졌고, 목울대는 맹수에게 뜯겨나갔다. 너무 참혹한 모습이었다. 지달수 시신 오른손은 지난 시신과 같이 엄지, 검지, 중지, 약지를 모아 동그라미를 만들고, 소지는 세운 상태였다. 지달수의 정장 주머니에서 박동식 판사의 손때 묻은 판결문이 나온 것 또한 앞서 죽은 시신들과 같았다. 박동식 판사 이름 끝에 찍힌 마침표는 속이 비고 끊어진 동그라미였다. 최 목사는 검은 옷의 남자 이야기를 다 듣고는 지달수의 죽음이 지난번 죽음들과 비슷하다는 느낌이 들었다.

지달수가 시신으로 발견된 것은 그의 집 안이었다. 집에는 침입한 흔적조차 없이 모두 닫혀 있었다. 그런데 지달수 집 앞 편의점 사장에게 물어보니 지달수는 그날 나가곤 집에 들어오지 않았다고 했다. 최 목사는 휴대전화를 꺼내 들었다. 노 집사가 전화를 받았다.

"노 집사님. 지달수 부검이 시작된 것 같더군요. 영안실에 다녀오신다는 것은 어떻게 됐습니까."

"예, 막 나오는 길입니다. 그런데 그곳 분위기가 아무래도 수상합니다. 지달수 측근 진 총무 측과 반대파 무리가 왔습니다. 두 무리가 식당에서 떨어져 앉아 수군거리기만 하고 서로 눈치만 보고 있습니다. 그런데 싸움이 일어날 것 같이 분위기가 험악하더군요."

노 집사는 통화가 끝난 지 두 시간쯤 지나 교회로 들어왔다. 그는 최 목사에게 낮은 소리로 이야기를 시작했다.

"목사님, 아무래도 지달수 죽음도 전과 같이 수상한 것 같습니다."

"맞습니다. 대질심문할 때 누군가의 협박을 받고 있다고 스스로 털어놓더군요. 일단 화장하지 않는다는 것은 잘 되었네요. 부검을 마치고 나면 매장을 할 텐데 그래야 나중에라도 디엔에이 검사로 사망원인을 밝힐 수 있죠. 화장하면 안 됩니다. 부검하게 되면 수사기관에서 영구히 그 자료를 보관하니까 훗날이라도 사망원인을 밝힐 수가 있을 겁니다."

최 목사의 말이 끝날 무렵, 최 목사의 아들 준석이 교회 집무실 안으로 들어왔다. 준석의 얼굴은 걱정으로 굳어있었다. 학원에 있는 그가 서

둘러 귀가하라는 문자를 받았던 것이었다. 평소 받지 않던 문자를 받자 곧장 달려왔다. 집무실 소파에 모여 있던 노 집사와 준석의 엄마, 아버지인 최 목사를 번갈아 쳐다보며 상황파악을 하려 애썼다.

"아버지, 무슨 일이세요?"

"준석아, 오늘 두 시간만 시간을 내거라."

"무슨 일인데요?"

최 목사는 누군가가 죽었는데, 일에 필요하니 영안실에 가서 지달수 지인인 것처럼 하며 사진을 찍으라고 했다. 준석에게 있어 아버지는 자신이 닮고 싶은 존재였다. 또한, 아버지가 부정한 일을 하는 것을 본 적 없기에 의심 없이 협조했다.

지달수의 지인으로 위장하기로 한 네 사람은 각본을 짰다. 노 집사는 문상을 받는 안쪽의 분위기를 살피고 최 목사는 문상객들의 표정과 말을 기억하고 그의 아내는 아들이 사진을 혹시 못 찍을 것을 대비해 조화를 보낸 사람들을 기억하기로 했다.

네 사람은 첩보영화처럼 가발과 모자 안경 등으로 모습을 조금씩 바꾸었다. 병원 지하주차장에 차를 세우고 곧장 영안실로 걸어 올라갔다. 특실 1호 영안실 입구 전광판에는 노란색 글씨로 지달수의 신상만 쓰여 있었다. 무슨 이유때문인지 지달수의 유족들 이름은 기재되어 있지 않았다.

장례식장 특실답게 지역 시의원을 비롯해 유지들이 보낸 수십 개에 이르는 조화들이 쭉 늘어서 있었다. 그런데 근조라고 쓴 띠에 직장이나 직위가 없이 달랑 이름만 쓰여 있는 조화가 여러 개 있었다. 그 중 "부동산 09 철수"라는 암호 같은 미심쩍은 화환이 하나 놓여있었다.

지달수 영안실 식당에는 사복을 입은 경찰들이 여기저기 왔다 갔다 하는 게 눈에 들어왔다. 최 목사는 경찰서에서 보던 낯익은 경찰들이 눈에 띄었다. 최 목사가 지달수와의 잦은 법적 싸움으로 경찰서를 하루가 멀다 하고 드나든 덕에 알아볼 수 있었다. 그중에는 한 형사도 있었다. 한 형사는 눈으로 최 목사만 보고는 아는 척을 하지 않았다. 서로를 보호하는 차원에서였다.

최 목사는 지달수의 비자금을 들어 알고 있었다. 그것을 누군가 장악할 것이냐는 그들의 초유의 관심사였다. 지달수 파와 지달수 반대파는 서로 탐색작전을 할 것이었다. 얻은 자도, 얻지 못한 자도 서로 눈치만 보아야 했다. 영안실에는 긴장감이 흐르고 있었다.

최 목사는 지달수의 영정사진 앞에 국화꽃을 놓고 짧은 기도를 했다. 숙제를 남기고 간 자의 비겁한 자의 모습을 보니 한쪽에 아련한 분노가 가슴 속에서 묻어나는 것을 느꼈다. 최 목사에게 죽음은 언제나 비겁한 일이었다. 자살이든, 타살이든. 최 목사는 앞으로 해야 할 일이 많아질 것을 예감했다.

영정사진을 뒤로하고 도로 식당으로 나왔다. 그 주변에 조폭의 졸개 같은 자들이 여럿 보였다. 그들은 뱁새눈을 뜨고 서로를 엿보고 있었다. 그들의 얼굴은 무표정하면서 침울해 보여 묘한 느낌이 들었다.

그러나 지달수의 비자금은 진 총무도, 그 반대파도 알 수 없었다. 다만 서로가 비자금을 손에 넣지 못했다는 것을 모른 채, 지달수의 비자금을 상대방이 탈취했을 거라는 막연한 오해를 가지고 있었다. 영안실은 한기가 들 정도로 냉랭했다.

　유족들은 갑작스러운 죽음에 망연자실한 표정이었다. 지달수 부인은 나이에 비해 훨씬 젊게 보였다. 그녀는 서너 명의 문상객들과 대화를 나누고 있었다. 60대 초반의 지적으로 보이는 여자가 부인 손을 쥔 채 위로를 하고 있었다.

　"어이구. 형님, 형부가 갑자기 돌아가셔서 얼마나 놀라셨어요. 가신 분은 그렇다 쳐도 형님 힘내세요."

　"그 양반, 말년에 스트레스를 엄청 받았어요. 그래도 다 늙어서 대박을 쳤는데 그걸 한 푼도 못 쓰고 가니 그게 원통해 울음도 안 나오네."

　최 목사는 지달수 아내의 말에 고소를 지었다. 그의 죽음은 정말 허무한 것이었다.

　최 목사는 지달수가 죽음으로써 신도들의 재산을 되찾는 전략을 새롭게 짤 수밖에 없게 되었다. 지달수가 죽는다고 모든 재산을 그 즉시 되찾을 수는 없겠지만 그래도 주된 방해세력이 사라진 것만 같았다. 혹시나 제2의 지달수가 될 만한 배후세력이 있다면 이번에 찾아볼 절호의 기회였다. 그는 면밀히 장례식장을 살폈다.

　지달수의 장례식장에서는 몇 군데 배후세력으로 짚이는 곳이 있었다. 영안실에 있던 조화 중에 "부동산 09 철수" 같은 것이 바로 의심이 가는 부분이었다. 느낌이지만 저 암호를 푼다면 그가 황금 교회 신도재산을 찾는데 중요한 키를 찾을 수 있게 될 것만 같았다.

　그 순간 누군가의 술 취해 격앙된 목소리가 들려왔다.

　"야 이새끼들아, 지달수 돈 어디다 숨겨놨어. 빨리 불어. 우리가 찾아내면 너희들은 모두 죽는다."

"뭐라고? 지달수 돈이라니? 늬들이 지달수 죽였지? 너네가 돈 뺏어다 숨겨놓고 우리한테 그걸 찾으면 어쩌라는거냐? 빨리 돈 내놔."

서로 싸움이 일어날 것만 같았다. 상황을 파악하고자 최 목사는 그 사람들의 무리 옆에 다가섰다. 그런데 어찌 된 일인지 김영일 교주파 우두머리의 제지로 싸움이 잦아들었다. 서로 뿔뿔이 흩어졌다.

진 총무가 그 싸움을 가만히 지켜만 보다가 자리를 떴다. 최 목사는 그의 뒷모습을 빤히 지켜보았다. 지달수의 밑에서 묵묵히 일하던 그가 가장 손해를 보았을 텐데도 그는 그 싸움에는 관심도 없었다. 지달수의 죽음이 그에게도 충격이었으리라. 최 목사는 그렇게만 생각했다.

3_ 피 흘리는 좀판

    세 사람은 해영동에서 조금 떨어진 굴다리를 지나 2차선 도로 옆길을 걸었다. 그곳은 아직도 그린벨트로 묶여 있던 터라 주위에는 산 밖에 보이질 않았다. 차량은 가끔 엔진 소리를 내며 지나갔고, 인적은 눈에 띄질 않았다. 눈을 들어보아도 민가는 멀리 있을 뿐이었다. 2차선 도로 왼편에는 작은 숲이 보였다.
    최 목사와 노 집사, 만태는 수없이 많이 성거산에 올랐지만 이렇게 벌건 대낮에 오르는 것은 처음 있는 일이었다. 남석이 난동을 피우고 사라진 후 토굴 속의 사정이 걱정되었던 터였다. 그들은 손에 등산용 지팡이를 두 개씩 들었다. 등산용으로 위장했지만, 사실은 둔기였다. 지난 새벽 남석의 상태로 보아 오르는 길에 어떤 일을 당할지 모를 일이었다.

무성한 잎의 나무들에 숨어 높은 산은 잘 보이지 않았다. 산꼭대기의 바위도 산 밑에서는 잘 보이지 않았다. 그러나 눈에 잘 보이지 않을 뿐 숲은 아주 깊었다. 성거산은 깊은 속을 보지 못하고 준비하지 못한 사람들이 들어섰다가, 10분도 채 안 되어 다시 되돌아가는 산이었다.

세 사람은 그중 가장 나무가 무성한 곳을 헤치고 들어갔다. 그들은 길이 아닌 곳으로 들어섰다. 그 안은 바깥의 도로와는 전혀 다른 세계였다. 작은 개울물인지 시체 썩은 물인지 모를 퀴퀴한 물이 흐르고 있었다. 그 위로는 세 사람이 자주 왔던 길이 있었다. 외지인이 보아서는 절대 길을 알아챌 수 없었다. 작은 동물 하나가 지나갈 수 있는 길은 약간 언덕지게 나 있었다. 너저분한 짐승의 똥이 얽혀있었다.

그들은 물이 이렇게 지저분한지 이제야 깨달았다. 어둠 속에서 지나갔던 많은 길이 꿈처럼 느껴졌다. 지금 쳐다보고 있는 익숙한 길들이야말로 진짜인지 가짜인지 알 수 없었다. 길이 카멜레온처럼 색을 바꾸어 그들을 농락하는 것 같았다.

어지럽게 엉켜있는 나무속에서 나온 세 사람은 이상하고 놀라운 광경에 망설이고 있었다. 최 목사는 먼저 발을 내딛으려 몸을 앞으로 기울였다. 최 목사는 모두가 꺼리는 길을 가장 먼저 가려 했다.

'주님의 십자가 길과 비교한다면 이것은 아무것도 아니리라'

그는 늘 그런 마음가짐으로 몸을 던져 희생했다. 최 목사가 용감히 먼저 더러운 개울물에 발을 내디뎠다. 투박한 그의 발밑에 퀴퀴한 냄새가 파고드는 듯했다. 최 목사가 용기를 내자 만태와 노 집사도 뒤이어 올라갔다.

　산길은 험악했다. 낮에 보는 산세는 밤보다 더 심한 것으로 보였다. 밤에는 내 눈앞의 길과 방향만 판가름하면 되었는데 어찌 된 일인지 낮에 눈앞에 보이는 것이 가파른 길들 뿐이어서 그런지, 그들은 빠르게 지쳐갔다. 거칠게 솟아있는 산을 오르락내리락한 지 한 30분쯤 지났을까, 산 한가운데 박혀있는 커다란 바위 밑으로 큰 구멍이 있었다. 그들이 가려던 토굴이었다.

　산의 커다란 입 같기도 했고, 산이 제멋대로 하늘까지 뻗어 올라가다 찢어진 구멍 같기도 했다. 짐승의 아귀같이 쩍 벌어진 입속은 깊이를 알 수 없을 만큼 검었다. 깊은 굴은 햇빛이 미처 닿지 못하는 음지였다. 세 사람은 입이 검은 짐승에게 삼켜지듯 토굴 안으로 들어갔다. 준비해 온 헤드라이트를 켰다. 늘 토굴 앞에만 옷가지와 음식을 놔두고 갔기에 안에 이렇게 들어와 본 일은 한 번도 없었다. 지난 새벽, 서로 물어뜯던 좀판들은 어디로 갔는지 온데간데없었다.

　최 목사가 가장 먼저 어둠으로 들어갔다. 최 목사의 짐꾼이자 보디가드인 만태가 그의 뒤를 따랐다. 그는 덩치가 다른 이들의 두 배쯤 되었다. 긴 소매 옷에도 가려지지 않는 그의 근육은 움직일 때마다 꿈틀거렸다. 노 집사는 겁에 질렸는지 만태 뒤에 찰싹 달라붙어 걸어갔다.

　최 목사는 양손에 든 등산용 지팡이를 하나하나 짚으며 걸었다. 토굴 바닥은 축축하다 못해 물까지 흥건했다. 고요하고 서늘한 바람을 토해내는 굴은 세 사람의 발걸음 소리로 그득 찼다. 바람이 불 때마다 깊은 속에서 구릿한 냄새가 코를 찔렀다. 좀판들이 서로 엉겨 붙다 뜯겨나간 썩은 살점 조각에서 나는 냄새 같기도 했고, 좀판들이 오래 씻지 않아 나는 냄새 같기도 했다.

바닥의 물기는 안으로 들어갈수록 깊어져 얕은 시냇물 깊이가 되었다. 소름 끼칠 정도로 차가운 물이 발목까지 잠겼다. 헤드라이트로 물속을 들여다보려고 했지만 보이지 않았다. 어두운 토굴의 물은 검은색이었다.

물 바닥에는 무언가 쌓여 있어 그들의 발에 자꾸 걸렸다. 스펀지같이 물에 흠뻑 젖은 물체들이 그들의 발을 잡아 속도를 좀처럼 낼 수 없었다. 등산에 지쳐있던 세 사람은 몸이 땅속으로 들어갈 것 같이 지쳤다.

물을 다 지나고 마른 땅을 얼마쯤 걸었을까, 깊은 어둠 속 어디선가 찢어지는 듯한 짐승의 울음소리가 들려왔다.

야아옹— 으야아옹—

발정 난 고양이 울음소리 같기도 했고 얼핏 들으면 삵의 울음소리 같기도 했다. 메아리 때문에 무슨 소리인지 가늠이 잘되지 않았다. 깊은 어둠 속에서 정체 모를 울음소리가 들려오니 세 사람의 등줄기는 서늘해졌.

'좀판들이 어둠 속에서 짐승의 습격을 받아 서로 이성을 잃고 뒤엉켰던 것이었을까.'

최 목사는 생각하며 두려움에 휩싸였지만, 혹시 모를 좀판의 생존자들을 위해 빨리 움직여야 하는 것을 깨달았다. 이상한 소리에 주춤하는 만태를 앞에서 부르며 재촉했다. 한참이 지나자 울음소리가 가까워져 왔다. 등산용 지팡이를 몽둥이처럼 위로 세워 잡고 발소리를 죽여 가까이 다가갔다. 헤드라이트 끝에 정체가 드러났다. 어린아이 좀판들의 울음소리였다.

어린아이들은 옷가지조차 제대로 입지 못하고 울고 있었다. 갑작스러운 밝은 빛에 눈을 감고 빼액빼액 울어댔다. 그중 토굴 벽 쪽에 있던 아이의 얼굴은 때와 땀에 절어 있었다. 민둥머리에는 부스럼이 덕지덕지 붙어있었다. 양손에는 널브러진 무언가를 움켜쥔 채였다. 악취가 풍겨왔다. 시체의 악취인지 살아있는 아이의 악취인지 구별이 되지 않았다. 아이 엄마로 보이는 여자의 뜯어진 몸통은 아이의 앞에 고요히 누워있었다. 걸레 같은 것이 걸쳐있는 젖가슴이 보였다. 조각난 시체였다.

젊은 여자의 것 같이 생긴 젖가슴에는 아이 입 크기로 뜯겨나간 자국이 여러 개 있었다. 아이 입은 핏빛으로 물들어 있었다. 아이는 배고픔과 세상에 혼자 남겨진 두려움에 울음을 그칠 줄 몰랐다. 주변의 아이들은 비슷한 이유로 빽빽 울고 있는 것 같았다.

그 옆에 있던 늙은 좀판들은 죽어있는지 살아있는지 아무 소리도 내지 않고 그림자같이 몸을 간간이 움직일 뿐이었다. 시체와 생존한 좀판들은 한데 얽혀있었다. 그들을 인도해 길고 긴 토굴 밖으로 데리고 나왔다. 밖으로 모두 끌어 내놓고 보니 생존한 좀판들은 아이와 노인 합쳐 아홉 명이었다.

최 목사는 토굴 속에 나뒹굴고 있던 물통을 가져와 생존자들에게 물을 부어 먼지와 땟국물을 씻어주었다. 좀판들의 몸 곳곳에 붙어있던 배설물과 먼지가 씻겨 내려갔다. 좀판들은 아무리 씻어도 죽은 사람의 몸 같이 생기가 없었다. 영혼이 몸속에 들어있지 않은 듯, 숨만 쉴 뿐, 산 사람 같지 않았다. 밤이 되길 기다렸다가 죽은 듯 안 죽은 좀판들을 데리고 차에 태웠다. 숲속으로 들어설 때의 썩은 개울물이 달빛을 받아 빛나고 있었다. 달빛에 색을 바꾼 것이다. 좀판을 부축해 개울물을 건넜다. 그들은 내쫓긴 세상에 다시 발을 들이고 있었다. 그것은 지달수가 그들을 황금성에서 쫓아내고 사라진 지 약 1년 만의 일이었다.

노 집사가 모는 교회 스타렉스 차량은 톨게이트를 빠져나오고 있었다. 최 목사와 만태는 그 차량 보조석에 몸을 구겨 타고 있었다. 노 집사는 날렵한 솜씨로 고속도로를 빠져나왔다. 차는 구불구불한 도로를 따라 달리다가 오른쪽에 난 작은 다리를 건너 시골 소도시로 접어들었다.

산은 갑자기 쳐들어와 나무를 베어버리고 집을 지은 사람들을 품어주었다. 소도시는 큰 산의 이불을 덮은 포근한 느낌마저 자아내었다. 소도시 한가운데를 지나다가 오래된 1층짜리 건물을 오른쪽으로 끼고 도니 산길이 나왔다. 산길 끝에 산 입구 양지바른 곳에서 산을 지키고 있는 초소 같은 컨테이너가 그들을 지켜보고 있었다. 스타렉스의 엔진소리가 나자, 컨테이너 안에서 노인 두 명이 고개를 내밀었다. 최 목사의 누나와 어머니였다.

이 땅을 산 돈은 김철구 회장이 최 목사에게 청탁하기 위해 준 돈이었다.

"청탁은 들어주지 못해. 나는 내 양심을 돈에 버릴 수 없다. 그러나 돈은 우리 누나가 무일푼 평생을 바쳐 일했던 것에 대한 퇴직금으로 알겠다."

최 목사는 김철구 회장에게 문자로 통보했다. 최 목사는 그 돈을 바로 황금성에서 일생을 무임금으로 희생 봉사한 누나 이름으로 된 통장에 넣었다. 그는 누나에게 전화해서 말해주었다.

"누나, 이건 김철구 회장이 주는 누나 퇴직금이야. 평생 일한 것에 비하면 너무 적은 돈이지만 이걸로 작은 집이라도 사."

누나는 그 돈을 허투루 쓰지 않고 모아두었다. 그녀는 황금성에서 피해를 당했는데도 황금성을 떠나지 못하는 불쌍한 노처녀였다. 일생을 다 바쳐 희생 봉사했지만, 알아주는 사람은 아무도 없었다.

최 목사는 차 뒤에서 반쯤 넋이 나가 있는 시체 같은 좀판들을 부축해 그 컨테이너 속으로 모두 데려다 주었다. 좀판들이 빠져나온 차량은 아직도 시체의 것 같은 악취가 묻어있었다. 그들은 악취를 몸에서 털어내지 못하고 차에서 내렸다.

컨테이너로 오르려면 흙으로 만든 얕은 계단 몇 개를 올라야 했다. 최 목사의 누나는 억척스러운 손으로 잘도 그런 계단을 만들어 냈다. 누나의 두터운 손은 쉴 새 없이 움직였다. 그녀의 손은 아버지를 닮았다. 언덕배기 위에 고즈넉하게 얹혀있는 세 개의 컨테이너는 누나가 만든 풀숲 담장들로 뒤덮였다. 듬성듬성 자른 대나무를 꽂아놓고 그사이를 갈대 발로 엮어놓았다. 갈대 발을 호박 넝쿨과 등나무가 오밀조밀 타고 올라갔다. 높은 풀 담장 때문에 이것이 컨테이너인지, 동물의 작은 보금자리인지 모를 정도였다. 햇빛이 강하게 컨테이너를 비추자 포근한 느낌까지 들게 하는 것이었다.

컨테이너 속에는 된장 냄새가 가득 차 있었다. 최 목사는 신발을 벗고 방으로 들어갔다. 발을 딛자 울퉁불퉁 솟아있던 노란색 장판이 꿀렁거리며 움직였다. 방에는 창문이 작게 세 개가 나있었다. 열린 창가에는 메주가 지푸라기에 엮여 걸려있었다. 유리창 안으로 산내음이 메주냄새와 섞여 들어왔.

메주는 곧 하얗게 곰팡이가 피어나 검은 간장 속에서 자신의 형체를 풀어헤칠 것이다. 장독 속에 몸을 둥둥 띄워 어둠 속에서 자다 보면 어느새 새로운 몸을 가지게 될 것이었다. 새로운 장독으로 들어가 몸이 뭉근해지도록 있다 보면 형체를 가지지 않아도 되는, 깊은 냄새를 가진 된장이 될 것이다.

형체를 가진 것은 몸에 맞지 않는 집에 들어가면 으깨지기 마련이다. 그러나 형체를 가지지 않아도 되는 된장은 어디에든 들어가 터를 잡고 살 수 있었다. 그런 자유로움이 있었다.

최 목사는 좀판들에게도 이런 자유로움이 있었으면 좋겠다는 생각이 들었다. 황금성에서 자유하고 김영일의 거짓된 이단사상에서 자유하길 바랐다. 좀판들의 썩은 체취가 된장냄새에 푹 절여지는 것 같았다.

혼이 나가 있던 늙은 여자 좀판들과 끝 간 데 모르고 울어대는 아이 좀판들은 컨테이너 속에 조용히 들어갔다. 최 목사는 누나가 컨테이너 집에 들어올 때 표정이 기억났다.

추위가 깊어지는 겨울이었다. 누나는 김철구 회장이 사라졌는데도 끝을 보겠다며 황금성에 남아있던 지독한 황금성 추종자였다. 그런 누나를 회유하기 위해 최 목사는 누나를 자주 만났다.

최 목사는 누나의 집이 조금 떨어진 곳에서 누나가 좋아하는 노란 귤을 한 봉지 들고 가던 참이었다. 덥수룩한 머리의 남자가 고개를 푹 숙이고 누나 집이 있는 낡은 빌라의 지하 계단에서 나오고 있었다. 계단을 올라오는 남자의 머리는 가발인 것같이 조금 어색했다. 남자는 두리번거리다가 길 건너 멀리에 있던 최 목사의 눈과 마주쳤다. 멀리서도 눈썹과 속눈썹이 없다는 것을 알아챌 수 있었다.

최 목사는 이상한 느낌이 들었다. 누나가 황금성에 아직 발을 끊지 못했기에 더욱 불안한 감이 들었다. 차량이 스쳐 지나가며 최 목사의 시야를 가렸다. 차들이 몇 대 지나가며 시야를 가릴 때쯤 남자는 사라지고 없었다.

최 목사는 들고 있던 귤 봉지를 떨어뜨리고 달려가기 시작했다. 최 목사의 다급한 발걸음에 귤이 짓이겨졌다. 바닥에는 귤 과육이 흥건했다. 누나의 집 쪽으로 가려면 큰 왕복 6차선 도로를 건너야 했다. 한참을 뛰어 육교 계단을 올랐다. 육교는 꽤 길었다. 한참 계단을 달리고 나서야 길을 건널 수 있었다.

최 목사는 자신의 발이 어디를 딛고 있는지 모르는 정신으로 누나의 빌라 안으로 들어갔다. 누나 집은 반 지하였다. 벽을 짚고 계단을 뛰어 내려갔다. 누나 집 문이 열려 있었다. 현관을 지나고 조그만 부엌을 지나 작은 안방 문을 열고 들어갔다.

누나는 안방 한가운데에 펴진 이불 위에 누워있었다. 옷이 벗겨져 있었다. 누나 밑에 깔려있는 하얀 요는 붉은 피로 물들어 있었다. 누나는 '으으…' 소리를 간신히 내며 최 목사의 이름을 연신 불러댔다.

최 목사는 나체의 누나를 얇은 이불로 둘둘 말았다. 붉은 피는 누나의 가랑이 사이에서 쉴 새 없이 뿜어져 나오고 있었다. 누나의 온몸에는 털이 제거된 상태였다. 최 목사는 이불에 둘둘 만 누나를 안고 병원 응급실로 뛰었다.

응급실 의사가 누나를 침대에 눕혔다. 누나의 모습을 보고는 조금 놀라는 눈치였다. 하기야 온 몸에 털이 없는 이런 환자는 처음일 것이었다.

누나의 나체를 본 최 목사는 조용히 커튼 밖으로 나갔다. 누나를 위한 최소한의 배려였다.

응급실 침대의 시트도 온통 피가 묻었다. 수술이 시작되고, 누나의 아랫도리엔 수십 번 바늘이 들어갔다 나왔다. 약한 피부에 날카로운 칼이 지나가 상처가 깊었던 것이다.

몇 시간의 응급수술이 끝나고, 피범벅이었던 누나는 병실에서 잠들어 있었다. 누나는 깨어나지 않고 있었다. 최 목사는 치료를 다 받고도 정신이 돌아오지 않는 누나를 위해 기도했다.

"우주 만물을 말씀으로 창조하신 창조주 여호와 하나님, 꽃잎을 색상별로 말씀으로 세밀하게 창조하신 하나님. 잎새에 부는 바람도 창조하신 하나님. 하나님께 우선 영광을 돌립니다. 우리 인간은 나약한 존재고 질그릇 같이 깨어질 수밖에 없는 존재입니다. 유리컵 같은 우리는 땅에 떨어지면 유리컵처럼 산산조각 부서져 버릴 수밖에 없는 가련한 존재입니다. 하나님 아버지 잘못된 신앙을 믿는 이 가련한 영혼을 불쌍히 여겨주시옵소서. 비열하고 거짓된 한 인간을 하나님이라고 믿는 이 불쌍한 영혼을 긍휼히 여겨주시옵소서. 이 영혼이 제 누나입니다. 섹스안찰을 당하고 똑같이 부서져 버릴 수밖에 없는 김영일을 하나님이라고 믿는 이 가련한 영혼을 치유해 주시옵소서…."

그 기도를 마치기 직전 사경을 헤매던 누나에게서 목소리가 들려왔다.

"으으…"

누나는 지겹도록 감고 있던 눈을 슬며시 떴다. 뿌옇던 시야가 조금씩 밝아졌고 자신이 어디 있는지 눈으로 주변을 훑어보았다. 그곳은 1인 병실이었다. 그녀는 자신의 손을 잡고 기도를 하고 있는 최 목사를 물끄러미 바라보았다. 깊은 어둠 속에서 헤매고 있던 누나는 최 목사의 기도로 한 줄기 빛을 보는 듯했다. 얼어붙었던 영혼이 녹아내리는 듯이 최 목사가 잡은 누나의 손에 따뜻한 피가 번져나가고 있었다.

누나는 차츰 나아지기 시작했다. 누워서 병상 생활을 몇 달간은 해야 할 거라고, 의사는 말했다. 단순한 상처는 괜찮은데, 누나의 정신적 스트레스가 문제라고 했다. 그 빌라를 나서던 남자는 죽은 김 교주 흉내를 내며 몸의 털을 깎고 중요 부위를 깎다가 누나를 겁탈했다. 누나는 그것에 저항하려다 중요 부위와 몸의 이곳저곳이 심하게 상처를 입었다.
의사는 가끔 누나를 찾아와 소독해 주었다. 그럴 때 조금 움직이는 것 빼고는 누나는 소변 줄을 꽂고 꼼짝없이 누워있었다. 누나는 사람이 아무것도 아니라는 걸, 병상생활을 하면서 느끼게 되었다. 누나는 무기력하게 간호사에게 자신의 모든 몸을 맡겼다. 조금이라도 움직일라치면 봉합한 상처 부위가 당겨와 눈살을 찌푸렸다.
누나는 자신의 몸에서 나온 거로 믿어지지 않는 듯, 쉴 새 없이 차는 오줌통을 물끄러미 바라보기도 했다. 어느 날 물을 많이 먹으면 간호사가 오는 빈도가 잦아졌다. 병원 침대의 철제 손잡이에는 그의 누나가 배출해 낸 오줌 양이 기록되어있었다. 병상에 누워있으니 여자의 수치심도, 인간의 존엄성도 흐려졌다. 살아있기 위해서는 끊임없는 노력이 필요하다고 간호사가 오줌통을 비워줄 때 누나는 혼자 중얼거렸다.

바깥의 기온이 영상으로 올라가고 있었다. 대학 병원의 병실 창밖에 소리 없이 내려 쌓이던 눈들은 녹아내려 물이 되었다. 얼음에 굳은 땅들도 조금씩 풀리기 시작했다.

눈이 녹고 흙 속으로 물이 촉촉이 젖어 들자 땅들은 이제야 숨을 쉴 수 있었다. 눈이 많이 내려 땅에 아무리 높이 쌓여도 물은 부족했다. 땅은 그 추위와 갈증을 움츠리며 견뎌내야 했다. 이제 곧 봄이 올 것이다. 땅 속의 씨앗들도 몸에 힘을 풀기 시작했다. 심한 추위에 땅까지 들어가지 못하던 햇빛들도 조금씩 땅속으로 파고들었다. 누나의 새로 자라나는 짧은 털들처럼, 새싹들도 조금씩 머리를 내밀 것이었다.

누나는 길고 길었던 6개월간의 병원 생활을 마쳤다. 최 목사는 그 끔찍한 반지하 방에 누나를 보내고 싶은 마음이 없었다. 그녀는 그곳에서 잘려나간 털과 피가 가득했던 것을 기억하게 될 것이었다. 최 목사는 그때 자신이 김철구에게 받아주었던 누나의 퇴직금으로 작은 땅을 사자고 했다. 병상에 있던 누나는 고개를 가만히 끄덕였다.

최 목사는 누나의 보금자리를 마련하기 위해 도시에서 얼마 떨어져있지 않은 땅을 보러 나섰다. 하나님께 누나가 치유 받을 좋은 집터를 달라고 기도했다. 그는 기도를 마치고 길을 헤매던 중 우연히 이 시골마을에 들어왔다. 산 입구를 지키고 있던 작은 땅은 그의 눈에 바로 띄었다. 땅 앞에는 아주 조그마한 냇가가 흐르고 있었고, 뒤에는 산이 있었다. 그는 그 땅을 보자마자 계약을 맺었다.

그리고 바로 작은 땅 위에 컨테이너 세 개를 올려놓았다. 허허벌판에 컨테이너만 올려져 있을 뿐이었지만, 그는 꽤 기쁜 마음이 들었다. 병상에 누워 그 사진을 누나는 천천히, 그리고 오래 보았다. 누나는 그 사진이 손때가 묻도록 하루에도 몇 번씩 보았다. 그녀는 몸의 상처를 치유 받듯이, 마음도 조금씩 치유 받고 있었다. 허허벌판 같은 그녀의 마음속에 조그마한 희망이 싹트고 있었던 것이다.

"내가 그 집에 들어가면 여기 진입로에 계단을 좀 만들어야겠어. 그 앞에 작은 텃밭도 만들어야지. 지금 곧 봄이 되니까 고추도 심고 감자도 심고 호박, 수세미도 조금씩 심어봐야겠다."

안하던 말을 누나는 하기 시작했다. 웃음기 없던 얼굴에는 웃음까지 조금씩 피어나고 있었다. 시간 날 때마다 와서 최 목사는 그런 누나의 말을 들어주었고, 긴 대화 끝에는 누나의 마음속에 잘못된 신앙을 바로잡는 것도 잊지 않았다.

"누나, 인간이 죄를 범하는 것은 육체로 범하지만, 죄로 말미암은 저주와 범죄행각의 기록은 마음과 영혼에 기록되는 거야. 육체의 털 속에 죄가 있다고 하는 것은 잘못된 생각이야. 예수그리스도를 영혼과 마음으로 믿음으로 말미암아 죄 사함을 받을 수 있는 거야. 육체 털 속에 죄가 있다는 것은 잘못된 생각이야. 털을 제거한다고 죄가 사해지거나 사라지는 것은 아니야. 아무리 육체의 털을 제거하여도 다시 자라잖아. 그러면 또 죄가 자라는 거야? 모순이야. 거짓말이야.

성경은 진실이야. 김영일 교주나 김철구 회장이 말한 성경의 98%가 거짓말이라는 것은 미친 소리야. 그리고 인간은 하나님이 될 수가 없어. 하나님은 우주 만물을 창조한 분이시고, 흙으로 사람을 만든 분이시고, 무에서 유를 창조하신 분이야. 하나님께서 '장미꽃이 있으라.' 하실 때 장미꽃이 창조되었어. 그 말씀을 하시기 전까지, 장미꽃은 없었어. 그런 분이 하나님이셔. 털을 제거하면 죄가 사라진다고 하는 허황된 말을 하는 교주의 말의 사슬에서 벗어나야 해."

컨테이너 안으로 첫발을 내디뎌 오르던 누나의 표정은 지금 누나의 컨테이너로 들어오는 좀판들 표정과 같았다. 상처는 낫고 있었지만 그 치유의 시간은 멀고도 멀 것이었다.

누나는 상처가 미처 아물지 못했는지 어기적어기적 컨테이너 속으로 반쯤 기어들어 갔었다. 누나를 보살필 사람을 찾아야 했다. 그의 노모가 기억났다.

최 목사는 황금교회 김영일 장로가 황금성을 만들고서 교주라고 공표하였을 때, 그는 성경을 열심히 연구하기 시작했다. 황금성의 타락을 안타까워하던 김철구는 최 목사를 물심양면으로 도왔다. 그렇게 하면 황금성을 황금교회로 다시금 명예복복을 할 수 있을 것만 같았던 것이다. 많은 이들의 도움으로 최경주는 목사가 되었다.

그럼에도 김 교주는 전국에 수백 개 지어졌던 황금교회의 철탑에 세워져 있는 십자가를 내리고 저주받을 뱀 상을 올렸다. 교주가 된 김영일은 성경에는 오류가 있다고 거짓말을 해대었다.

최 목사의 노모는 김 교주의 거짓말에 속아 넘어간 우매한 사람 중의 한 명이었다. 최 목사가 정통교단 목사가 되자, 넌 내 아들이 아니라고 소리치며 그를 내쫓던 그의 모친이었다.

그런 완고하던 어머니를 다시 만나는 건 최 목사에게도 쉬운 결정이 아니었다. 아직도 자신을 미워하면 어쩌지, 하는 두려움이 컸다. 하지만 누나는 병수발이 필요한 중환자였다.

노모를 아무 말 없이 누나에게 데려갔다. 노모는 누나의 모습에 할 말을 잃은 것처럼 보였다. 독거노인의 생활을 금세 정리하고 누나의 컨테이너로 함께 들어갔다. 노모는 누나의 모습과 최 목사의 모습을 번갈아 가며 보았다. 노모의 눈가는 말없이 촉촉이 젖어 있었다. 노모는 그리곤 아무 말도 하지 않았다. 하지만 그 눈물 속에는 최 목사에게 내뱉었던 모진 말들에 대한 후회와, 어린 최 목사를 혼자 세상으로 내쫓은 그 냉정한 행동에 대한 사과가 들어있다는 것을 최 목사는 알 수 있었다.

"다 내 잘못이다. 교주가 없어 망해가는 황금성에 네 누나를 버려두는 것이 아닌데… 최 목사, 누나 목숨을 살려줘서 정말 고맙다."

노모는 누나의 병수발을 짊어졌다. 누나와 노모는 그가 마련해 준 컨테이너에서 조금씩 치유의 길로 접어들었다. 최 목사의 정성 어린 기도와 영적 치유의 노력은 빛을 보고 있었다. 처음 컨테이너로 들어올 때의 누나의 넋이 나간 표정에도 조금씩 생기가 생겨나기 시작했다.

좀판들이 컨테이너에 온 시기는 고추, 감자, 상추, 배추, 무를 파종할 때였다. 정신적 외상으로 인해 나이든 좀판들은 긴 의사소통을 하지 않았지만, 누나는 놀라지 않고 어쩔 줄 몰라 하지도 않았다. 그들의 모습에서 컨테이너 속에 들어오던 자신의 모습을 보았던 것이다.

누나는 그들에게 최 목사가 마련해 준 보금자리를 공유해 주었다. 그리곤 간단한 상처만 난 좀판들을 데리고 와서 억척스럽게 붕대로 칭칭 감아주기도 했다. 거동이 가능해진 좀판들은 데리고 함께 소규모 농장 일을 시작했다. 어린 좀판 아이들은 그런 누나와 좀판들을 따라서 밭에 갔다. 그들은 밭을 놀이터 삼아 뛰어놀았다. 겨울을 견뎌낸 외로운 밭에도 아이들의 소리와 씨앗으로 가득차기 시작했다. 봄이 오고 있었다.

누나는 좀판들을 그런대로 잘 돌보았다. 누나가 치유를 받은 컨테이너는 생존한 노약자 좀판들로 채워졌다. 그녀는 나음을 입은 만큼 타인이 낫는 것을 도와주게 될 것이었다. 최 목사는 심리적으로 안정된 좀판들을 매주 찾아와 설교하고 영적으로 치유하는 일을 꾸준히 해 나갔다.

좀판들이 황금성 이단교리에서 자유로워지지 못할 때의 아픈 기억도 있었다. 한 번은 최 목사가 좀판들의 컨테이너에 방문했을 때였다. 좀판들은 엄지와 검지, 중지, 약지로 동그라미를 만들고 소지는 세워 0, 1이란 표시를 만들었다. 그리곤 눈에 대고 뛰고 있었다. 입에는 어디서 가져왔는지 정체 모를 시가 같은 물체를 씹고 있었다. 그들은 괴성을 지르며 두 발을 쿵쿵 뛰어댔다. 몸은 사정없이 좌우로 흔들거렸다. 최 목사가 와서 그들을 제지해도 소용이 없었다.

그 이상한 짓을 계속하려는 좀판들과 최 목사가 한참 실랑이를 벌이고 있는데, 갑자기 한 노인이 극도로 온몸을 떨면서 쓰러져 정신을 잃었다. 얼굴색이 검게 변했다. 최 목사는 그 노인의 얼굴이 영혼이 육을 이탈해 버린 빈껍데기 같이 느껴졌다. 좀판들은 정신을 잃은 노인 주변을 서성이며 어쩔 줄 몰라 했다. 몸은 딱딱하게 굳어있었고 코에서만 겨우 가는 숨소리가 들렸다.

'죽지는 않았나 보다.'

안도의 한숨을 쉰 최 목사는 119 구급대를 불렀다. 노인을 병원으로 이송하여 입원시켰으나 한참이 지나도 깨어나지 않았다. 깨어나지 않는 좀판을 보며 누나는 중얼거렸다.

"쯧쯧… 너무 늙은 좀판이 영육분리 의식을 하다가 깨어나지 못하고 있는 거로군."

"그게 무슨 말이야, 영육분리 의식이라니?"

"이 사람들, 영과 육을 분리할 수 있다고 믿어. 계속 미친 듯이 주문을 외우고 이상한 걸 씹으며 춤을 추다 보면 영과 육이 분리되는 느낌이 든다는 것이지. 나도 그 안에선 그런 줄 알았는데 지금 와서 보니 이전의 내가 한심하다… 하여간 이들은 영과 육이 분리가 되면 다른 육체에 빙의 될 수 있다고도 믿었어."

김철구가 사라진 뒤에도 오랜 기간 황금성에 남아있던 누나는 변질된 이상한 의식에 관해 설명해주었다.

최 목사는 그들을 위해 하나님께 기도했다. 이들이 지금 사는 것이 하나님 뜻이라면, 죽음의 늪에서 구원해주실 것을 간절히 구했다. 며칠 후, 최 목사의 기도가 통했는지 한숨을 내쉬며 늙은 좀판들은 깨어났다. 그 이후로 좀판들은 입에 물었던 아편 같은 초록색 잎을 최 목사에게 가져다주었다. 그것은 늙은 좀판을 살려준 감사의 의미와 그 이상한 의식을 다시는 하지 않겠다는 무언의 행동으로 보였다. 최 목사는 받아든 그것을 모두 불살라버렸다.

그 이후로 좀판은 최 목사의 성실한 신도들이 되어갔다. 좀판의 모습은 벗어지고 눈빛과 얼굴에는 생기가 돌았다. 그들의 민둥머리에도 그들의 영혼처럼 털이 나고 있었다.

4_ 눈물의 Ga

　김 교주가 죽고 김철구 회장이 그 뒤를 이어 2대 교주가 되던 때였다. 자신이 영혼 불사하는 하나님이라고 선언한 김 교주는 한 줌의 시체가 되어 불에 타버렸다. 그리고 거대하고 호화로운 묘지에 안치되었다. 신도들은 자신이 믿던 하나님의 존재가 한 줌의 재가 될 인간밖에 되지 않았던 사실을 깨닫고 충격에 휩싸였다.

　김철구 회장이 2대 교주가 되는 취임 연설 날이었다. 김철구 회장의 어색한 첫 설교를 듣던 한 여성 광신도는 김 교주의 섹스안찰이 너무나 은혜로웠는데 이제 김 교주가 없는 황금성에 구원이란 없다며 횡설수설 소리 질렀다. 여성 광신도는 다른 남자 신도들에게 이끌려 쫓겨났다.

　다른 신도들이 그 여성 신도를 제지한 것으로 작은 해프닝은 일단락되었지만, 김철구 회장은 고심에 빠졌다. 실제로 그가 교주가 될 이유는 그가 김 교주의 아들이었던 것을 빼고는 아무 이유가 없었다. 그는 화려한 황금성 교주자리를 지켜내고 싶은 욕망이 꿈틀거리기 시작했다. 자신의 아버지도 온갖 미친 짓을 다 했는데 자신이라고 못할 것도 없을 것 같았다. 아버지 말대로 큰일을 하려면 이정도 각오는 해야 했다. 그는 단체로 신도들을 세뇌 시키고 새로운 분위기를 만들 겸 새신자 초청 집회를 열기로 했다.

    김철구는 그 다음 주 설교시간에 김 교주의 계시를 받았다고 다짜고짜 선언했다. 선친 김 교주의 거짓말 행위를 이용한 행동이었다. 그리곤 새로운 사람들 특히 젊은 사람들 한 사람씩 꼭 데리고 와서 참가하라는 지시를 내렸다. 김철구는 새신자 초청 집회 전까지 쇼를 하기 위해 매일 새벽, 죽은 김 교주의 산소에 가서 무선전화에다 흰 깃발을 길게 장대처럼 꽂고 큰소리로 소리를 질렀다.
"아버님, 하나님! 말씀하세요."
    김 교주와 통화를 한다고 거짓말을 한 그는, 새신도를 데려오지 않으면 모두 다 내쫓아버리겠다고 계속 악다구니를 쳤다. 그러다가 이중인격자 같이 갑자기 부드러운 태도로 바꾸어 말했다. 30대 미만의 젊은 여자를 데려온다면 새로 온 사람과 데려온 사람 모두에게 5만 원씩 주겠다고 했다. 또한, 일자리도 주겠다고 말했다.
    황금성 신도들은 오갈 데 없는 노숙자 신세가 되지 않기 위해 미친 듯이 새로운 사람들을 데려오는 데 힘썼다. 취업난에 시달리던 많은 젊은 이에게 일자리를 소개해주겠다고 속여 새신자 초청 집회에 끌고 왔다.

어떤 신도들은 도시의 밤을 배회하는 노숙자 같은 아이들에게 잠잘 곳을 주겠다며 끌고 왔다. 어떤 신도들은 교회를 잘 다니고 있는 사람들을 속여 진짜 교리를 알려주겠다고 데려왔다.

새신자 초청 집회는 성황리에 시작되었다. 텅텅 비어있던 황금성의 주차장은 차들로 가득 찼다. 영문을 모르는 많은 새신자들이 황금성 안으로 빨려 들어왔다.

황금성의 한 여자 신도가 황금성 광고지를 나눠주고 있었다. 그러다가 구석에서 씻지도 못하고 웅크려 누워있던 은주를 발견하게 되었다. 그 여자는 은주에게 다가와 애처로운 눈빛을 하고 내려다보았다. 은주는 도시 역에서 노숙자 생활을 하고 있었다.

"아가씨, 이런 데서 자면 큰일 나요. 우리 황금성에 오면 따뜻하게 잠잘 곳도 주고 먹을 것도 주고 일할 곳도 마련해 주는데, 같이 갈래요?"

은주는 자신의 머리 위에서 들려오는 꾸며낸 것 같이 과도하게 친절한 목소리에 커다란 눈망울을 껌벅일 뿐이었다. 여자는 은주의 손목을 팍 낚아챘다. 은주는 그 여자가 사실은 이상한 여자일거라는 생각이 퍼뜩 스치고 지나갔다. 그 여자는 자신의 실제 색깔을 감추고 있었다. 하지만 그것도 잠깐 뿐, 지낼 곳을 준다는 달콤한 말에 속아 따라가게 되었다.

은주는 그 여자의 손목에 잡힌 자신의 상처를 보았다. 집에서 나온 지 세 달이 다 되어가고 있었지만 아직 딱지가 떨어지지 않고 있었다. 아버지에게 얼굴과 팔 곳곳을 맞은 흔적이었다. 은주의 아버지는 심한 술주정뱅이였다. 엄마는 아버지가 하루가 멀다 하고 술을 마시고 행패를 부리자, 버티지 못하고 은주까지 버리고 떠나갔다.

어느 날 아버지는 술을 마시고 딸인 자신을 겁탈하려고 했다. 은주는 아버지가 미친 것 같았다. 은주는 반항하다가 아버지가 먹다 남긴 술병을 무기로 들었다. 가까이 오면 죽여 버리겠다고 소리를 질렀다. 말을 알아들었는지, 못 들었는지 아버지는 은주에게 달려들었다.

은주는 술병을 아버지의 머리에 힘껏 던져버렸다. 바닥에는 피와 깨진 유리 조각이 어지럽게 섞여 흩어졌다. 아버지가 정신을 잃고 쓰러진 틈을 타 맨발로 뛰쳐나왔다. 입고 있던 교복 한 벌이 그녀의 전 재산이었다. 수중에는 돈 한 푼 없었다. 은주는 갈 곳이 없었다. 은주는 방황하다 도시 역의 노숙자 신세가 되어버렸던 것이다.

은주는 황금성으로 들어가는 큰 관광버스에 타고 있었다. 관광버스 내부는 사람들로 가득 차 있었다. 은주와 같이 때를 온몸에 뒤집어쓴 노숙자도 있었고, 친목 도모를 위해 정신없이 수다 떠는 아줌마들도 함께 있었다.

황금성에는 큰 철창이 세 개가 있었다. 그녀는 2미터 넘는 황금성 첫 번째 울타리로 들어갈 때부터 그 기세에 심장이 눌리는 것 같았다. 제1초소를 지나고 제2초소를 지나고 제3초소를 지날 동안 철창문이 열리는 것을 세 번이나 한참을 지켜보아야 했다. 초소를 지키는 남자들은 검은 옷을 입고 빨간 모자를 썼다. 은주는 차창 밖을 내다보다가 그중 한 사람과 눈이 마주쳤다. 모자 밑으로 드러난 눈빛은 살벌했다. 그녀는 갑자기 소름이 돋아 고개를 다른 쪽으로 돌리고는 커튼을 홱 쳐버렸다.

황금성을 둘러싸고 있는 숲속으로 버스는 멈추지 않고 들어갔다. 버스는 어느새 숲의 한 가운데로 들어서고 있었다. 정신없이 수다를 떨던 아줌마가 숲을 보며 '와아, 예쁘네' 하며 연신 감탄사를 자아냈다. 하지만 은주는 자꾸만 깊어가는 숲속으로 들어가는 것이 너무 두려워졌다. 도로 양옆을 지키고 서 있는 장승 같은 거목들이 은주의 얼굴에 그림자를 드리웠다.

버스는 주차장에 도착했다. 은주는 버스 계단을 내려왔다. 황금성은 끌려왔거나 누군가를 이끌어 온 많은 이들로 북적였다. 구경할 새도 없이 은주는 인도자의 손에 이끌려 낡은 집회장 안으로 들어갔다.

뻥 뚫려있는 큰 로비가 나왔다. 그곳에 서서 보면 세 개 층의 문들이 한 눈에 들어왔다. 비둘기 집처럼 들어서 있는 여러 개 문 앞에서 많은 사람이 서있었다. 그들은 방문자 목록을 작성하고 줄지어 들어가려고 기다리는 것이었다.

그녀는 꾸며낸 이름을 종이에 적고 2층 문 안으로 들어갔다. 문 안에는 창고 같은 복도가 나타났다. 구렁이 입속을 지나가는 것 같았다. 산소가 부족한 것처럼 숨이 막혀왔다. 복도를 지나자 큰 집회장 홀이 눈앞에 나타났다. 세월의 흔적을 피해가지 못한 낡은 집회장 크기는 웅장했다. 예술의 전당 콘서트홀같이 큰 3층 건물이었는데 5천 명은 족히 들어갈 크기였다.

집회장 맨 앞에는 흰색 무대가 있었다. 무대에는 큰 전광판이 설치되어 있었고 온갖 조명들이 무대를 비추고 있었다. 무대 양쪽 벽은 흰 커튼이 바닥부터 천장까지 크게 장식되어있었다. 천장 높은 실내 강당은 모든 곳이 마치 하얗지 않으면 큰일 나는 것처럼 온통 다 하얬다.

무대는 앞부터 시작해 집회장 끝까지 T자형으로 설치되어 있었다. 신랑신부가 입장하는 길처럼 무대는 집회장 전체를 반으로 나누어 가로지르고 있었다. 흰 무대 왼쪽은 여자, 오른쪽은 남자가 앉았다.

은주는 2층 한가운데 앉았다. 무대를 중심으로 동그랗게 둘러싸여 있는 집회장을 보자 사람들의 얼굴이 가득 보였다. 1층에 이어 2, 3층까지 많은 사람이 황금성 2대 교주의 계시 장면을 보려 앉아있었다. 혹은 영문을 모르고 따라온 사람들이 집회장의 웅장함에 놀라 은주와 같이 어리둥절해하고 있는 모습도 눈에 띄었다. 객석의 조명이 꺼지자 어수선하던 장내가 갑자기 쥐죽은 듯 조용해졌다. 출입구로 가는 통로 사이사이에 검은 정장을 입은 남자들이 그림자처럼 뒷짐을 지고 섰다.

전광판 위를 비추는 스포트라이트가 켜졌다. 그리고 전광판에서 불꽃이 터지는 장면이 나왔다. 귀가 찢어질 듯이 아파왔다. 그 다음 화면으로 김영일 교주의 설교 장면이 나타났다. 구슬픈 바이올린 솔로 소리가 잔잔히 깔렸다. 오래된 좋지않은 화질의 영상에 김영일의 얼굴이 뜨고 그의 설교 목소리가 중간중간 이어져 들려왔다. 김영일 교주를 바라보던 옛날 신도들의 얼굴 화면이 하나씩 하나씩 클로즈업되기 시작했다. 마치 그때로 돌아가자는 세뇌 같았다.

비장한 음악 소리가 이어졌다. 어떤 신도는 손을 가운데 모으고 울고 있었고, 어떤 여자는 눈을 질끈 감고 주문을 외우듯이 중얼거리는 모습이 나타났다. 그러다간 곧 정신이 나간 여자처럼 머리를 덜덜 떨어대기 시작했다. 머리를 떨다가 온몸까지 함께 떨기 시작했다. 그 여자의 주문 소리가 온 집회장을 가득 채웠다.

이때까지 오자 은주는 갑자기 무서워졌다. 자리를 뜨려 했는데 옆에 은주의 인도자가 손을 잡아끌었다. 주변이 다시 어두워지자 은주는 밖으로 나갈 수가 없었다. 검은 정장의 사내가 은주 앞에 다가서는 것이 어둠 속에서 어렴풋이 보였다.

　전광판 속 여자의 주문 소리는 점점 커져갔다. 그 여자의 소리와 섞인 다른 사람의 주문 소리도 들려왔다. 소리가 꺼지고 전광판은 검은색으로 바뀌었다. 그리고 화면에 글자가 나타났다.

'김철구 회장님 계시식'

　김철구는 옷에 흰 가운을 걸치고 머리는 둥그렇고 가운데가 뾰족한 모자를 쓰고 나타났다. 스포트라이트가 김철구를 따라 움직였다. 김철구의 흰옷은 빛났다. 그는 여유롭게 무대 뒤에서 걸어 나왔다. 그리고 무대 한가운데 멈춰 서서는 이상한 소리로 외치기 시작했다. 그가 이 순간을 위해 수없이 많이 연습해온 김 교주의 주문이었다. 그는 김 교주의 말도 안 되는 소리를 한글로 받아 적은 뒤 외웠다. 말투와 목소리 톤, 표정, 몸짓까지 똑같이 연습하는 데는 많은 시간이 걸렸다.

　김철구가 주문을 외우기 시작하자 전광판에서는 김 교주의 영상이 나왔다. 그다음 김철구와 김 교주의 모습이 함께 겹쳐졌다. 김철구를 보고 있던 신도들도 모두 함께 알아들을 수 없는 말로 주문을 외웠다. 외계인 집단 같기도 했고, 단체로 미친 것 같기도 했다.

　신도들은 김철구가 무슨 소리를 내는지도 잘 모르면서 소리를 내었다. 그 자리에 있던 신도들이 각자 다른 말로 마구 소리질러댔다. 김철구가 주문을 외우기를 마치고 주변이 다시 조용해졌다. 그 때 김철구는 한 마디를 계속 반복했다.

　"떨어요, 떨어요, 떨어요, 떨어, 떨어, 떨어, 떨어! 떨떨떨떨!!"

김철구는 요상한 말을 반복하며 눈을 허옇게 까뒤집고 무당이 굿을 하듯 뛰었다. 하얀 가운이 벗어지는 것을 자꾸 추켜올리며 뛰어댔다. 흰 모자는 벗어져 눌려있는 머리가 다 드러났다. 그러나 아랑곳하지 않고 고개를 하늘 위로 추켜올리고 손은 위로 뻗으며 쿵쿵 뛰었다. 은주는 그 모습이 조금 우스꽝스러웠다. '피식'했더니 옆의 여자가 그녀를 하얗게 노려보았다.

김철구는 숨을 크게 헐떡이기 시작했다. 이어서 아주 시끄러운 음악이 집회장을 채웠다. 좌우에는 불꽃이 터져나왔다. 조명은 갑자기 객석쪽을 향해 돌아 레이저빔을 쏘아댔다.

신도들은 김철구의 '떨어'라는 말에 입을 덜덜 떨었다. 그의 주문 외우는 모양새도 따라 했다. 머리를 덜덜 떨다가 온몸을 떨었다. 헤드뱅잉 하는 로커의 무대를 보며 따라 하는 관객들처럼 신도들은 들썩였다. 1층의 많은 사람들이 앉은 자리에서 일어나 김철구와 함께 쾅쾅 뛰어댔다. 어떤 여자는 주문을 외우며 자신의 얼굴을 때려댔고 어떤 남자는 자신의 가슴을 마구 쳤다. 어떤 사람은 옷을 찢는 사람도 있었다.

1층에 있던 노명수는 그런 미친 짓을 하는 사람들과 같은 행동을 하고 있었다. 그는 김영일 교주시절 황금성을 다니던 신도였는데 화상을 입고 떠났었다.

그는 가슴 한편에 응축되어있던 이상한 에너지가 솟구치는 느낌이 들었다. 그의 얼굴 한쪽은 흥분해 붉게 물들었는데 한쪽은 여전히 그대로였다. 그의 얼굴은 이상하게 일그러지기 시작했다. 노명수는 윗옷을 벗어젖히고 무대를 뛰어넘었다. 왼쪽은 여성 신도들이 있는 쪽이었다. 노명수를 따라 많은 남자 신도들이 여성 신도들 쪽으로 건너갔다. 남자 신도들은 마구 엉켜 눈앞에 있는 여성 신도 아무나의 옷을 벗겼다. 이 미친 남녀들은 아무 데나 드러누워 난교했다. 김철구는 외쳤다.

"더, 더, 더, 더 더더더!!!"

미친 듯이 소리치는 것에 탄력을 받은 남녀는 미친 듯이 발작했다. 어떤 여자는 너무 과하게 몰입한 나머지 게거품을 물고 실신했다. 여자가 실신하자 그 여자에게 성교하던 남자는 주문을 외우고 있는 다른 여자에게 다가가 또다시 성교를 시도했다.

집회가 있고 난 뒤부터 김철구에게 미친 여자 신도들은 순번을 기다려 김철구에게 강간을 당했다. 그러나 강간을 당하는지도 스스로 눈치 채지 못했다. 그래야 구원을 받는다는 김철구의 세뇌 때문이었다.

섹스안찰을 받은 여자 신도들이 많아지자 남자 신도들도 김철구에게 섹스안찰을 받기를 원하기 시작했다. 김철구는 남자 신도들은 항문에 자신의 성기를 집어넣어 섹스안찰을 했다. 김영일 교주는 남자 신도들에게는 섹스안찰을 안 해줘서 구원을 못 받았었는데 김철구는 남자 여자 차별하지 않고 섹스 해주어서 남자들도 구원받고 있다는 소문이 났다. 그 소문으로 황금성을 떠났던 남자 신도들까지 몰려들었다.

김철구는 남자 신도들 성기를 자르는 의식을 세 달에 한번 씩 거행했다. 그 의식은 김철구가 직접 모든 신도들 앞에서 남자 성기를 자르고 고환을 잘라내고 그들의 항문에 성교하는 의식이었다. 피가 튀기는 난교파티에 신도들은 더욱 열광했다. 김철구가 화려하게 2대 교주로 등극한 황금성은 신도들로 북적였다. 황금성은 제2의 전성기를 맞이하는 듯했다.

집회 후로 많은 새 신도들이 쏟아져 들어왔다. 그중 25세 미만의 여자들은 G그룹에 소속되어 따로 관리를 받았다. 특히 부모 없는, 20세 미만의 몸매가 예쁘고 얼굴까지 괜찮은 여자아이들은 Ga 그룹으로 분류되었다. 여기에는 은주도 함께 끌려 들어갔다. 이들은 김철구가 설교할 때 뒤에 서 있었다. Ga 그룹은 김철구에게 취업 된 것이었다. 김철구가 나타날 때마다 뒤에서 번쩍이는 무대용 비키니를 입고 머리 뒤에는 공작 같은 깃털을 달고 엉덩이를 달달 떨었다. 박수를 유도하기도 하고 가끔 김철구를 신격화하는 노래를 부를 때는 춤을 추었다. 춤추고 손뼉 치는데 상상을 초월하는 돈을 Ga 그룹 여자들에게 지급했다. 웬만한 여자 연예인들이 버는 정도의 금액을 만졌다.

그러나 은주는 많은 돈을 받아도 황금성 은행에 예금돼 있으므로 맘대로 찾을 수도 없다는 것을 알고 있었다. 그녀는 이곳에 갇혀 있는 것이 너무 괴로웠다. 이 이상한 단체를 나가고 싶었으나 나갈 기회가 없었다. 새까만 남자들이 밤낮으로 보초서는 3개의 초소와 울타리를 젊은 여자의 몸으로 혼자 넘어 빠져나갈 방법은 없었다.

김영일 교주에게 쫓겨난 이후 일용직을 전전하던 노명수가 김철구의 눈에 들게 된 이유는 다름 아닌 그 날 난교를 주도 한 공로 때문이었다. 김철구는 그런 노명수를 불러 세웠고 그 다음부턴 한 달에 한 번씩 집회를 주도하면서 그를 앞장세워 난교를 주도했다. 그는 그런 노명수를 노팀장이라고 불렀다.

집회가 열리는 어느 날, 김철구가 노 팀장을 불렀다. Ga 그룹을 따로 대기시키라는 지시였다. 그는 철구의 지시대로 황금성의 Ga 중에서도 가장 괜찮은 외모의 여자들을 골랐다. 10명 남짓의 Ga 그룹 중 상위권

외모의 여자들은 낮부터 단장하기 시작했다. 청내동 유명 메이크업 샵 실장들이 Ga 여자들의 헤어와 메이크업을 담당했다. 원래도 뛰어난 외모들이 전문가의 손길을 거치니 금방이라도 TV에 나가도 전혀 손색이 없을 정도의 외모가 완성되었다.

노 팀장은 Ga 여자들에게 철구의 지시사항을 전달했다.

"오늘은 높으신 분들을 접대하는 날이다. 모두 미소 잃지 말고, 높으신 분들이 원하시는 대로 다 해드려라. 너희들은 프로다. 어떤 일에도 인상을 찌푸리거나 말을 막 던지는 일은 있어선 안 된다. 늘 웃음으로 상냥하게 대해라. 한 분의 컴플레인이라도 있는 날에는 Ga뿐만 아니라 이 황금성에서 쫓겨날 것이다. 쫓겨난다면 너희들은 산목숨일지 죽은 목숨일지는 각자 판단해라."

노 팀장은 반쪽 얼굴을 찡그리며 말했다. 얼굴이 반쪽만 비뚤어졌다. 단호한 그의 말을 듣던 은주를 포함한 어린 Ga 여자들은 두려움에 몸을 옴짝달싹할 수 없었다.

황금성 가장 위에는 산이 시작되기 전 흐르는 작은 냇가가 있었다. 그 냇가 위에 놓인 다리를 건너면 김철구의 연회장이 나왔다. 큰 5층짜리 저택은 앞의 큰 나무들로 가려져 있었다. 황금성 신도들도 이곳이 존재하는지 전혀 알지 못했다. 김철구의 연회장이 열리는 날은 신도들의 난교파티 날이었기 때문이다. 김철구가 열을 올려 신도들의 난교가 시작되고 나면 김철구는 또 다른 연회장의 불을 밝혔다.

그날 밤이 되었다. 다른 곳은 불이 꺼지고 황금성의 집회장과 연회장, 두 곳만이 불을 밝히고 있었다. 그러나 멀리서 보면 집회장만 불을 켜고 있는 것처럼 보였다. 큰 나무들 뒤에 은둔하고 있는 5층짜리 연회장은 불을 밝혀도 보이지 않았다.

불 꺼진 황금성을 익숙한 듯 고급 세단 차량이 쓱 미끄러지며 들어왔다. 황금성 입구 철창 앞에 도착한 차량은 눈만 간신히 보일 정도로 창문을 내렸다. 그러자 황금성 입구의 굳게 잠긴 철창이 활짝 열렸다. 평소와는 달리 제 1초소, 제 2초소, 그리고 제 3초소를 통과할 때까지 누구의 제지도 받지 않았다. 뒤이어 세단들 여섯 대가 들어왔다. 세단 차량들은 하나같이 불 꺼진 연회장으로 향하고 있었다.

연회장 대문 앞에는 회전형 도로가 있었다. 작은 다리를 건너 회전형 도로에 도착하자 도어맨이 세단의 문을 열고 90도로 고개를 숙였다. 새 가죽 신발 냄새가 채 가시지 않은 검붉은 색 가죽 구두가 차에서 내렸다. 칼같이 다림질한 회색 정장에는 구김이 없었다. 반듯하게 넘어 올라간 머리는 단정했다. 운동으로 잘 다져진 이의 걷는 뒷모습이 당당했다. 강 회장, 서 회장, 조 의원, 이 의원, 대통령 당선인이 시차를 두고 고위급 간부들이 김 회장의 뒤를 이어 한 명씩 도착했다. 그중에는 이윤근 의원도 있었다. 남자들은 자신들의 키보다 세 배는 높아 보이는 문이 양쪽으로 열리길 기다리다 들어갔다. 문은 입을 열고 남자들을 삼킨 후 아무 일 없다는 듯 입을 굳게 다물었다.

안에는 은은한 샹들리에 조명이 비추고 있는 넓은 홀이 있었다. 홀 안으로 이윤근 의원이 들어서자 은주는 이윤근 의원의 앞에 서서 공손히 인사했다. 이 의원은 가운데 놓인 소파에 앉았다. 소파는 김철구가 특별히 신경 쓴 이태리 수제 송아지 가죽 소파였다. 고위직 남자들이 한 자리를 차지하고 앉을 때마다 송아지 가죽이 덜덜 떨어댔다.

홀 앞에 작은 무대 위에서 Ga들의 공연이 시작되었다. 짧은 교복 같은 옷을 입은 여자아이들은 요즘 유행하는 걸그룹 음악에 맞춰 춤을 췄다.

모두 공연을 보며 즐거운 분위기에 대화를 나눌 때였다. 김철구가 뒤이어 들어왔다. 즐거운 분위기가 무르익자 철구가 공손히 건배 제안을 했다.

"차기 정권의 대의를 위하여"

"위하여"

공연과 파티는 두 시간 정도 계속되었다. 모두 술이 거나하게 취하자 한 명씩 약속한 듯 2층으로 올라갔다. 2층에 올라서자 붉은 카펫이 깔린 곳 안에는 안내데스크가 있었다. 이윤근 의원이 들어가자 안내데스크에 서있던 노 팀장이 90도 각도로 인사했다. 노 팀장은 이윤근 의원에게 열쇠고리를 두 손으로 건넸다. 금장으로 되어있는 동그란 열쇠고리에는 다이아몬드로 숫자 10이 쓰여 있었다. 이 의원은 그 열쇠고리를 주머니에 넣고 왼쪽 유리문 안으로 들어갔다.

문 안에는 복도가 앞으로 쭉 놓여있었다. 복도 양옆에는 문들이 띄엄띄엄 들어서 있었고 문에는 금색 문패가 차례로 1번부터 20번까지 붙어 있었다. 이 의원은 '10'이 쓰여 있는 문의 고급 문고리를 열쇠로 열었다. 위아래 비키니를 입은 은주가 이 의원의 오른쪽 어깨에 섰다. 아까 술자리에서 이 의원 옆에 자리를 맡은 은주였다. 은주는 이 의원의 목욕탕 앞 탈의를 도와주면 오늘의 임무는 끝이라고 전해 들었다.

이 의원은 은주를 붉게 충혈된 눈으로 지긋이 바라보았다. 그녀의 시중을 받아 옷을 벗었다. 곱게 옷걸이에 걸어 탈의함에 집어넣었다. 모든 옷을 벗어버린 이 의원은 은주의 손목을 낚아챘다. 가냘픈 은주의 손목을 잡아당기자 온몸이 이 의원 쪽으로 쏠렸다. 소리 지를 틈도 없이 목욕탕 문이 열리고 그 안으로 끌려들어 갔다. 닫히는 문 사이로 고급 타일로 장식된 커다란 목욕탕과 물침대가 얼핏 보였다. 바람 소리에 문이 앞뒤로 움직이며 웅웅 울어댔다. 문소리 뒤로 여자의 날카로운 비명소리가 들려왔다.

김철구의 Ga 그룹은 김철구가 행방이 묘연해질 때까지 17년 동안 계속 이어졌다. 불의한 일을 상습적으로 한 황금성은 그들의 세력을 지키기 위해 공권력에 수많은 성 상납을 했다. 세간에선 권력이 있는 사람 중 김철구의 Ga를 보지 못한 자가 없다는 소문까지 떠돌 지경이었다.

황금성의 제2전성기가 오고 17년이 지난 때였다. 백 대통령은 집권 3년 차를 돌아보았다. 물가는 대체로 안정적이고, 경제성장률도 3%가 넘는 실적을 보이는데 아파트가 말썽이었다. 이상스럽게 아파트 가격만이 날뛰고 있었다. 계절적인 수요를 벗어나 사분기 내내 상승하더니 시골 읍, 시 단위에 있는 10년 넘은 아파트까지 덩달아 들썩거리고 있었다.

청년 비례대표로 시작해 30년째 의원직을 하던 이윤근은 백 대통령이 정권을 잡게 되자 정보부장으로 발탁되었다. 이윤근 정보부장은 대통령의 최측근이었다. 이 부장은 누구보다 더 대통령의 속마음을 꿰고 있었다. 다음 해에 있을 총선을 유리하게 이끌려면 자금력이 중요했다. 선거는 물론, 야당을 움직이기도 까다로운 세력을 부릴 때도 돈이 필요했다.

정치란 비자금 싸움이라 해도 과언이 아니었다. 그는 김철구의 행방이 묘연한 지금, 황금성이 있는 해영동 땅이 임자 없는 땅이라는 것을 벌써 눈치 채고 있었다.

그런데 그의 귀에 지달수와 장원제의 정보가 들어왔다. 해영동 황금성에 살고 있던 황금성 기존 신도들을 내쫓고 지달수와 장원제가 그 재산을 탈취하려는 계획을 꾸미고 있는 것 같다는 정보였다.

장 변호사는 책상에 앉아 내일 있을 변호 준비를 하는 중이었다. 책상 위에 있던 휴대전화 벨 소리가 울렸다. 처음 보는 번호였다.

"여보세요, 장원제 변호사입니다."

"아, 장 변호사. 나 이윤근 부장이오. 그동안 잘 지내셨나?"

그 목소리에는 정권 실세의 당당함과 권위가 묻어나오는 것 같은 느낌이 단박에 들었다. 그는 깜짝 놀라서 벌떡 일어나 소회의실로 재빠르게 자리를 옮겼다.

"예, 선배님, 부장님… 안녕하십니까. 바쁘실 텐데 어떻게 전화까지 다 주셨습니까."

"허허, 장 변호사가 특별히 좀 해줘야 할 일이 있어서 전화했소이다. 모레 저녁에 시간이 어떻습니까? 저녁이나 합시다. 긴히 의논할 것도 있고."

"예, 그때 시간이야 당연히 낼 수 있습니다. 장소 알려 주시면 그리 가겠습니다."

"비서가 연락하면 거기로 8시까지 와요. 이건 보안입니다."

정보부장의 전화를 받고 보니 무슨 일인지 매우 궁금해졌다. 대학 선후배라는 얇은 연결 끈만 있을 뿐, 이 정보부장과는 사실상 모르는 것과 다름없는 사이였다. 삼 년 전쯤, 동창회에서 그와 잠깐 대화 나눌 때 명함을 주고받아 전화번호만 입력한 것이 다였다. 그때 그는 매우 멀고도 높은 사람이었다. 공손히 인사하고 연락처를 입력해 놓았지만, 휴대전화기에 그의 이름 석 자가 뜰 것이라고는 전혀 예상하지 못한 일이었다.

 그가 변호사가 되고 나니 법조계에서 대학이란 것은 매우 큰 연결고리였다. 얼굴도 전혀 모르는 사람들이 자신이 학교 선배라며 연락을 취해 오는 경우가 종종 있었다. 그러나 그런 이들의 특징은 아쉬울 것이 있을 때만 찾아오는 것이었다. 그런 작자들은 자신의 목적을 달성하면 언제 알던 사이였냐며 연락을 하지 않았다. 그런데 이 정보부장이라면 실세 중의 실세인데 그런 권력자가 자신을 찾을 일이 무엇이 있을까 아무리 머리를 굴리고 생각해보아도 답이 나오질 않았다.

5_ 해창동 회합

　3월 하순의 저녁 8시 거리는 어둠에 파묻혀 있었다. 겨우 고개를 구부려 내려다보는 가로등만이 장 변호사의 차량을 비춰줄 뿐이었다. 장 변호사는 이 부장을 만나러 가는 길이었다. 이 부장 비서의 안내대로 600미터 전방에 있는 일식집 '어부가' 앞에 차를 대고 등산로로 접어들었다.
　해창동 산길을 따라 꼬불꼬불 한참을 올라갔다. 이 부장이 알려준 약속장소는 지도상 산속이었다. 산을 조금 등산해야 한다는 것을 알아두시라는 이 부장 비서의 조언이 기억났다. 등산을 해봤자 얼마나 되겠나 생각했으나 산길은 꽤 가팔랐다. 작은 돌들로 평평하게 계단을 잘 만들어 놓기는 했으나 그런 계단을 20분이나 올라야만 했다. 오랜만의 등산에 장 변호사는 숨이 가빠졌다. 돌계단이 끝나고 나니, 넓디넓은 잔디밭이 나왔다. 잔디밭에는 성같이 높은 담이 서 있었다. 그는 담을 끼고 한참을 돌아서야 대문을 찾을 수 있었다.

대문은 굳게 잠겨 있었다. 오른쪽의 벨을 누르자 아무 목소리도 들리지 않았다. 잘못 찾아온 걸까. 생각하고 있으니 위의 카메라가 장 변호사 쪽으로 움직이고 그제야 대문이 달칵 열렸다. 그는 쭈뼛쭈뼛 대문 안쪽으로 들어섰다.

넓은 잔디밭 끝에 저택이 있었다. 흰색 네모모양 지붕에 대형 유리창이 돋보이는 저택이었다. 마당 한가운데에는 넓은 풀장이 꾸며져 있었다. 밤에도 수영을 즐길 수 있게 등이 켜져 있었다. 검은 물은 그를 고요히 바라보고 있었다. 한쪽 벽에는 나무 벤치가 줄지어 놓여있었다. 그는 너무 놀란 나머지 한참을 눈앞의 광경을 바라보았다. 산속에 이렇게 큰 저택이 있을 줄이야.

주변을 찬찬히 둘러보다가 정면에 있는 큰 유리창을 마주 보았다. 까맣게 선팅 되어있는 유리창 속에 누군가 그를 쳐다보고 있을 것만 같았다. 그는 갑자기 소름이 끼쳤다. 그리곤 비서에게 안내받은 전화번호로 재빨리 전화를 걸었다. 목소리가 50대 중반쯤 되어 보이는 여자가 받았다.

"여기가 제일 그룹 이 회장님께서 예약하신 식당 맞나요?"

아까의 여비서는 이 정보부장을 만날 때 제일그룹 회장이라고 부르라고 부탁했다. 그렇다면 예약도 제일그룹 이 회장이라고 되어있을 것이었다.

"네, 그렇습니다. 잠깐만 거기 서 계세요. 바로 열어드리겠습니다."

안쪽 문 열리는 소리가 나더니 50대 중반 되어 보이는 여자가 어둠 속에서 나타났다. 일본의 가부키 배우같이 짙은 화장을 한 얼굴이었다. 여자는 간단히 인사를 하고 앞장서기 시작했다. 풍성한 파마머리의 여자는 몸에 달라붙는 핏빛 드레스를 입고 있었다. 드레스는 여자의 몸을 휘감으며 흐르는 피 같았다. 실크 소재의 드레스는 여자가 움직일 때마다 여자의 엉덩이에 달라붙었다 떨어졌다.

장 변호사는 여자의 뒤를 따라가다 보니 자신이 변호했던 살인자의 시체 사진이 떠올랐다. 사체가 되어 누워있던 여자는 얼굴에 피범벅이 되어 눈을 뜨고 죽어있었다. 여자의 드레스가 움직일 때마다 핏빛 사체가 떠올랐다. 눈을 번쩍 뜨고 장 변호사를 지켜보는 것 같이 섬뜩했다. 건물 앞에 다다르자 드레스 위에 솟아올라 있던 얼굴이 갑자기 뒤를 돌아보았다. 장 변호사는 순간 흠칫하며 한 발짝 뒤로 물러섰다.

"장 변호사님, 맞으시죠? 얘기 많이 들었어요. 저는 박 마담이라고 합니다."

"예, 저를요?"

"그럼요. 이 회장님께서 얼마나 칭찬을 하시던지요. 믿음직한 후배라고 열 번도 더 얘기하시더군요."

여자의 너스레에 장 변호사는 살짝 긴장이 풀리는 것 같았다. 그는 여자 뒤를 따라 안으로 들어섰다. 오른쪽 계단 에스컬레이터가 움직이고 있었다. 겨우 3층짜리 집에 에스컬레이터까지 설치한 것을 보니 자못 놀라웠다. 지금 여기 서 있는 장 변호사 자신이 다른 세계 속에 떨어진 외부인 같은 느낌이 들었다.

2층 바닥과 벽은 온통 대리석으로 둘러싸여 있었다. 아치형으로 되어 있는 복도는 끝이 보이지 않게 뻗어 있었다. 그가 지나갈 때쯤 조금씩 불이 켜졌다. 그는 한참을 걸어 복도 끝으로 갔다. 여자는 장 변호사가 잘 따라오고 있는지 가끔 고개를 반쯤 돌아보았다. 장 변호사는 검은 머리칼 사이로 흰 얼굴이 나타날 때마다 조금 놀라기를 거듭했다.

복도가 끝날 즈음, 미닫이문으로 닫혀 있던 밀실을 박 마담이 열어주었다. 고급 샹들리에가 은은한 빛을 내는 방 한가운데에는 정갈하게 준비된 교자상이 놓여있었다. 한쪽 벽에는 큰 유리창 두 개가 있고 그 바깥은 솜씨 좋은 사람에게 다듬어진 대나무가 바람에 나부끼고 있었다. 유리창 앞에는 대리석으로 칸을 막아 작은 인공 연못이 꾸며져 있었다. 주변은 아주 고요했고, 인공 연못에 작은 분수가 흐르는 물소리만 방 안을 채우고 있었다.

외딴 숲속에 있는 이 조용한 저택에는 초대받은 손님 외에는 아무도 얼씬할 수 없었다. 7분쯤 기다렸을까, 조용한 방 안에 멀리서 에스컬레이터가 움직이는 소리가 들려왔다. 조금 지나자 밀실의 미닫이문이 열렸다. 그는 긴장한 채 자리에서 일어나 '실세 중의 실세' 이 정보부장을 맞이했다.

"아이고, 우리 후배, 장 변! 한창 바쁘실 텐데 이런 곳까지 오게 해서 정말 미안하외다. 하하하…"

"아니 무슨 말씀을… 선배님이 부르시면 달나라인들 못가겠습니까?"

장 변호사는 어색함에 괜한 너스레를 떨었다.

"하하하 달나라라니 장 변호사 유머러스한 친구구만 그래. 아무튼 하는 일이 많은 사람한테 여기까지 오라 해서 미안하구만. 자, 어서 앉지."

이 부장이 자리에 앉자 장 변호사는 따라 앉았다. 그러자 노크 소리 뒤에 박 마담이 금속 탐지기를 들고 방안을 들어왔다. 구석구석을 돌자

부웅 소리가 나며 불이 깜빡거렸다. 탁자와 전등, 장식장까지 훑은 뒤 장 변호사의 가방과 윗도리, 등까지 들이대고 있었다. 장 변호사는 주머니의 휴대전화와 차 열쇠 등 금속 탐지기에 걸릴 만한 것을 다 꺼내었다. 이 부장은 장 변호사가 소지품을 내놓느라 고개를 숙인 틈을 타 소지품을 눈으로 스윽 훑었다. 이 부장의 쌍꺼풀 없고 큰 눈빛은 순간 날카롭게 바뀌었다가 되돌아갔다.

장 변호사는 금속 탐지기가 등 뒤로 지나가는 것을 느끼며 마른 침을 삼켰다. 그럴 일은 없는데도 혹시 탐지기에 한 번이라도 소리가 날까 두려웠다. 도청장치를 찾아내기 위해 박 마담은 아주 익숙한 듯 그 검고 넓적한 기구를 들고 재빠르게 움직이고 있었다. 박 마담은 탐지를 마치고 한지로 된 미닫이문을 닫고 총총걸음으로 빠져나갔다. 어렴풋이 에스컬레이터가 움직이다 멈추는 소리가 들려왔다. 그제야 입을 닫고 있던 이 부장이 입을 열었다.

"하하… 이곳은 우리만 이용하는 게 아니고 현 정권 실세들이 자주 이용하거든. 누가 언제 도청장치를 설치할지 모르니 매사 조심 또 조심이 최고요. 나나 후배나 다 조심해야죠. 그건 그렇고 요즘 사업은 어떠신가?"

"좀 힘듭니다. 시장은 좁은 데 변호사가 넘치다 보니 국선변호사 자리도 줄이 길어서 3개월은 기다려야 차례가 올 정돕니다. 그것도 판사 눈 밖에 나면 국물도 없구요."

"허허 그 얘긴 신문에 가끔 나서 알고 있었는데 국선변호사까지 줄을 설 정도면 이제 정신 바짝 차리지 않으면 힘들겠어. 그래도 장 변호사는 부동산관련 법률업무를 좀 많이 하지 않았나? 그래서 돈 꽤나 벌었을 텐데 말이야."

"그것도 잠깐이지요… 지금은 적자입니다. 그런 건이야 들어온다면 지금의 적자를 해결할 수도 있겠습니다."

"그럼 이 건이 장변에게 더 절실하겠구먼. 듣자 하니, 지달수라는 사람과 해영동 재개발 건으로 자주 만난다고 들었는데."

"예? 예…"

이 부장은 은근슬쩍 해영동 토지 건물 재개발 건 이야기를 꺼내기 시작했다. 평소 포커페이스를 남부럽지 않게 잘 하던 장 변호사가 이 부장의 찌르는 듯한 질문에 놀란 표정을 감추지 못하고 드러냈다.

"사실 지달수가 작업하고 있는 그 재개발 건은 다 내 것이오. 지달수는 만만하게 이런 일 시키기엔 안성맞춤이지. 장 변호사가 그들을 법적으로 도우세요. 내가 위에서 길을 열어 줄 테니."

장 변호사는 흔들리는 눈빛을 애써 감추며 이 부장의 말에 집중했다. 이 부장은 장 변호사의 표정을 면밀히 살피며 말을 이어갔다.

"장 변호사, 그러려고 했겠지만, 해영동 토지와 건물을 해영주민협의회 명의로 소유권 이전시키라구. 그 땅은 황금성 김영일 교주 아들 김철구가 실질적인 소유주라고 할 수 있는데 그가 모습을 드러내지 않는 지금이 기회요. 그 토지와 건물은 무주공산, 즉 주인이 없는 거나 마찬가지니까 신속하게 해야만 하오. 내가 막힘없이 길을 봐주겠소. 내말을 잘 알았는가?"

"예에…. 저는 지금 해영동에 살고 있던 황금성 신도들을 내쫓는 데 앞장선 지달수라는 자를 해영동 주민협의회 회장으로 만들어 놓았습니다. 황금성 신도들이 쫓겨난 자리에 지달수가 500명을 채울 겁니다. 그들이 평온 공연하게 20년간 점유취득 하였다고 주장 하려는 중입니다."

이 부장은 정권 실세라는 말이 실감 날 정도로 장 변호사가 하는 일을 모두 꿰고 있었다. 장 변호사는 지달수를 통해 신도들의 재산을 지달수의 해영주민협의회 명의로 돌린 다음 지달수를 구워삶아 삼 분의 일 정도를 **빼먹을** 심산이었다.

그러나 이제 보니 이 재산은 장 변호사의 것이 처음부터 아니었던 것이었다. 이 부장은 그런 장 변호사의 속을 알고는 장 변호사를 일부러 접촉해 자신의 것이라고 공표하는 셈이었다. 장 변호사는 순간 입맛이 씁쓸해져 눈앞의 진수성찬을 흘긋 내려다보고는 약주만 연신 들이켰다. 꽃으로 화려하게 장식한 둥근 언덕 위에 누워있던 비싼 회 조각이 이 부장의 입속으로 삼켜지는 것을 말없이 바라보았다. 이 부장은 게걸스럽게 회 조각들을 입속에 털어 넣었다. 입 사이에 드러난 흰 이가 뿌득 소리를 내며 회를 잘게 으깼다. 회는 이 부장 입속에서 형체도 없이 사라졌다.

이 부장은 장 변호사가 약주를 연신 들이키는 모습을 보았다. 그 속을 모를 리 없었다. 그러나 그에게는 결정을 되돌릴 이유가 없었다. 대한민국 아래 그 누구도 그를 방해할 자는 없었다.

"똑똑"

두 사람의 정적을 깨고 청아한 노크 소리가 들려왔다. 이 부장은 마침 기다렸다는 듯 대답했다.

"네"

문을 스르륵 연 것은 박 마담이었다. 박 마담은 희고 가는 손으로 문의 양쪽을 번갈아 보며 고개를 끄덕였다. 그러자 미닫이문이 스르륵 열리기 시작했다. 미닫이문이 다 열리자 작은 복도 반대쪽에 닫혀 있던 문이 함께 열렸다. 작은 연회장이 있었다. 연회장 한가운데는 작은 무대가 꾸며져 있었다.

장 변호사는 술을 연신 들이키며 문이 열린 쪽으로 고개를 돌렸다. 방의 조명이 살짝 어두워졌다. 한복을 입은 여자들이 거문고와 가야금, 해금 앞에 눈을 내리깔고 들어와 앉았다. 그것과 동시에 문가에 서 있던 한복 차림의 네 명의 여자가 장 변호사와 이 부장의 사이로 가서 앉았다. 민속 음악이 울려왔다. 술시중을 들기 시작한 네 여자는 가까이 붙어 친근한 웃음을 지었다. 이 부장 오른편에는 방은희가 앉았다. 은희는 분홍빛 한복 치마에 얇은 적삼 차림이었다. 정갈하게 기름 발라넘겨 묶은 머리가 은은히 빛이 났다.

"부장님, 저는 방은희라고 합니다. 올해 스무 살입니다. 한 잔 받으셔요."

말을 할 때마다 붉은 립스틱을 바른 은희의 입이 도드라졌다. 속 안엔 짜 넣은 듯 인위적인 치아가 입술 밑에 줄지어 있었다. 이 부장은 흐뭇한 듯 은희를 지긋이 바라보며 술잔을 들었다. 토르르 굴러가는 소리를 내며 잔이 채워졌다. 이 부장은 다 채워진 술잔을 한 번에 입으로 털어 넣었다. 은희는 잔이 비워지자 기다렸다는 듯이 채웠다. 이 부장은 기분이 좋아졌는지 술잔을 세 잔정도 연신 들이켰다. 이 부장의 모습을 보던 박 마담이 입을 열었다.

"우리 집에서 가장 예쁜 아이입니다. 회장님이 많이 예뻐해 주세요."

"허허… 박 마담, 내가 이 아이만큼 예쁜 아이를 본 적이 없군. 박 마담이 물론 내게는 변함없는 1위이지만."

이 부장은 박 마담에게 깊은 눈빛을 보내었다. 박 마담은 말없이 고개 숙여 감사의 인사를 했다. 연주 소리가 계속 이어졌고, 이 부장과 장 변호사 사이의 어색하던 기류도 조금 풀어지는 듯했다. 그것을 느낀 이 부장은 장 변호사를 보며 말했다.

"장 변, 내 이번 일 끝나면 자네한테 큰 사례를 하지. 지 회장에게 말해 위임계약서에 성공보수 조항을 수정해 다시 쓰라고 말해두겠네. 자네가 지금 무슨 마음인지는 아는데, 너무 섭해하지 말게. 내가 이 일을 맡지 않았으면 다른 자들한테 넘어갔을 거거든. 아직 자네는 젊지 않은가. 이건 아직 자네가 욕심낼 게 아니네. 우리가 함께 가는 게 서로에게 이득이네."

이 부장이 큰 사례를 한다는 말을 믿어도 될까에 대해 의심이 되었다. 그러나 만일 이 부장 말이 사실이라면 더러운 돈이 아닌 정당한 성공보수로 큰돈을 만지게 될 것이었다. 게다가 이 부장이 위임계약서까지 다시 쓰게 해 주겠다고 까지 하니 없는 말을 지어내진 않을 것 같았다. 그리고 이 부장은 어떤 방해상황이 와도 이 일을 해낼 수 있는 충분한 권력이 있었다. 이런저런 상황을 재어보니 이 부장이 없던 이전 상황보다 조금 더 나을 것도 같았다. 장 변호사는 슬며시 기분이 나아지기 시작했다.

"그럼 선배님, 성공보수로 제가 좀 통 크게 부탁해도 되겠습니까."

"원하는 바를 말해보게."

"100억을 건설사 통해 주십시오. 선배님이 지시하시는 대로 열심히 해보겠습니다."

이 부장은 비장한 눈빛으로 말하는 장 변호사의 호기에 호탕한 웃음을 지었다.

"하하하… 장 변 보기보다 다마가 작구만. 내가 그 정도도 못 줄 것 같은가. 내 거기다 전관 된 지 1년도 안 된 쟁쟁한 판사 출신까지 자네 로펌 공동대표변호사로 보내주겠네. 이번 일만 차질 없이 잘 성사시키게. 자 잘한 일만 하지 말고 자네도 이제 큰물에서 놀아 봐야지."

"예 선배님! 최선을 다하겠습니다."

"그래그래, 어이 박 마담, 자네 오늘 일들이 모두 비밀이란 것 알고 있지?"

"부장님, 걱정마십시오. 여기서 어떤 말씀이나 행동을 하셔도 바깥으로 새나가는 법은 없습니다. 보안을 위해서 여기는 존재하는 곳입니다."

"허허허… 박 마담의 말재간은 내가 항상 못 당해내겠어. 맘에 드는구만. 내가 기분이니 자네 몫으로 부동산 세 채 해 주지. 내 옆의 요 예쁜 순희 명의로 말이야. 순희가 올해로 20살이라고 했지? 딱 간당간당하게 맞겠구만. 그럼 몇 년 생인가?"

"네, 부장님 저는 85년생, 올해로 20살이에요."

"그래 오늘 밤 기대하겠다. 네가 어떻게 하느냐에 따라 박 마담에게 아파트를 줄지 말지 결정할 거야. 박 마담보다 더 잘해야 할 것이야. 너에게 12억이 걸려있다."

"부장님, 기대해도 좋으실 거예요. 호호호…"

방순희와 여자들의 낯간지러운 웃음소리가 방 전체를 채웠다. 그들의 은밀한 회합은 깊어갔고, 새벽이 되도록 해창동 숲속 의문의 저택에는 연주소리와 웃음소리가 끊이지 않았다.

6_ 주택배치증 위조하던 날

 최 목사는 오래간만에 노 집사와 교회 근처 황금성 철책 주변을 시찰하고 있었다. 철책 사이로 드러난 숲속의 황금성은 건물만이 말없이 다닥다닥 붙어 앉아있었다. 집의 구실을 다 해버린 낡은 건물들은 붙어 앉아 서로의 위로가 되어 줄 뿐이었다. 튼튼하던 콘크리트 벽이 반쯤 허물어져 철근이 다 드러난 집들도 많았다.
 김 교주와 김철구가 사라진 황금성은 폐허였다. 사람 한 명 지나가지 않았다. 80년대의 전성기를 거쳐 벌써 20년 이상이 지났다. 시대를 뒤흔들던 황금성 교주는 수십 년 전 땅에 묻혀 먼지가 되고 말았다. 그리고 그의 아들도 온데간데없이 사라져 버린 지 3년째였다. 최 목사는 처음 황금성에 오던 때를 기억하고 있었다. 신도들을 휘어잡던 김 교주의 모습이 눈앞에 선연했다.

　황금성 김 교주는 신도들이 집을 판 돈, 이혼 위자료를 온갖 술수를 써서 빨아들였었다. 최 목사의 아버지 최민섭 장로는 그런 줄도 모르고 그에게 모든 재산을 헌금했다. 그는 이조백자 마지막 전수자로 벽돌과 기와 제조에도 조예가 깊었다.

　최 목사는 토막 난 기억 속의 김 교주를 끄집어내 보았다. 과거 어느 날 황금성이 되기 전 황금 교회 시절이었다. 김 교주는 그때 교주가 아닌 '하나님의 종' 김 장로였다. 김 장로는 어린 경진을 시켜 최민섭 장로를 집무실로 모셔 오라고 했다. 쪼그리고 앉아 흙을 다지고 있던 최 장로는 손에 묻은 흙을 털어내기 위해 손을 탁탁 마주쳐 털었다. 두툼한 손 두 개가 마주치는 모습을 경진은 물끄러미 바라보았다. 아버지는 그 손을 잠시도 가만히 두지 않으시고 열심히 일하셨다. 아버지의 손만 거치면 벗진 도자기와 그릇들이 마법처럼 생겨났다. 나도 아버지의 그 멋진 솜씨를 언젠간 배울 수 있으리라고 경진은 속으로 생각했다. 그는 늘 아버지를 존경하고 있었다.

　아버지는 경진의 손을 잡고 김 장로의 집무실로 들어갔다. 그들 부자를 맞이하는 김 장로의 얼굴은 전혀 몰라볼 정도로 다른 사람이 되어있었다. 그 얼굴을 보고 있자니 그의 막내아들 철구가 경진에게 한 말이 스쳐 지나갔다.

　"야, 경진아. 우리 아버지 제일병원에서 성형수술 받았어. 주름이 생겨서 당겼대. 얼마나 잘 됐는지 내가 봐도 몰라볼 정도야."

　경진은 징그러운 김 장로의 얼굴에서 눈을 떼었지만, 너무나 역겨워

소름이 돋았다. 그러곤 집무실 한 편에 앉아있던 철구에게 다가갔다. 철구는 김 장로의 생수병을 가지고 놀고 있었다. 철구가 생수병에 대고 휙휙 소리를 냈다. 경진은 그의 바보스러운 장난을 보며 깔깔 웃어대었다.

집무실 한가운데에 앉아 김 장로는 아버지에게 간이라도 빼줄 것처럼 곰살궂게 굴었다. 김 장로는 아버지 최민섭 장로에게 일생일대의 아주 중요한 부탁을 하였다. 바로 용광로에 들어가는 내화벽돌을 만들어 달라는 것이었다. 내화벽돌의 녹는점을 3천도 이상으로 만들어 달라는 것이었다. 그날부터 최 장로는 산속에 가마를 설치하고 매일 기도를 하면서 내화벽돌을 만드는 공정에 들어갔다.

그로부터 정확히 6개월이 지나자 3천2백도에도 녹지 않는 내화벽돌이 완성되었다. 이날 김 장로는 군수부터 상공부 장관까지 초대해 제강공장 개통식을 가졌다. 제강공장에 쇳물이 녹은 용광로를 크레인으로 들어서 기울여 철근을 만드는 공정이 있었다. 김 장로는 처음으로 쇳물이 나오는 것을 축하하려고 내빈들을 불렀다. 경진도 아버지의 근처에서 화려한 개통식을 지켜보고 있었다. 아버지의 모습이 대단해 보였다.

김 장로는 축복을 해 주겠다며 쇳물 쪽으로 손짓을 하며 '쉭쉭'거렸다. 뱀이 먹이를 꼬이는 것 같은 그런 소리를 듣던 크레인 기사가 아차 실수를 하면서 용광로를 건드렸다. 용광로는 롤러코스터를 탄 것처럼 흔들거렸다. 그런 찰나에 쇳물이 인부들 쪽으로 크르륵하면서 쏟아져 내리고 있었다. 3천도의 쇳물이 인부들의 머리 위에 별똥별처럼 쏟아지기 시작했다. 주위에 있던 사람들이 동시에 비명을 질렀다.

"아아…. 저런, 저런… 어서 대피해요."

"빨리 피하세요. 위험합니다."

너도나도 비명을 질러댔지만, 쇳물에만 관심이 있던 작업자들은 그 위험을 모르고 있었다. 작업자들은 쇳물이 제대로 나오는지에만 신경을 쓰다가 그만 쇳물을 뒤집어 써버렸다. 그 참사 현장에 있던 사람들은 눈을 가리고 흐느껴 울었다. 이날 초대되었던 인사들은 참혹한 현장을 보고 놀란 가슴을 쓸어내리며 서둘러 돌아갔다.

경진은 그때 어렸지만, 그날의 사건이 또렷이 기억났다. 그날 이 사고로 현장에서 6명이 즉사하고 8명이 서울대학 병원으로 실려 갔다. 많은 사람이 괴로워하고 있었다. 그러나 김 장로는 아수라장이 된 상황 속에서 자신의 몸을 피하기에 급급했다.

"아니, 이게 웬일이냐. 쇳물이 사람에게 쏟아지다니…. 김 장로 천벌을 받은 거야."

김 장로가 꽁무니를 빼자 그 모습을 보던 많은 사람이 수군거렸다.

그 자리에는 노 집사도 있었다. 그는 이조백자 마지막 장인 최민섭 장로의 내화벽돌 전수자였다. 그는 황금성 제강공장의 용광로 기술자로 스카우트되었다. 3천도 이상의 고온에도 끄떡없이 견디는 내화벽돌로 용광로를 쌓는 전문가였다. 그는 도자기, 항아리, 기와, 벽돌을 굽는 가마 제작을 책임지고 있었다. 그러다 사고를 당한 것이다. 그는 병원으로 옮겨져 일 년이 넘도록 화상과의 사투를 벌였다. 사고 초기에 의사들은 노 집사가 살 수 있는 확률은 거의 제로라고 말하였다. 그는 그런데도 기적적으로 목숨을 건졌다.

그날 병원으로 실려 간 8명 가운데 5명이 치료를 받다가 사망했다. 김 장로는 위로의 말 한마디는커녕 노 집사를 포함한 피해자들에게 한 푼의 보상도 해주지 않았다. 경찰은 사고 조사를 하고서는 벌금형으로 어물쩍 넘어갔다. 늘 그래왔듯이 황금성과 경찰이 모종의 거래를 하고 있기 때문이었다. 촉망받던 용광로 기술자 노 집사는 김 장로에 의해 황금성에서 추방되었다. 최민섭 장로가 노 집사를 필요로 한다고 김 장로에게 통사정했지만 김 장로는 의견을 굽히지 않았다.

"사악한 사고를 당한 자입니다. 이건 저주입니다. 그런 자가 옆에 있으면 같은 저주를 받을 수 있어요. 그러면 그자 한 명이 황금교회의 근간을 흔들 수도 있어요. 이 황금 교회에는 그런 장애인을 둘 수 없습니다."

노 집사는 그곳에 쫓겨 난 후 막노동을 해서 먹고 살았다. 취직을 위해 다른 곳에도 찾아가 보았지만 노 집사의 흉측한 얼굴을 보고는 그를 외면해버렸다. 아무리 분장을 해도 소용이 없었다. 분장하면 조금 덜할 뿐, 흉측한 것은 매한가지였다.

노 집사는 과거 이야기를 최 목사에게 털어놓으면서 눈물을 글썽거렸다. 최 목사는 자신도 모르게 분장으로 가려진 노 집사의 오른쪽 화상 자국에 눈을 가져갔다. 최 목사는 쇳물을 뒤집어쓰고 구급대에 실려 가던 그의 모습이 얼핏 기억나는 것도 같았다.

밤 9시가 넘은 충군로 인쇄 골목 거리는 장마의 시작을 알리는 듯, 바닥까지 끈적이고 있었다. 비수기의 인쇄 골목은 어두웠다. 잠자는 인쇄 골목의 단 한곳에만 인기척이 느껴졌다. '금강정판'이라는 허름한 나무 간판이 걸려있는 인쇄소는 홀로 은밀한 불을 밝히고 있었다. 창문은 모두 커튼이 내려져 있었고 문도 굳게 닫혀있었다. 희미하게 들려오는 소리만으로 안에 작업자들이 있는 것을 알 수 있었다.

인쇄소 골목에는 쓰레기가 쌓여 있었고 물에 적셔진 종이상자가 지저분하게 널려있었다. 더러운 골목은 사람의 흔적을 찾아보기 쉽지 않았다. 아주 가끔 노인들만 길거리에 앉아 담배를 피우고 있었다. 밤이 깊어가며 습한 바람이 세차게 불어왔다. 바람에 빗물이 섞여들기 시작했다. 그러나 금강정판의 때묻은 간판은 빗물에도 좀처럼 깨끗해질 생각을 하지 않았다. 구정물이 덕지덕지 붙어있어 글씨를 겨우 알아볼 수 있을 정도였다.

그 문 앞에는 검은 정장을 입은 30대 초반의 남자 두 명이 빗물에 몸을 적신 채 두리번거리고 있었다. 이따금 누군가에게 외부 동향을 보고하는 듯 휴대전화기를 들고 있었다. 그중 한 사내는 팔뚝에 있는 시계를 자주 들여다보았다. 시간에 쫓기고 있는 것 같았다. 그들은 인쇄 골목에서 모사가 꾸며지고 있다는 첩보를 받고 두 시간 전부터 누군가를 미행하였다. 여기까지 와서도 별다른 행동을 하지 않고 인쇄소 문 바깥에 소리 없이 섰다. 그들은 인쇄소 안에 일어나는 동향만을 살펴볼 뿐이었다.

"이 새끼들, 일이 너무 느려 터지는군. 저들이 떠나면 바로 쳐들어가서 200장을 더 찍어야 한다."

인쇄소 안에서는 극비로 작업이 진행되고 있었다. 지달수에게 가끔 보고하는 사내들은 초조하게 작업이 끝나기를 기다렸다. 가끔 인쇄기가 돌아가는 소리가 바람 소리에 섞여 들려왔다. 그 안에는 검은 정장을 입은 건장한 사내들 네댓 명이 서성거리고 있는 게 살짝 벌어진 문틈으로 보였다. 그런데 인쇄기에 무슨 문제가 있는지 인쇄기 소리가 들리다 안 들리다 했다. 그럴수록 정장 입은 네 사내는 더욱 초조하게 우왕좌왕했다.

바람은 지상의 모든 것을 쓸어갈 듯이 부는데도 비는 접착제처럼 벽과 도로에 달라붙었다.

토요일 밤 11시가 넘어가고 있었다. 인쇄 골목에는 사람 하나 볼 수가 없었다. 쓰레기 더미에는 등 한가운데 털이 듬성듬성 빠진 쥐 한 마리가 먹을 것을 찾고 있었다. 그때 먼지 쌓인 윤전기 위에서 무언가가 뚝 떨어지듯 뛰어내렸다. 쥐 냄새를 맡은 검은 고양이였다. 난데없는 고양이의 출현에 기술자를 비롯해 정장 차림의 네 명은 기절하다시피 놀랐다. 그때 누군가가 소리를 질렀다.

"저게 뭐야?"

"뭐긴 뭐야. 괭이새끼구만. 에이, 시부럴 재수 없게 야밤에 검은 고양이가 나타나는 거야. 에이 검은 고양이를 봤으니 재수에 옴 붙겠네."

그들은 고양이가 뛰어 내리는 순간 경찰이 단속 나온 것처럼 놀랐던 것이다. 잠시 놀란 가슴을 쓸어내린 뒤에야 그들은 인쇄물을 살피기 시작했다. 인쇄공은 색상이 수십 년 지난 것처럼 변했는지 대조해 보았다.

고양이가 사라지고 나서 다시 윤전기 돌아가는 소리가 철커덕 철커덕 하면서 들렸다. 바깥에서 안에 나는 비명소리를 듣던 남자는 무슨 일인가 하고 문 안을 슬쩍 들여다보았다. 문틈에서 사람들의 목소리가 윤전기의 시끄러운 소리에 섞여서 들려왔다. 희미한 불빛이 문 사이로 새어 나왔다. 검은 정장 그림자들이 바쁘게 움직였다. 시큼한 냄새를 물씬 풍기는 쓰레기 더미를 뒤지던 쥐는 문틈으로 빠져나와 어디론가 사라지고 없었다.

이윽고 윤전기 돌아가는 소리가 멎었다. 그제야 사람들의 목소리가 좀 더 또렷하게 들려왔다. 50대 후반으로 보이는 머리가 벗겨진 인쇄공이 인쇄된 용지를 재단기에 넣고 절단하였다. 쓰으윽 소리를 내면서 네 귀퉁이가 떨어져 나갔다. 인쇄공은 100장씩 세 묶음으로 나누어 포장했다. 검은 정장의 사내들은 말없이 지켜보고 있었다. 대장으로 보이는 사내가 돈 봉투를 꺼내었다.

사내는 기술자에게 던지듯이 봉투를 건넸다. 그러자 그는 사방으로 눈치를 살피더니 아무 말 없이 집어넣었다. 그들은 인쇄물을 들고 밖으로 나왔다. 벌써 시동을 걸어놓고 대기하고 있는 H 차량에 몸을 실었다. H 차량이 길을 미끄러지듯이 빠른 속도로 떠나자 2층에 있는 고성능 카메라가 이들의 일거일동을 빠짐없이 기록하고 있었다.

"02푸6348 H 차량 3호 터널로 진입 직전. 임무 완수하기 바란다."

이들이 떠나자 바로 건너편 2층에서 기다리고 있던 일단의 무리가 재빨리 금강정판으로 들어갔다. 지달수가 보낸 별도의 행동대원들이었다.

"꼼짝 마라. 지금부터 우리가 시키는 대로 하지 않으면 목숨을 부지할 수 없을 것이다."

아까보다 더 험상궂은 인상의 사내가 옆 사내의 양복 가슴께 있는 안주머니를 가리켰다. 무기라도 쥔 듯 주머니 부분이 불룩이 솟아있었다. 인쇄공은 갑작스러운 공세에 얼어붙은 듯 그 자리에서 꼼짝달싹할 수 없었다. 손을 쳐들고 그 사내에게 말했다.

"사, 살려주십시오. 누, 누구십니까?"

"너는 가짜 문서를 위조한 범인이다. 우리가 경찰에 알리면 콩밥을 먹게 된다는 것을 알고 있겠지."

"가짜 문서라니요, 그게 무슨 말씀이십니까. 저는 모르는 일입니다. 조금 전 나간 사람들이 저에게 시켜서 한 일입니다. 저는 아무것도 모릅니다."

"그자들한테서 수고비를 받았잖아. 수고비를 받은 순간 공범이 되는 것이다."

"저는 달라고 한 적이 없습니다. 그 사람들이 던져주기에 받은 것뿐입니다. 여기 있습니다."

"그건 넣어둬라. 우리가 시키는 대로 하면 우리가 경찰에 알리지는 않겠다."

"예, 예. 어떻게 할까요?"

그때 남자들 사이에서 머리가 하얀 남자가 앞으로 나섰다. 조금 전에 말한 사람들과는 달리 부드러운 말투였다.

"어서 윤전기를 다시 돌릴 준비를 해라. 빨리 서둘러라. 시간이 많지 않다."

"예 예 시키는 대로 할 테니 목숨만 살려주십시오."

"알았다. 자, 먼저 인쇄한 배치증 원판을 가져와라."

"예, 저기다 두었습니다. 아직 폐기하지 않았습니다."

"그것을 윤전기에 걸고 다시 돌리면 인쇄가 되는 것인가?"

"그럼요. 몇 번이고 돌릴 수 있습니다."

"그러면 아까 것을 200장을 더 찍어라."

"예, 200장이나요?"

"말이 많다. 우리가 시키는 대로 해라."

"예? 먼저 한 분들이 만약에 다시 찍으면 쥐도 새도 모르게 저를 없애겠다고 협박했습니다. 저는 죽기 싫습니다요."

"그런 쓸데없는 걱정은 집어치우고 어서 윤전기나 돌려라. 그놈들은 이제 다신 나타나지 못한다."

인쇄공은 협박에 못 이겨 인쇄 일을 시작했다. 일은 거침없이 진행되었다. 기술자가 원판을 걸고 스위치를 넣자 윤전기가 돌아가기 시작하였다. 그는 식은땀을 흘리며 아무 말 없이 인쇄기를 돌렸다. 오랜 세월 동안 수없이 많은 인쇄를 해 보았는지 인쇄공의 손은 날렵했다. 뒤에 지켜보는 남자들의 시선이 따갑게 느껴졌다. 몇 번 시험 삼아 찍어 잉크색을 확인했다. 잉크색이 괜찮았는지 인쇄공은 다시 인쇄기를 돌렸다. 그러자 눈 깜짝할 시간 만에 200장이 인쇄되어 나왔다. 인쇄공은 덜덜 떠는 손으로 인쇄물을 확인했다. 그때 인상이 좀 성깔 있게 생긴 사내가 딱딱하게 굴며 재촉을 했다.

"다 된 것인가? 빨리해라, 빨리."

"예, 이제 거의 다 되었습니다. 조금만 더 기다려주십시오."

인쇄공은 재단기에 인쇄물을 올려놓고 자를 면을 재 보았다. 인쇄물이 흐트러지지 않게 끝을 맞췄다. 큰 종이 한 면에는 많은 배치증이 인쇄되어 있었다. 그것을 크기에 맞게 잘라내었다. 커다란 작두 위에 달린 손잡이를 내렸다. 소리도 없이 인쇄물이 깨끗하게 잘려나갔다. 인쇄공은 그것을 100장씩 두 묶음으로 묶은 뒤 봉투에 넣어 주었다. 진짜 같은 가짜 배치증이 지달수의 행동대원들의 손에 들어가는 순간이었다. 대장으로 보이는 사내가 기술자에게 수고비가 들어있는 하얀 봉투를 쥐어 주었다. 그 봉투 속에 방금 잘라낸 배치증 1장을 집어넣어 주었다.

"당신, 오늘 있었던 일을 누군가에게 흘리면 그 순간 밥숟갈을 놓게 될 것이다. 알았나?"
"예 예. 그건 염려하지 마십시오,
"이 일이 끝날 때까지 조용히만 하면 이 배치증 한 장 더 주겠다. 이건 수고비다. 이 시간 이후 오늘 있었던 일은 잊어라. 만약 혀를 나불댔다가는 알지? 애들이 당신을 감쪽같이 제거할 수도 있다."
대장은 자신의 목을 칼로 긋듯 손으로 베는 시늉을 했다. 인쇄공은 연신 고개만 주억거렸다. 그들은 그것을 차량에 싣고 빠르게 움직였다. 배치증을 손에 들고 있던 팀장이 운전하던 남자에게 말했다.
"이거 감쪽같기는 한데 50년대 발행된 것이라고 하면 사람들이 믿을 수 있을지는 장담할 수 없겠는데…. 또 정밀 검사를 하면 이 펄프가 언제쯤 생산된 것인지 다 나오게 되는데 과연 먹힐지 의문이란 말이지."

한편 집에서 발을 동동거리며 연락을 기다리던 지달수는 H 차량 미행팀의 전화를 받았다.
"회장님, 미행은 차질 없이 하고 있는데 중간에 두 명이 내렸습니다. 다행히 아무것도 안 가진 맨손이었습니다. 그 안에는 2명이 타고 있습니다. 지금 방향으로 봐서는 과천을 지나서 인덕원 쪽으로 내려가는 게 아닌가 판단됩니다."

"그래 놓치지 말고 끝까지 완벽하게 수행하기 바란다. 여기서 놓치면 국물도 없다."

지달수는 장원제 변호사가 위조한 배치증이 어디로 가는지 모르고 있었다. 장 변호사는 배치증 위조를 지달수도 모르게 진행하고 있었던 것이었다. 그는 장 변호사가 배치증을 어디로 배달하는 것인지 확인해 보고 싶었다.

장원제 변호사는 위조 팀을 지시해 모처에 배달하라고 지시 내렸다. 뒤에 누군가가 쫓아온다는 것을 보고하자 장원제 변호사는 두 명을 먼저 내리도록 지시했다. 그러나 그것은 눈속임일 뿐, 이미 배치증은 지달수 미행 팀의 눈을 피해 다른 차량이 배달한 뒤였다.

"장 변호사님, 물건은 차질 없이 배달했습니다."
"내가 변호사라고 부르지 말라고 했잖습니까. 아무튼, 배달은 수고했어요."

장 변호사는 전화를 끊고 게슴츠레하게 눈을 떴다. 그의 입 꼬리에는 은근한 미소가 번졌다. 만일 이 재개발 건을 이 부장이 성공한다면 100억을 받게 되고, 배치증을 위조해 판 도지사가 성공한다면 배치증 10%를 사례금으로 받게 될 것이었다. 임 지사에게 받는 사례금은 타 명의로 돌려야 하는 번거로움이 있지만, 이렇게 해 두는 것이 이 부장과 임 지사의 싸움에 누가 이기든 손해 보는 일은 없을 터였다.

그는 이 부장과의 100억 회합이 얼마 지나지 않은 때 임 지사를 처음

만났다. 그는 성격이 매우 시원시원한 사람이었다. 대인배라는 말이 그에게 딱 어울리는 말이었다.

"장 변이 지금 소송하고 있는 그 땅하고 건물이 원래는 황금성 신도들의 땅이라고 들었습니다."

오자마자 진수성찬에 입도 대지 않고 술부터 한잔 마신 후, 임 지사가 내뱉은 단도직입적인 한마디였다. 임 지사는 성격이 화끈해 젊은이들에게 많은 지지를 받고 있었다. 장 변호사는 그 한 마디에 벌써 정치싸움이 시작된 것을 직감할 수 있었다. 이때 처신을 잘 해야지, 그렇지 않다면 사이에 껴서 고생만 하고 오히려 손해 볼 수 있었다.

"예, 그 땅과 건물 명의는 황금성의 차장순 명의입니다. 그런데 왜 그러십니까."
"내가 장 변에게 좋은 제안을 하나 주려고 합니다. 그게 자기 땅으로 알고 20년 점유를 했다는 것을 증명해야 하는데, 지금 그것을 증명할 길이 없다지요?"
"예… 지금 그것을 증명할 길을 마련하느라 골머리를 앓고 있습니다."
"내가 해결방안을 알고 있습니다. 황금성 김영일 교주가 사망하기 전, 신도들이 그곳에 살기 위해 임시거주증을 주었다는군요. 여기 서류입니다."
임 지사가 옆에 있던 박 비서를 보고 고개를 끄덕였다. 박 비서는 그 사인을 보자 가방 속에서 라텍스 장갑을 꺼내었다. 그러곤 손에 그것을 끼웠다. 가방 속에 있던 봉투를 꺼내 놓았다. 그녀는 그 속에서 조심스럽게 비닐에 담긴 무언가를 꺼내었다. 그 속에는 60년대 김영일 교주의 명의로 발행한 배치증 2장이 담겨있었다. 종이가 너무 오래되어 끝이 해어져 있었다. 잠깐 방심하여 조금이라도 건드릴라치면 종이가 바사삭 부서져 내렸다.

한 장은 너무 많이 낡았는데 다른 한 개는 제법 멀쩡하게 보존되어있었다. 처음 보는 귀중한 고문서에 눈이 크게 떠졌지만, 장 변호사는 이내 입을 열었다.

"이건 단지 임시 거주 증서에 불과하지 않습니까. 이렇게 육안으로 본 것은 처음이지만 저도 지달수에게 이야기를 들어 잘 알고 있습니다."

"이걸 인쇄하여 20년 전 팔았던 것으로 하면 됩니다. 이런 서류를 취급하는 인쇄소를 소개해드리죠."

신도재산을 유령과 같은 해영주민협의회 500명의 명의로 돌리는 계획에 난항을 겪고 있던 장 변호사는 그 얘기를 듣자 솔깃해졌다. 이것이라면 자금도 나올 수 있을 거고 주민협의회 인원수도 채울 수 있고 손해 볼 것이 없었다.

"그런데 이것을 찍어낸다면 가짜가 아닙니까. 똑같은걸 찍어 내기도 어렵고, 번호를 바꿔 찍어내자니 티가 날 것 같고…"

"그건 염려 안 해도 됩니다. 장 변호사는 나만 따라오면 됩니다."

"아니 지사님께서 이런 일을 다 관심을 가져주시고… 제가 어떻게 사례를 드려야 할지…"

"허허허…"

장 변호사의 질문에 기분이 좋아진 듯 만족스러운 웃음을 짓던 임 지사가 말을 이었다.

"내가 장 변호사의 일을 지휘하겠습니다. 내 밑으로 들어와 일하세요. 장 변호사 젊은 나이에 그렇게 많이 먹으면 다칩니다. 10% 성공보수만으로 충분할 겁니다. 내가 배치증 처리까지 깔끔하게 해드리죠."

때는 벌써 새벽 3시가 다 되어가고 있었다. 바람은 어느 정도 진정되었지만, 가랑비는 바뀌어 장대비가 되어가고 있었다.

"지 회장님, 200장 추가로 확보했습니다. 이걸 갖고 오션 파크 호텔로 가서 몸을 풀고 있겠습니다. 아침에 그리 오셔서 식사나 함께하시죠."

"알았네. 8시까지 그리 갈 테니까, 푹 쉬고 있으라구. 아참, 그런데 먼저 간 팀을 미행하던 쪽은 어떻게 되었나?"

"놓쳤습니다. 죄송합니다. 저희가 쫓았는데 그들을 붙잡고 보니 아무것도 갖고 있지 않았습니다. 차에 타기 전 다른 곳으로 빼돌린 것 같습니다."

"…알았네. 일단 푹 쉬고 아침에 보세."

그 시간, 정보부는 H 차량을 추적하여 그 문서가 도지사 집무실 금고로 들어갔다는 것을 알게 되었다. 그 첩보는 곧바로 이윤근 정보부장한테 보고되었다. 사실을 보고 받은 이 부장은 도무지 믿으려 들지를 않았다.

"이봐. 애들이 뭔가를 착각을 하고 있는 게 아닌지 더 확인해 보라구."

이 정보를 토대로 다음 날 정보부장은 출근하자마자 부리나케 비밀회의를 열었다. 그 자리에는 아주 의외의 인물이 하나 참석하고 있었다. 그는 청와대 민정실 요원으로 위장하고 있었다. 안경테가 여느 것보다 큰 것을 낀 데다 긴 가발로 이마의 3분의 1을 자연스럽게 가렸다. 민정실에는 서로 얼굴을 모르는 요원들이 수두룩했기에 변장할 수 있었다. 그는 바로 대통령의 아들 백철환이었다.

만약에 그가 잠입했다는 사실이 세상에 알려지기라도 하는 날이면 언론은 대서특필이요, 국회는 당장에 국정감사니 청문회니 난리가 날 중대사였다. 그만큼 정치적 생명을 건 대모험이었다.

이 부장은 대통령 차남 덕에 정보부장 자리를 꿰차게 되었다. 그러니 보은을 해주지 않을 수가 없었다. 그 보은이란 바로 돈이었다. 대통령 아들에게 자리를 만들어 바쳐봐야 공허한 일일 것이었다. 대통령 버금가는 세도를 남들 안 보이는 곳에서 은밀히 행사하고 있는 그에게는 돈 만이 중요했다. 돈이 힘이고 돈이 생명이나 마찬가지였다. 이 부장은 눈에 불을 켜고 돈줄이 되는 것을 찾는 백철환에게 잠입할 수 있도록 허용해 준 것이다.

이 부장이 먼저 비밀회의가 열리게 된 배경을 짤막하게 설명하기 시작했다.

"오늘 아침 이렇게 급작스럽게 모인 것은…."

이 부장은 잠시 뜸을 들이듯 좌중을 둘러보았다.

"에, 확인된 정보에 따라 말씀드리자면 해영동 배치중인데, 위조된 수백 장의 배치증이 모처의 금고 속에 보관돼 있습니다. 만약 이게 드러나면 정권이 뒤집히고도 남습니다. 이걸 사전에 막아야 합니다. 만약 방치했다가는 정권에 위기가 닥치고 그 결과 정권을 교체하자는 시민저항까지 일어날 핵폭탄이 될 것입니다."

그런데 큰 안경테를 낀 대통령의 아들은 실로 꿰맨 듯 입도 뻥긋하지 않고 지켜만 보고 있었다. 잠시 침묵이 이어졌다. 정보부 국내 담당 2차장이 조심스럽게 입을 열었다.

"제가 볼 때도 황금성과 관련된 토지, 건물 문서 같은 것이 다량 위조되어 시장에 나온다면 사회적 파장은 태풍급이 될 것입니다. 그걸 쥐도 새도 모르게 탈취하여 소각해야 합니다. 문제는 어떻게 모르게 탈취하느냐에 있습니다. 어제 금고로 들어갔으니까 일주일 정도는 거기에 머물 것 같습니다. 우리 요원들이 007가방에 위치 추적기를 부착했다고는 하지만 가방은 바꾸면 그만입니다. 가짜 배치증이 기획부동산에 넘어가기 전에 우리 쪽에서 입수해야 합니다. 지금 분초를 다툴 정도로 한시가 급합니다."

"알았네. 그렇다면 당장 거사를 실행에 옮기자구."

7_ 작전명 "너구리 가마"

이 정보부장은 제2집무실로 들어섰다. 일명 안가로 불리는 곳이었다. 정보부장은 강의 북쪽과 강의 남쪽에 각각 한 곳씩 안가를 두고 있었다. 강 남쪽의 제일 번화가인 해창역 사거리에서 해영역 쪽으로 500미터쯤 가다보면 32층짜리 골든글라스타워가 있었다. 그 건물 32층이 바로 그의 해창 안가였다.

서쪽으로 보면 해창역 사거리는 물론 에스기업의 고층건물이 다 사정권이었다. 창가에는 600킬로미터 하늘에서 자동차를 찍으면 개미 만하게 보인다는 수퍼급 카메라가 설치되어 있었다. 그 카메라는 에스기업에서 사람의 움직임을 자동으로 감지해 사진을 찍고 있었다. 정보부장은 핵심 차장을 모두 한 자리에 불러 모았다. 국내담당 1차장이 오늘의 긴

급 안건을 설명하기 시작했다.

"며칠 전 해영동 주택배치증 300장이 극비리에 위조되어 임정수 도지사 집무실 개인금고로 들어갔습니다. 이게 시중에 유통되면 1천억 원대에 이릅니다. 또 개발이익까지 계산하면 2조 원대에 이르게 됩니다. 이 자금은 임정수 도지사의 대권 도전에 투입될 것이 분명합니다. 지금까지 우리가 취득한 정보로는 임정수는 경쟁력이 떨어집니다. 또 그는 약간 좌편향성을 보이고 있는 것이 우려가 됩니다. 만약 그 사람이 대권을 잡으면 줄초상이 날 것입니다. 어쨌든 임 지사가 대권을 잡지 못하도록 막아야 합니다. 그가 주택배치증 장사를 못 하도록 빼낸다면 그를 막을 수 있습니다."

그의 말을 듣던 좌중은 조용해졌다. 문제는 어떻게 도지사 집무실에 감쪽같이 잠입하느냐였기 때문이다. 공간 확보와 사람의 벽을 넘어야 하는 고도의 계략이 있어야 하는 작전이었다. 금고를 여는 기술적 처리도 만만한 문제가 아니었다. 침투 요원이 그만큼 많이 필요하므로 작전은 매우 치밀하게 준비해야 했다. 모두 골치 아픈 사건을 자칫 섣부르게 맡았다가 책임을 져야 할 것을 두려워하고 있었다.

이 부장은 뭔가 기대하듯이 주위를 둘러보면서 나설 사람을 찾고 있었다. 그는 기대감에 차 작전을 성공시킬 기발한 아이디어를 구하는 표정을 지었다. 모두 서로의 눈치만 보기 바빴다. 눈을 모두 아래로 내리깔거나 딴청을 했다. 몸을 조금이라도 움직이다 눈만 마주친다면 지목을 당할 수 있었다.

"자, 그걸 감쪽같이 빼낼 방법을 말해보세요. 하늘도 땅도 모르게 해야 하는데 좋은 아이디어를 내보시지요. 모두들 왜 그렇게 말이 없습니까? 여기 대한민국 제일의 정보부 맞습니까?"

모두 꿀 먹은 벙어리처럼 입을 굳게 다물고 좀처럼 말을 하지 않으려 들었다. 1초가 한 시간 같이 흘러가고 있었다. 그때 2차장이 얼굴을 들면서 "접니다" 하고 나서는 것이었다. 그는 정보부 안에서 창조맨으로 불릴 정도로 이런저런 아이디어를 끊임없이 내놓고 있었다. 이 부장은 '역시나' 하면서 2차장한테 눈길을 고정했다. 앉아있던 모든 사람들은 손을 든 2차장에게 매우 고마운 마음을 느꼈다. 굳어있던 몸들이 휴우 한숨을 내쉬며 긴장을 풀었다.

"이건 좀 고전적이기는 하지만 효과는 백 프로입니다. 금고에 가장 가까이 접근할 수 있다는 장점도 있습니다. 문제는 실패할 경우 도피할 데가 없다는 겁니다."

이 부장은 2차장이 돌려 말하는 통에 조바심이 났다. 더는 견딜 수가 없어 버럭 소리를 질렀다.

"아니 2차장! 우리 지금 스무고개 하는 건 아니겠지? 어서 본론으로 직행하라구."

그때서야 2차장은 찔끔하더니 이야기를 털어놓는 것이었다.

"사실 알고 나면 간단한 겁니다. 도지사 집무실 PC에 바이러스를 뿌려 OS를 파괴해 버리는 겁니다. 그러면 그 PC는 더는 쓸 수가 없게 되죠. 아마 그러면 비서가 외주업체에 수리를 부탁할 겁니다. 그 수리 업체는 우리 도청팀을 통해 철저히 분석해 수리공 다음에 정예 요원을 투입시켜 들여보내는 겁니다. 수리공은 매수 시키고요. 작전시간은 매수시간 안에 끝내야 합니다."

"알았네. 그 정도야 맘만 먹으면 할 수 있는 일이 아닌가. 2차장이 책임지고 로드맵과 시나리오를 짜서 갖고 오게."

작전명 "너구리 가마"는 그렇게 시작되었다. 이튿날, 정보부 특수 임무팀은 가장 독하다는 '스파르타 21' 바이러스를 도지사 PC에 감염시켰다. 도지사 PC에 감염시킨 바이러스는 전 세계 컴퓨터 역사상 가장 강력한 것이었다. 이 바이러스는 백신이 없어 한 번 걸렸다면 속수무책이었으며 하드디스크를 완벽히 파괴하여 DB부터 프로그램까지 초기화시켰다. 그 바이러스에 걸린 PC는 먹통이 되었다. 또 원래 바이러스를 유포한 PC로 모든 DB를 보내는데 중간에 좀비 숙주 PC를 수십 개를 거느리기 때문에 걷잡을 수 없을 정도로 빠르고 광범위하게 퍼지는 것이었다.

아침 8시, 출근하자마자 도지사는 습관대로 PC의 스위치를 눌렀다가 소스라치게 놀랐다. 화면에 드라큘라 모습이 떴던 것이다. 그러곤 이내 영어로 "You are a fool."이 나타났다.

그는 PC의 전원을 길게 눌러 껐다. 다시 켜 보았지만 똑같은 드라큘라 모습과 영어 화면이 나오는 현상이 사라지지 않았다. 혹시 어제 퇴근 전 보았던 야한 동영상 때문은 아니었을까 식은땀이 났다. 할 수만 있다면 자신이 그것을 복구하고 싶었지만, PC에 대해서만큼은 아무것도 할 줄 아는 것이 없었다. 모니터는 블루 스크린으로 넘어갔다. 그는 당황해서 어쩔 수 없이 비서실로 전화를 걸었다.

"박선희 씨, 어서 들어와요. 여기 PC에 뭔가 문제가 생겼어요. 빨리 들어와 조치 좀 해줘요."

박 비서가 모습을 드러냈다. 임 지사는 모든 일에 박 비서를 먼저 부르는 것이 습관이었다. 까만 동그란 테를 얼굴에 끼운 박 비서는 노크 후 또각또각 걸어 들어왔다. 하얀 블라우스와 검은 H라인 스커트는 그녀가 매일 입고 일하는 업무 복이었다. 흰 피부의 그녀는 아이라인과 마스카라로 눈 화장을 짙게 하였다. 흐트러지지 않는 둥그런 중단발머리는 임 지사가 제일 좋아하는 것 중의 하나였다. 그녀는 그의 눈앞에서 인사를 했다.

임 지사는 그의 책상으로 가까이 오는 박 비서를 물끄러미 바라보았다. 박 비서는 임 지사의 오른쪽으로 가서 엉덩이를 빼고 머리를 모니터 앞에 가까이 기울였다. 눈앞에 박 비서의 블라우스가 보였다. 단추를 두 개 푼 블라우스 사이로 박 비서의 풍만한 가슴이 눈에 들어왔다. 박 비서의 향긋한 샴푸 냄새가 코로 들어왔다. 임 지사는 심각한 사태에도 불구하고 그 냄새를 코에 담으려 크게 한숨을 들이쉬었다. PC를 확인해보던 박 비서가 얼굴을 돌려 임 지사를 보고는 입을 열었다.

"지사님, 이 증상은 감염 상태가 아주 안 좋을 때 나타납니다. 우리 힘으로는 안 되니까 지금 곧 시스템 유지보수 계약을 맺은 닥터포렌식 김종우 사장에 연락하겠습니다. 거기는 다른 데서 잡지 못하는 바이러스도 잘 잡아내기로 유명합니다."

"이 PC에 보안성 데이터가 많은데 그것도 복구해야 할 텐데 가능할까? 아니 그런데 박선희 씨는 대학에서 컴퓨터공학을 전공했잖아? 박 비서가 할 수는 없는 건가?"

"지사님, 컴퓨터공학도 워낙 분야가 나누어져 한 사람이 다 알 수 없습니다. 거기까진 제가 답변을 드릴 수 없습니다. 전문가가 와봐야 알 수 있습니다. 점심시간 안에 와서 일할 수 있도록 하겠습니다. 조금만 참아주십시오."

박 비서는 곧바로 닥터포렌식에 전화를 걸었다. 그런 과정을 정보부는 이미 꿰고 있었다. 도청 팀이 움직이기 시작했다. 그때 정보부는 도청 팀을 가동해 비서와 닥터포렌식 수리기사가 통화하는 내용을 녹음하고 있었다.

"여보세요? 우리 임 지사님 PC에 좀비 바이러스가 감염된 것 같습니다. 점심시간에 빨리 오셔서 봐줄 수 있을까요?"

"그건 어려운데요. 오늘 가야 할 데가 많아서 아주 바쁩니다. 또 서버에 영향을 줄 우려가 있어 업무가 끝난 다음에 체크하는 것이 정석입니다."

"그러면 몇 시에…."

"시스템 안전 문제로 자정은 지나야 합니다. 복구까지는 아마 3시간 넘게 걸릴 겁니다."

"예, 그럼 기다리죠. 반드시 우리 쪽 공무원 한 분이 입회해야 합니다. 지사님 PC는 입회인 없이는 손댈 수 없습니다."

"알겠습니다. 자정에 가서 연락드리겠습니다."

도지사는 그날 하루 동안 결재 한 건도 못하고 백수처럼 시간을 죽이다가 사무실을 나섰다. 원래도 많이는 없었지만 PC가 멈추니까 할 수 있는 일이 더 아무것도 없었다. 그는 금고문을 열고 그 안의 물건을 들여다보거나 책상 서랍 속의 잡다한 기물을 만지며 시간을 죽였다.

그날 밤 11시 50분, 닥터포렌식의 기사 세 명은 작업복을 입고 중간 크기의 검은 서류가방을 들고 6층 지사실로 들어갔다. 그들은 현관을 지나자마자 당직사령 과장과 만났다. 김 과장은 일면식도 없는 기사들이라 간단히 신원만 확인하고 지사실로 안내했다.

자정이 약간 넘어서야 닥터포렌식 팀은 도지사 집무실 PC를 켜놓고 사고 원인을 찾기 시작했다. 비상 회로 선을 깔고 박스들을 열어 공구를 꺼내 놓을 때 김 과장은 당직실로 돌아갔다. 복구 작업은 서너 시간 이상이 걸릴 수도 있으니 연락번호를 적어주고 쉴 요량이었다.

PC를 보던 복구반은 연신 혀를 내둘렀다. 귀신이 곡할 정도로 기가 막힌 일이었다. 멀쩡했던 PC가 좀비 PC 증상으로 서버린다는 게 도저히 이해가 안 되었다. 그날 도지사에게 이메일을 발송한 PC들은 거의 다 비슷한 증상으로 바이러스에 걸려 정지된 상태라는 이야기도 전해 듣게 되었다.

"팀장님, 이번 바이러스는 어떤 목적이 있어서 도지사 PC만 집중적으로 공격했다고 보이는 데요."

"아직은 어떤 결론에 접근하기는 일러. 더 분석하고 다른 PC도 점검해서 동일한 바이러스에 감염된 것인지 보고 결론을 내리자구."

"팀장님, 여기 보십시오. 바이러스가 '개발정보 극비사항' 폴더를 집중적으로 공격했네요. 다행히 이 폴더에는 패스워드를 걸어 놓았는데 해커들이 이 패스워드를 풀고 정보를 빼내 갔는지는 더 분석해봐야 알 것 같습니다."

"그래. 불량 해커가 도지사 PC에 접근해서 개발정보를 빼내려고 그런

건 아닌가 염려되는 데 더 확인해 보고 판단하지."

둘은 그 PC를 한참을 더 들여다보더니 아주 심각한 표정을 지었다. 로그인 기록을 분석하니까 이건 분명히 국내에서 침투한 내역이 아닌 것 같았다.

그 날 도지사는 퇴근하면서 당직사령 김 과장에게 이 사건이 외부로 빠져나가지 않도록 보안을 튼튼히 하라고 몇 차례나 당부했다. 그러면서 특이한 일이 있으면 보고하라는 말도 빼놓지 않았다. 도지사 PC 복구 작업에 입회하기로 한 당직사령 김 과장은 고개를 끄덕였다. 그러나 그는 PC 복구반이 일을 시작하자 당직실에 눌러 앉아 사극에 푹 빠져버렸다.

"과장님, 잠깐만 드릴 말씀이 있습니다. 문제가 좀 있어서요."
"어? 언제 왔어. 이 드라마 끝나려면 5분 남았어. 이방원이 정도전을 처치하려는 장면이야. 요것만 보고 얘기하자구. 가서 일하고 있어요."
김 과장은 작업을 관리하려고 야근을 하는 건지 심야 사극을 보는 게 본업인지 분간이 되지 않을 정도였다. 그때 일 층에 닥터포렌식 직원 차림의 세 사람이 경비실 앞에 나타났다. 검은 모자를 쓰고 선글라스를 끼고서였다. 경비는 본능적으로 그들을 불러 세웠다.
"어디 가시는 겁니까? 이 새벽에…?"
세 사람을 제지하고 보니 작업복과 가방에 시스템 유지보수 업체 마크가 확연히 찍혀있었다. 한 눈에도 방문자 난에 서명한 PC 업체 직원임을 알 수 있었다. 세 사람 중 한 사람이 선글라스를 벗었다.
"예. 우리 기술팀이 도지사 집무실 PC를 복구하고 있는데 시간이 촉박해서 지원하러 왔습니다."

"아 그렇습니까. 어서 올라가시죠. 6층입니다. 올라간다고 연락해드릴까요?"

"아니 그럴 필요는 없습니다. 우리가 올 거로 다들 알고 있습니다."

요원은 경비실을 지나자 다시 까만 선글라스를 썼다. 엘리베이터가 6층에 도착했다. 정보부 요원들은 엘리베이터에서 내리자마자 빠르게 작업을 시작했다. 가방을 열어 마취제가 묻힌 거즈를 각자 하나씩 꺼내 들었다.

먼저 당직실의 김 과장을 처리해야 했다. 눈앞에 CCTV 화면 안에 정보부 직원이 침투하는 것이 고스란히 찍혀있었지만 김 과장은 TV만 보다가 그 장면을 놓치고 말았다. 문을 등지고 앉아 TV에 빠져있는 김 과장의 당직실에 발걸음을 죽이고 들어갔다. 그의 입과 코에 마취 거즈를 가져다 대어 기절시켰다. 의자에 몸을 기대고 팔과 고개가 축 늘어졌다. 그들은 그 이후 바로 CCTV의 녹화 장면을 모두 삭제하고 CCTV의 전원선을 뽑아버렸다.

당직실을 유유히 빠져나간 정보부 요원들은 도지사 집무실 문을 열었다. 집무실로 요원 세 사람이 들어서자마자 수리공 한 명씩 맡았다. 각자 흩어져 작업을 하던 수리공들은 너무 몰두해서 그만 침입자가 있는 줄도 모르고 계속 작업을 했다.

요원들은 그들 뒤로 다가가 거즈를 펴서 코에다 대었다. 세 명 모두 맥

없이 흐물흐물 늘어졌다. 땅땅하게 보이는 40대 초반의 남자가 서둘러 도지사 금고로 접근했다. 지금부터 15분이 이들에게 주어진 작업 시간이었다. 그 시간이 지나면 셋은 깨어나 제정신으로 돌아오게 될 것이었다.

그는 도지사 금고 다이얼에다 두툼하게 생긴 전자장비를 덮어씌웠다. 그러자 빨간불이 깜빡거리면서 '끄르륵끄르륵' 소리를 내기 시작했다. 2분쯤 있으니까 그 소리가 멎었고 곧 초록색 불로 바뀌었다.
"이제 됐습니다. 이제 열까요?"
"아니야 내가 열지."
팀장이 손을 가까이 가져다 댔다.
"예, 빨리 열어주십시오. 이제 6분 있으면 저 세 명의 정신이 돌아올 겁니다."
그러자 팀장은 금고의 손잡이를 두 손으로 잡아당겼다. 웅하는 소리와 함께 금고가 입을 열었다. 금고문이 열리자 3단으로 된 선반에는 누런색 방수지로 포장된 뭉치 하나가 가지런히 놓여있었다. 바로 그들이 찾던 물건이었다. 팀장은 뭉치 옆구리를 스위스 아미 칼로 살짝 찢었다. 뭉치를 들춰보니 오케이 사인을 보내면서 만족한 웃음을 띠었다. 무사히 작전에 성공해 목적을 달성하여 유쾌하다는 뜻이었다.

그런데 중간 선반에는 100장짜리 5만 원 신권 뭉치가 있었다. 한눈에 보아도 백여 개 이상은 되어 보였다. 팀장은 그 돈다발을 보면서 중얼거렸다.
"이 돼지 같은 새끼! 도지사 짓은 하지 않고 돈만 챙기러 다닌 거 아냐? 이 많은 돈 어디서 났을까? 이놈 도지사 새끼… 이거 얼마나 되겠나?"

"크윽…."

돈을 보고 놀라기는 두 사람 역시 마찬가지였다. 그들은 탄성만 자아낼 뿐 딱히 대구할 말을 찾지 못했다. 그들은 돈에는 관심이 없었다. 그저 빨리 여기를 빠져나가 임무를 완수해야 했다. 다른 것의 위치를 바꾸면 도난 사실을 금방 눈치를 채게 하는 빌미를 주는 것이었다. 그들은 배치증만 살짝 들어 그들의 검은 가방에 집어넣었다.

"이건 사진 기록으로 남겨 놓자구. 이 새끼 언젠가 까불어대면 한 방에 보낼 수 있는 재료로 써먹을 데가 있을 테니까."
정보부 요원들은 팀장의 지시에 따라 초소형 카메라를 꺼내 2단 선반에 있는 5만 원권 뭉치를 향해 셔터를 눌렀다.
그들은 검은 장갑을 끼고 있었다. 감전 방지기능이 있는 특수 장갑이었다. 그 덕에 금고에는 지문 하나 남지 않았다. 그들은 도지사 금고에서 해영동 배치증 300장 뭉치를 검은 가방에 넣고 서둘러 빠져나갔다. 벌써 새벽 5시가 다 되어 동녘 하늘은 뿌옇게 밝아오고 있었다. 닥터포렌식 기술자들과 김 과장은 그들이 떠난 지 2분이 채 되지 않아 깨어났다.
누군가가 코를 막고 기절을 시킨 것까지는 기억나지만 나머지는 아무것도 생각이 나지 않았다. 김 과장을 찾아 간 팀장이 먼저 말을 꺼냈다.

"무슨 일이 있었지요? 도대체 우리에게 어떤 놈이 뭘 한 건가요? 도지사실에서 뭔 짓을 한 게 아닐까요? 과장님, 이건 보고해야 하지 않나요?"
"글쎄…. 살펴봐도 특별한 피해가 일어난 것은 아닌 것 같은데?"

"저희는 잘 모르겠습니다. 처음 올 때하고 달라진 것은 아무것도 없습니다. 과장님이 잘 살펴봐 주십시오. 그래도 만약에 모르니까 사실대로 보고하는 것이 좋을 것 같습니다."

PC 복구반은 마취가 조금씩 풀리면서 머리가 지끈지끈 쑤셔왔다. 팀장은 화장실로 옮겨갈 틈도 없이 그 자리에서 구토를 시작했다. 그러자 팀원 중 하나가 부리나케 뛰어가 걸레를 가져와 토사물을 닦아냈다.

"에구에구…. 여기가 어디라고 이러신대요. 팀장님, 여기는 도지사 집무실입니다. 이러시면 안 됩니다. 화장실로 빨리 가세요."

한참을 토악질을 해댄 팀장은 어느 정도 안정이 되었는지 괜찮아진 얼굴로 다시 PC 앞으로 돌아왔다. 그때 김 과장은 비서실장에게 전화를 걸었다.

"실장님, 단잠을 주무시는데 죄송합니다. 어제 지사님 PC가 바이러스에 감염되어 작동이 멈추고 DB가 날아갔습니다. 그래서 자정부터 닥터 포렌식 기술자 두 명을 불러서 고쳤습니다. 그런데 새벽 4시쯤 누군가가 우리를 마취시킨 것 같습니다. 한 20여 분 있다가 깨어났는데 지사님 집무실은 변한 게 없습니다. 도대체 누구 무슨 목적으로 그런 짓을 했는지 모르겠습니다. 이상입니다."

"뭐라구요? 뭐 없어진 게 있는지 자세히 다시 한 번 살펴보세요. 그 전에 세 사람 건강에는 이상은 없습니까?"

"육안으로 봐서는 특이한 것은 아무것도 없습니다. 저희는 손끝 하나 다친 게 없습니다. 아무리 자세히 살펴보아도 지사님 집무실의 모습은 그대로입니다."

"그럼 알았어요. 지사님께 내가 보고하고 일찍 나갈 테니까 현장을 잘 보존해주세요. 단, 언론에는 절대 알리지 마세요. 알리더라도 지사님께 보고한 후 공보실을 통해서 보도 자료가 나가도록 해야 합니다."

비서실장은 보고를 받은 즉시 넥타이를 가방에 넣고 서둘러서 집을 나섰다. 도저히 불안해서 출근시각까지 기다릴 수가 없었던 것이다. 그날 아침 8시, 도지사가 출근하자마자 비서실장이 지사실 안으로 들어섰다.

"지사님, 어젯밤 PC 복구 작업에서 입회했던 당직사령 김득봉 과장의 보고인데요, 일단 새벽 5시까지 시스템 복구는 마쳤다고 합니다."

"그래요? 별다른 문제는 없었나요?"

"밤사이 시스템은 다행히 살려낸 것 같습니다. 그런데 DB는 열흘은 지나야 하고 그 이후에야 복구 여부를 알 수 있다고 합니다."

"아니, 복구 여부? 그러면 못 살릴 수도 있다는 건가? 또 그렇게 오래 걸리나요?"

"예, 워낙 강력한 바이러스인 데다 소프트웨어 엔진의 드라이버까지 송두리째 파괴해버렸기 때문에 시간이 오래 걸린다는 것입니다."

"휴… 알겠어요. 수고했어요."

"지사님, 그런데 오늘 새벽 4시쯤 의문의 사건이 있었다는 보고가 들어왔습니다."

"뭐? 의문의 사건요? 아니 그건 또 갑자기 무슨 풍딴지같은 얘깁니까?"

"지사님, 작업자 세 명과 당직사령까지 마취시켰다고 합니다. 당직사령 말로는 잠깐 마취 당했다 깨어났다고 합니다. CCTV 데이터까지 모두 삭제하고 선까지 뽑았는데 별다른 이상 상황은 없었다고 합니다. 그러나 뭔가 의도가 있을 가능성도 있습니다. 침입자들이 무엇을 하고 갔는지 좀 더 면밀히 파악해 보겠습니다."

그의 말을 듣던 임정수 도지사의 얼굴은 스머프처럼 얼굴이 파랗게 변해갔다. 입이 굳어 목소리까지 더듬거렸다.

"실장, 혹시 도청장치가 있는지 검사 한 번 해봐야겠네요. 다른 없어진 것이 없나 확인해 보고. 혹시 모르니 언론에 들어가지 않게 조심하시고."

"예, 지사님. 분부하신 대로 따르겠습니다."

도지사는 비서실장한테 충격적인 보고를 받고는 얼굴이 화끈거리고 가슴에 불덩이 같은 것이 끓어올랐다. 냉장고의 생수를 입에 대고 꿀꺽꿀꺽 들이켰다. 무엇인가 음모가 꾸며지고 있는 것 같았다.

그러나 그는 외부인 침입 사건에 대해 조금 생각해보다 다른 생각으로 넘어갔다. 금고 안의 배치증을 생각하니 이제 기획부동산 같은 곳에 내놓고 팔면 거금을 거머쥘 수 있다는 기대감으로 붕붕 떠 올랐다. 그는 곧 그 일을 잊고 말았던 것이다. 그 거금만 손에 들어오면 이제 대권도전은 따놓은 당상처럼 확실하다는 믿음으로 가득했던 것이다.

"아, 천억이라. 흐흐흐…"

8_ 배치증을 둘러싼 암투

임 지사는 PC를 복구한 다음 날 금고를 열어보았다. 물건이 잘 있는지, 이제 어떻게 작업을 실행해나갈지 생각이 많았다. 감쪽같이 현금화해야 자금흐름을 조절할 수 있으므로 여간 조심스러운 것이 아니었다. 그런데 그 배치증이 통째로 사라진 것을 알고는 기절할 뻔했다.

"아니, 어찌 된 일인고…."

그는 놀라 그 자리에 풀썩 주저앉았다. 방수포에 잘 싸놓은 배치증 뭉치는 통째로 없어졌다. 분명 이틀 전만 해도 맨 위 칸에 있었던 것인데 기가 찰 노릇이었다. 그는 너무나 당황해서 말을 잇지 못했다. 하늘이 노랗게 되면서 눈앞이 캄캄해졌다. 누구한테 물어볼 수도 없었다. 박 비서를 전화로 부를 기운조차 쑤욱 빠져 달아났다. 순간 실장의 말이 뇌리에 스쳐 지나갔다.

PC를 복구하던 새벽에 누군가가 와서 세 명을 20분 이상 기절시켰다면, 사고는 그날 일어난 것이 틀림없었다. 임 지사는 벽을 짚고 잠깐 숨을 골랐다. 여기서 정신 줄을 놓을 수가 없었다. 이를 악물며 몸을 일으켰다. 금고를 다시 한 번 꼼꼼히 살폈다. 현금다발과 비밀문서, 채권 같은 것은 그대로였다. 감쪽같이 배치증만 사라지고 없었다. 그렇다면 주택 배치증의 존재를 아는 자의 소행일 것이었다.

"아하, 그래! 배치증이 내 사무실 금고에 있다는 것을 아는 자라면…?"

임 지사는 이를 악물었다. 으드득 소리가 날 만큼 이를 갈았다. 극비리에 추진한 작전인데 이를 아는 곳이라면 아주 센 곳, 즉 정보부밖에 더 있을 것인가. 그는 생각에 생각을 거듭했다.

임 지사가 배치증을 잃어버린 직후 해영동 가짜 주택배치증과 연결된 소문들이 어디에선가 갑자기 떠올라왔다. 그 소문들은 꼬리에 꼬리를 물고 이어졌다. 그중에 가장 파괴력이 큰 것은 신흥종교인 새희망교의 박기수 교주가 가짜 배치증의 실질적 물주라는 소문이었다. 가짜 배치증을 입도선매로 돌리고 있다고 알려진 통 큰 여자는 새희망교의 신도로, 박기수의 대리인이라는 것이었다.

한술 더 떠서 임정수 도지사가 새희망교 신도라는 것이었다. 결국, 임 지사와 박기수 교주가 결탁해서 해영동 토지, 건물 소유권을 가져갔으며 지달수 회장은 하수인으로서 바지사장이라는 그럴듯한 각본이었다. 점차 교세를 키워가고 있는 신흥종교 박기수 회장이 임 지사에게 대권을 잡을 수 있도록 밀어준다는 것이었다. 바로 해영동 토지, 건물에서 조성된 수천억 원이 임 지사의 대권 자금으로 들어간다는 그럴듯한 시나리오였다. 실제로 해영동에서 20년 이상 살았던 황금성 신도들 일부가 새희망교로 옮겨간 경우가 있다 보니 그런 소문은 제법 설득력을 가지고 각색되고 있었다.

소문은 압구정동 고급 와인바나 미장원, 성형외과 등지를 중심으로 점점 더 사실처럼 번져가고 있었다. 그날 윤 기자는 머리를 다듬으려고 미용실에 들렀다가 임 지사의 금고가 털렸다는 얘기를 듣게 되었다. 미장원 주인과 손님들은 신이 나서 주거니 받거니 이야기를 이어갔다.

"그런데 말예요. 그 금고 안에 아파트 딱지가 있었는데 그게 수천억 원어치가 된다는 거죠. 별의별 소문들이 다 돌고 있는데 떡은 돌리면 줄어들고 소문은 돌면 불어난다는 말이 있잖아요. 그런 건지도 모르죠. 도지사가 하여튼 뭔가 숨기는 게 있는 것은 분명해요. 그 양반 유력한 차기 대권 도전자인데 괜찮을까 몰라!"

머리를 다듬으면서 그 얘기를 듣고 있던 윤 기자도 슬쩍 한 마디 끼어들었다.

"그런데도 경찰에 신고 안 하는 이유가 뭐래요?"

"요새 들리는 소문으로는 경찰에 신고도 못 하고 쉬쉬한대요. 아마 구린 데가 많아서 그러겠죠!"

"그 딱지라는 게 어디 것 말하는 거예요?"

"그건 알 만한 사람은 다 알고 있는데 정말 모르세요? 해영동이라고 황금성 건데 워낙 노른자라 달려드는 작자들이 많대요. 그 두 번째 교주 김철구인가 하는 남자도 사라져버렸다고 하잖아요. 주인 없는 땅이 개발되면 딱지가 아파트 분양권이 될 테니 돈 덩어리인 거죠. 죽은 놈도 많고, 뿔뿔이 흩어져 버려서 도지사가 임자 없는 배치증을 만들어갖고 있었단 소문이에요."

"임 지사는 꽤나 청렴하신 분으로 알려져 있던 분 아니었나요…?"

윤 기자는 혼잣말처럼 중얼거리며 말끝을 흐렸다. 미장원 주인이 그 말을 듣고는 눈을 흘깃하며 못 들은 척했다. 그는 미용실을 나왔다. 귀동냥으로 들은 정보지만 가치가 있었다. 그것이 사실이라면 대박이 날 것 같은 예감이 들었다. 그는 서둘러 도청 기자실로 돌아와서 어디서부터 접근할지 시나리오를 그렸다. 먼저 비서실로 가서 분위기를 슬쩍 떠보기로 했다.

임 지사는 그동안의 사건들을 중심으로 어디에서 탈취 당하였는지 되짚어 보았다. 하지만 아무리 머리를 굴려 봐도 정황만 유추할 수 있을 뿐, 물증이 잡히는 것은 하나도 없었다. 그 배치증이 위조된 것이라 도난신고는 엄두도 못 내고 혼자 끙끙 앓고 있었다. 아무리 머리를 싸매고 묘수풀이를 해봐도 도저히 답을 찾을 수 없었다. 그는 장 변호사에게 전화를 걸었다.

"장 변호사, 임 지사입니다. 잘 지내시는지요? 시간 되시면 잠깐 의논할 게 있어서 전화했습니다."

"아니 당연히 시간을 내야죠. 지사님께서 제가 곧바로 달려가겠습니다. 어디 신지 말씀만 해주십시오."

"지금 나오실 수 있으면 선 라이즈 호텔 룸으로 오셨으면 좋겠습니다. 거기 방을 예약해 놓을 테니까 바로 출발하세요. 버스 타지 마시고 택시로 오세요. 택시비는 안내하는 사람이 낼 겁니다. 그를 따라 올라오세요."

임 지사를 만난 지 두 주나 되었다. 작전을 시작하기 전에 만나 상의한 후로는 철저히 미팅은 하지 않기로 했던 것이다. 얼굴이 노출되면 좋을 게 없었다. 매사 비밀스럽게 일 처리만 하면 될 일이므로 임 지사의 요청이 없으면 그것이 오히려 안전하다고 생각하였다. 장 변호사는 도지사가 문자로 알려준 방으로 들어섰다. 고개를 깊숙이 숙여 인사부터 했다. 평소와는 달리 얼굴이 침울해 보였다.

"도지사님, 저 왔습니다. 무슨 급한 일이라도 있으신지요?"

임 지사는 아무 말도 않고 깊은 생각에 잠겨 있었다. 지금까지 이런 모습을 보인 적이 없어 그는 당황하였다. 이윽고 눈을 뜨더니 자리를 권했다. 엉거주춤 앉으니 임 지사가 깊은 신음소리를 내며 입을 열었다.

"장 변호사, 정말 귀신도 울고 갈 해괴망측한 사건이 터졌습니다. 배치증이 흔적도 없이 사라졌습니다."

임 지사 입에서 '배치증'이라는 말이 나오는 순간 장 변호사의 심장은 얼어붙는 것 같았다.

"아니, 배치증이 어디로 갔다구요?"

지금쯤은 배치증 사업이 원만하게 진행되고 있다고 말할 줄 알았는데 의외의 말에 얼어붙듯 입이 굳어버렸다.

"귀신도 아닌데 연기처럼 배치증이 사라졌습니다. 현재 내 추리로 미루어 보면 사흘 전 내 PC가 바이러스 걸린 사건이 있었습니다. 그걸 밤에 업체를 불러 복구하는 작업을 했는데, 복구하는 기술자들을 매수시키고 금고를 턴 것 같아요."

"예? 그게 사실입니까? 지사님! 신고하셨습니까?"

"신고요? 그건 생각도 못 할 일입니다. 대략 누구 짓인지 감이 잡히기는 합니다. 그렇다고 그쪽을 특정해서 신고했다가는 내 정치 생명도 걸어야 하지 않겠소."

장 변호사는 배치증이 사라졌다는 말에 매우 놀랐지만 '이제 올 것이 왔구나!' 하는 마음도 한편으로 들었다. 그의 추측대로라면 임 지사와 이 부장의 파워게임이 시작된 것이었다. 장 변호사는 임 지사가 이 부장의 술수에 손을 든 것을 느끼게 되었다. 장 변호사는 임 지사가 승리하지 못한다면 이 부장의 편에 들어 몫을 챙기면 그만이라고 스스로를 위안했다.

그러나 배치증이 있으면 해영동에 살지도 않은 주민협의회 회원들이 그 부동산을 실제로 구매한 것처럼 위장할 수 있다는 장점이 있었다. 그 차이는 엄청난 것이었다. 장 변호사는 실망하는 임 지사에게 말했다.

"인간사 새옹지마라 하지 않습니까. 액땜이라 생각하시고 인쇄를 한 번 더 하시죠!"

임 지사가 고개를 좌우로 흔들었다.

"그건 아주 위험합니다. 자꾸 인쇄하다 보면 들통이 날 확률이 높아집니다. 아주 조심해야 해요. 지금 항간에선 이번 사건으로 가짜를 찍었느니 분실했느니 하는 소문이 돌고 있습니다."

장 변호사는 마른 침을 삼켰다. 금고에서 배치증을 훔쳐간 배후는 이 부장일 것이었다. 임 지사도 그런 낌새를 느끼고 그가 연루되어있던 것은 아닌지 떠보고 싶어 부른 모양새였다. 그러니 어렴풋이 짐작이 간다고 해서 경솔하게 혀를 놀릴 수가 없었다. 어차피 도둑질하는 마당에 알아도 모른 척 몰라도 모른 척하는 것이 상대를 가장 예우하는 길이었다. 장 변호사는 침착한 어투로 말을 이었다.

"지사님, 지사님이 이번 사건에 연루되는 것을 우려하는 측에서 **빼돌린** 것일지도 모릅니다. 저도 감이 잡히기는 하지만 눈으로 본 게 아니라서 섣불리 말할 수는 없습니다. 오히려 전화위복이 될 수도 있습니다. 대권 도전은 도지사 하고는 다릅니다. 만약 이런 사실이 행여나 상대 후보에게 전달되면 BK 사건 이상의 파괴력을 낼 것입니다. 오래 마음에 담아두지 마시고 시원하게 흘려보내십시오. 그래야만 지사님이 앞으로 나아갈 수 있게 됩니다. 마음 한구석에 걸려있으면 건강까지 상하십니다. 그냥 잊으십시오."

임 지사는 충고인지 아니면 사주풀이인지 모를 말을 늘어놓고 있는 장 변호사가 적이 의심스러웠다. 그러나 임 지사는 더는 묻지 않기로 했다. 이런 상황에서 이야기를 더 이어가는 것이 허망스러워서였다. 이 세상엔 누구도 믿을 사람이 없었다. 여태껏 이 자리에 앉게 될 때까지 얼마나 많은 시련을 겪었던가. 사람을 이용하기도 하고 이용당하기도 하지 않았던가. 그는 이를 앙다물었다. 무언가 어두운 그림자가 어른거리며 넘보는 것 같았다. 임 지사가 아무 말 없이 앉아있자, 장 변호사는 전화를 받는 척을 했다. 그러고선 바쁜 일이 있는 척 하며 고개를 숙여 공손한 체하며 인사하고 돌아섰다. 배치증을 잃어버렸다고 하고 찍어낼 마음도 없어 보이니, 더 이상 할 말이 없었다. 갑자기 바쁘다는 핑계로 장 변호사가 떠난 뒤 망연자실한 임 지사가 혼잣말로 중얼거렸다.

"어디 보자! 너희가 날 차기 대권 주자로 밀지 않을 수 있는지!"

이런 작은 사건으로 대권도전의 욕망을 접을 임 지사가 아니었다. 도정을 잘 해내면, 그리고 새로운 정책으로 인기만 얻게 된다면 그들이 먼저 손을 내밀 수밖에 없을 것이므로 그저 대중들의 인기에 의존해보기로 했다. 임 지사는 그렇게 다짐했으나 괴로운 감정을 주체할 수 없었다. 장 변호사가 간 뒤에도 그 자리를 뜨지 못하고 계속 생각에 잠겨 있었다.

그 시간, 백철환은 강물이 유유히 흘러내리는 호텔 테라스에 앉아있었다. 특실 룸을 몇 달째 쓰고 있는 그는 주로 룸에서 식사를 해결했다. 오늘은 모처럼 전망 좋은 방에서 풍경을 즐기며 쉬고 있었다. 창가를 보게 놓인 긴 소파에 몸을 기댔다. 룸 한 면이 전체가 창이었다. 잔잔하게 햇빛이 사그라져가는 길가에는 하나둘 빛이 뿜어져 나왔다. 강변에 난 차로에 개미 크기의 차들은 줄지어 바삐 달려가고 있었다. 그의 룸에서 그 광경을 바라보니 자신이 마치 전능신이라도 된 것 마냥 모든 것이 하찮아 보였다. 지금 마음만 먹는다면 저런 차 몇 대쯤은 밟아버릴 수 있었다. 그는 권력의 맛에 취해 기분이 한껏 업 돼있었다.

일은 자신이 마음먹은 대로 흘러가고 있었다. 그는 임 지사 금고에서 주택 배치증을 성공적으로 **빼냈다**는 보고를 받았다. 이윤근 부장이 금고에서 문서를 **빼낸** 것은 백철환의 암묵적 지시로 이루어진 것이었다. 이 부장은 철환을 대통령 아들이라 하지 않고 '다보그룹 백 회장'이라고 불렀다.

"백 회장님, 성공했습니다. 임 지사의 정치적 야망은 이제 부러진 화살이나 다름없습니다."

"임 지사가 이걸 눈치채고 문제 삼으면 어떻게 대처하시려구요?"

"그건 염려 하지 않으셔도 됩니다. 그가 입만 뻥끗하는 순간 정치 생명도 끝날 겁니다. 돈이 먼저가 아니라 정치인은 도덕성이 우선인데 토지, 건물을 가로채려고 위조한 문서를 도난당했다고는 죽어도 못합니다."

"그게 시가로 얼마나 될까요?"

"부동산마다 서로 다른 데요, 합하면 대강 4천억은 충분히 됩니다."

"이제는 그걸 어떻게 처분할 계획입니까?"

"그건 뵙고서 설명하겠습니다. 회장님 모실 차량이 지금 막 회장님 사무실을 향해 출발했습니다. 그 차를 타시고 장도로 오시면 말씀드리겠습니다. 아마 두 시간 후에는 뵙게 될 것 같습니다."

"알겠습니다."

"예. 그럼 편안히 오십시오."

장도는 갯벌을 메워서 신도시로 개발을 하고 있어 부동산만 수백 개가 진을 치고 있었다. 그 가운데 정보부가 관리하는 부동산은 8개였다. 장도에 들어선 것은 해가 서해로 다 내려앉고 난 저녁이었다. 도시는 몇 년 동안 개발 붐을 타고 활기가 넘쳐났다. 밤이 다 되었는데도 부동산 거리는 배너로 뒤덮였다. 학생부터 일흔 노인까지 분양을 알리는 전단을 돌리느라 활기차게 움직이고 있었다.

백 회장의 차는 4면이 유리로 된 50층 건물 지하로 들어갔다. 거기에서 VIP 전용 전망 엘리베이터를 타고 50층 회장실까지 논스톱으로 직행하였다. 눈앞에 바다가 끝도 없이 펼쳐져 있었다.

　문 앞에서 이 부장이 그를 기다리고 있었다. 그 오른쪽에는 처음 보는 50대 초반의 남자가 서 있었다. 그는 백 회장을 보더니 허리를 깊이 숙여 인사를 하였다. 그 남자의 정장은 버튼이 하나짜리였는데 이것은 아무나 입을 수 없는 대담한 의상이었다.

　"안녕하십니까. 정보부가 투자한 자회사 글로벌 이스테이트 디벨롭먼트 그룹 진방석 회장입니다. 회사를 간단히 약어로 GID로 불러주십시오."

　말이 글로벌이지 장도신도시에서 땅장사나 하는 투기회사였다. 정보부는 이곳에서 땅장사 하여 활동비 마련하는 시민단체가 있는지 찾아내는 첩보 활동을 하고 있었다. 또 다른 업무로는 공직자들이 부동산 투기에 가담하고 있는지 파악하고 때에 따라서는 정보부가 직접 투자에 참여하여 고객 명단을 확보하기도 하였다.

　진 회장의 방은 화려하게 꾸며져 있었다. 거의 중국의 진시황제가 누렸다는 아방궁 수준으로 보였다. 백 회장은 자기 방도 이 정도는 꾸며야 하는데 하고 생각하니 배알이 꿈틀하듯 시샘이 일었다. 회장 의자는 최근 멸종위기종으로 분류된 시베리아산 호랑이 가죽으로 씌워져 있었다. 금방이라도 살아서 움직일 것 같은 가죽을 보는 순간 욕망이 머리끝까지 끓어올랐다.

　'흥, 어디 보자. 네 놈이 안 내놓고 배기나. 내가 이것을 차지하고 말 테다.'

그는 이 부장을 시켜 이것들을 자신의 손아귀에 넣고야 말겠다고 다짐했다.

"백 회장님, GID그룹 진방석 회장은 지난 20년 동안 홍콩에서 부동산 개발사업을 해오다 이번 해영동 토지, 건물 건으로 사무실을 열었습니다. 우리 프로젝트를 퍼펙트하게 완수할 분입니다."

그러자 진 회장은 다시금 자리에서 일어나 인사했다. 그는 현직 대통령의 아들을 만난다는 것은 꿈에도 생각도 못 했기에 떨린 마음을 주체하지 못했다. 실세 중의 실세, 하늘을 나는 새도 떨어뜨린다는 대통령의 아들인데 결례라도 하는 날엔 천재일우의 기회를 날려버릴 수도 있었다. 귀한 사람에겐 조심스러워야 한다는 것쯤 그 역시 잘 알고 있었기에 매사 행동이 조심스러웠다. 그는 한참을 고개를 숙여 공손히 인사했다.

"백 회장님, 진방석이라고 합니다. 많이 부족합니다. 도와주시면 온몸으로 뛰어 목표를 초과 달성하겠습니다. 힘이 되어 주십시오."

그는 백 회장이 긴 테이블 상석에 앉기를 기다렸다가 천천히 앉았다. 백 회장은 의자에 다리를 꼬고 손을 모았다. 고개를 쳐들고 입을 모아 자신의 권위를 과시했다. 그는 진 회장의 다음 말을 기다리고 있었다. 그것을 눈치챈 이 부장이 진 회장에게 눈빛을 보내자 묵직한 서류뭉치를 탁상 위에 꺼내 놓았다. 열흘 전에 임 지사의 금고에서 탈취한 바로 그 물건이었다. 옆구리에는 칼로 자른 흔적이 선명히 남아있었다.

박 비서는 임 지사에게서 업무지시사항이 있는지 노크를 하고 호텔 룸으로 들어왔다. 룸은 밤이 되었는데도 불을 켜지 않아 어두웠다. 바깥의 야경만이 반짝거리며 빛나고 있었다. 소파 한가운데에는 움직이지도 않고 임 지사가 앉아있었다. 박 비서는 장 변호사와의 만남 후 임 지사가 망연자실한 것을 보자 안쓰러워 보였다. 그녀는 임 지사에게 가까이 다가갔다.

"지사님, 너무 걱정하지 마세요. 지사님은 그런 일을 하지 않고도 충분히 대통령이 되실 수 있습니다. 늘 그랬듯, 힘닿는 데까지 제가 도와드릴게요."

박 비서는 소파에 앉아있는 임 지사에게 바짝 다가가서 끌어안았다. 콩콩 뛰는 그녀의 심장 소리가 귀에 들려왔다. 임 지사는 얼굴을 박 비서의 가슴에 파묻었다. 임 지사는 그제야 긴장이 풀리는지 한숨을 내쉬었다. 들이마시는 코끝에 박 비서의 향수 내음이 들어왔다. 그녀의 향수 내음은 늘 임 지사가 위기일 때 큰 힘을 주는 향이었다. 굳어져 있던 임 지사의 얼굴이 편안하게 풀어졌다. 미간을 찌푸리던 눈 사이 주름살도 펴졌다. 마치 엄마 품에 안겨있는 아들같이 편안해 보였다.

박 비서는 그의 등을 감싸고 있던 두 손을 풀고는 부드럽게 고개를 들어 올렸다. 안경을 벗어 내려놓고 얼굴을 비틀어 그의 얼굴에 키스했다. 둘의 키스는 더욱 격렬해졌다. 둘의 거친 숨이 서로의 볼을 간질였다. 남자는 일어서면서 여자의 몸을 두 팔로 안아 올렸다. 여자는 그의 허리에 다리를 감싸 가부좌를 틀었다. 여자의 블라우스 단추를 남자가 하나씩 하나씩 부드럽게 풀었다. 속옷을 입은 여자의 가느다란 허리가 드러났다. 남자는 여자의 허리를 감싸 안았다. 여자는 남자의 등을 손으로 마구 쓰다듬었다. 남자가 속옷을 벗겼다. 뱀이 허물을 벗듯 그들은 몸에 걸친 것을 벗었다. 남녀는 어느새 나체의 몸이 되었다. 남자는 여자를 침대에 눕혔다. 부드러운 키스를 하는 남자의 얼굴이 여자의 얼굴을 모두 감쌌다. 남자와 여자는 침대에서 뒤엉켜 섹스를 나누었다. 그때는 임 지사도, 박 비서도 아니었다. 남자와 여자는 한 몸이 되었다. 함께 수없이 많이 나눈 섹스였지만 둘은 언제나 처음 경험하는 것처럼 가슴이 두근거렸다.

9_ 박 여사의 배치증 장사

이 부장과 백 회장은 임 지사의 코를 납작하게 만든 것이 마냥 즐겁기만 했다. 이 부장은 백 회장과 진 회장을 마주하고 앉아 통쾌하게 웃었다. 검은색 긴 유리 책상 한가운데에는 배치증이 올려져 있었다.

"하하하…. 임 지사 그놈, 닭 쫓던 개 먼 산을 바라보는 꼴이지 뭡니까. 도지사가 도정에나 힘써야지 그런 좀도둑 같은 짓은 어디서 배운 건지 쯧쯧…. 한탕 노리더니 꼴이 좋게 됐습니다. 이제 백 회장님 말을 잘 듣는 오대환 후보님께서 당선되는 일만 남았습니다."

이 부장은 마치 혁혁한 전과라도 세운 개선장군이나 된 것처럼 큰 소리로 웃었다. 백 회장도 따라서 웃었다. 입술을 삐죽거리며 웃는 모습이 영락없이 부친 백 대통령을 닮아있었다. 반들반들 빛나는 이마와 반쯤 벗어진 앞머리, 게다가 툭 튀어나온 입을 보고 있자니 이 부장은 눈앞에서 백 대통령을 보는 느낌이었다.

"사실대로 얘기하면 임 전 도지사야말로 저한테 신세를 크게 진 사람입니다. 정치 초년 시절에 제가 아버지한테 말씀드려서 도지사까지 된 것입니다. 아버지께 또 자금도 많이 받아갔어요. 대권에 꿈을 갖고 있을수록 조심해야지, 저런 하찮은 짓을 하는 놈인 줄 꿈에도 몰랐습니다. 그랬다면 제가 도지사 되게 돕지도 않을 것인데… 무턱대고 올라가다 보면 기고만장해져서 천 길 낭떠러지를 못 보는 겁니다."

백 회장은 쯧쯧쯧 하면서 혀를 찼다. 그는 임 지사에게서 빼 온 배치증 한 장을 뽑더니 안경을 벗고서 눈을 가까이 대고 살펴보기 시작했다. 그의 눈이 가운데로 몰렸다. 진 회장은 백 회장의 눈이 가운데로 몰린 것을 보고 웃음을 참기가 쉽지 않았다. 그 모습이 매우 우스꽝스러워 보였기 때문이었다. 처음 볼 때의 위엄은 사라지고 바보스러운 표정이 눈에 들어왔다. 그는 풀린 긴장 탓에 더욱 터져 나오는 웃음을 어찌할 줄 몰라 슬픈 생각을 하며 이를 깨물었다.

"아니 그런데 이거 발행일이 1960년으로 되어있는데 이렇게 지질이 빳빳해서 누가 믿겠습니까? 이걸 발행했다는 기관을 증명 할 수 있는 것도 아닌데 말이죠."

"그건 신경 안 쓰셔도 됩니다. 전문가만 알고 있는 비법으로 옛것처럼 감쪽같이 처리할 수 있습니다. 이 정도는 고려 시대의 것으로도 바꿀 수 있습니다."

이 부장은 어깨를 으쓱이며 말했다. 얼굴이 동그란 게 뱀 대가리 같아 보였다. 옷도 줄무늬 의상을 입어 줄무늬 뱀 같았다. 진 회장은 뱀술에 담겨있던 뱀의 대가리가 기억났다. 그쯤 되자 웃음을 참는 것이 스스로 용할 정도로 생각되었다. 메기와 뱀이라니… 여기 사람은 자신밖에 없는 것 같았다.

"또 발행번호와 서명이 모두 똑같은데 이거 역시 위조지폐 번호가 동일한 티가 나지 않나요?"
"흐흐, 이 딱지를 사는 사람들끼리는 절대로 만날 일도 볼 일도 없을 거니까 걱정하지 않으셔도 됩니다. 설령 그들이 마주친다고 한들 상대가 자기와 똑같은 배치증을 샀는지 어찌 알겠습니까. 누가 '난 배치증을 샀습니다' 하고 이마에 써 붙이지 않는 이상 알 수가 없죠. 그들 역시 떳떳하지 않기 때문입니다."

그래도 뭐가 맘에 안 드는지 백 회장은 인상을 쓰면서 어딘가 준비가 허술하다고 깐깐하게 지적하였다. 그러면서 입술을 양 옆으로 찢는 모양새가 꼭 메기 주둥이 같았다. 진 회장은 어제 먹었던 메기 매운탕이 생각났다. 그때 비서가 문을 두드렸다. 진 회장이 입맛을 쩝쩝 다시며 대답했다.
"무슨 일인가?"
"아, 예. 약속된 손님이 오셨는데요."
두 사람은 배치증을 도로 봉투에 집어넣었다. 진 회장은 비서에게 말했다.
"그래 이리 모시고 와요. 두 분 죄송하지만, 별실에서 쉬시면서 잠깐 기다려주십시오. 상담을 마치고 바로 연락 드리도록 하겠습니다."

아마 손님이 정보부 이윤근 부장과 백철환 회장을 보면 안 되는 사람 같았다. 둘은 서둘러 별실로 자리를 옮겼다. 뒷모습이 메기와 물뱀이 슥 슥 물을 가르고 가는 것 같았다. 진 회장은 오늘 저녁 식사 때 또 메기 매운탕과 뱀술을 먹으러 가야겠다는 마음이 들었다. 이윽고 진 회장은 손님을 불러들였다.

"박 여사님, 지난번 홍콩에서 뵙고 이게 도대체 얼마 만이죠. 그간 안 본 사이에 더 젊어지셨네요. 이거 원 저 혼자만 나이 드는 것 같습니다. 허허허"

박 여사는 색이 옅은 선글라스를 손가락으로 슬쩍 밀어 올렸다.

"그런 칭찬은 언제 들어도 기분이 나쁘지 않군요. 하지만 진 회장님이 이런 말씀을 먼저 하시는 걸 보니 아주 값비싸고 까다로운 물건인가 본데요."

"허허, 박 여사 심령술은 내가 못 당하겠습니다."

진 회장은 박 여사의 목에 걸려있는 회색 진주목걸이에 눈을 가져갔다. 평소 볼 수 있는 하얀색이 아닌 귀하디귀한 회색 진주목걸이였다. 그는 아내가 회색 진주목걸이를 사달라고 우는소리를 했던 것을 기억해냈다. 머리카락을 넘기는 손가락에는 푸른색이 도는 고가의 다이아몬드 반지가 번쩍거리고 있었다. 그녀의 푸른 다이아몬드 반지는 눈물이 모여 만든 것 같은 모양이었다.

"회장님, 이번 물건은 어떤 거죠? 대충 전해 듣기는 했는데 어디 있습니까?"

"아이구. 박 여사님 마음도 급하셔라. 자, 이 차 한 잔 드시고 천천히 얘기하시죠. 이게 로열블루티에서 만든 녹차인데 와인 병 크기 한 병에 320만 원짜리입니다. 박 여사님 품격에 맞으실 겁니다."

"어머, 그래요. 이 귀한걸. 잘 먹을게요."

박 여사의 목소리는 꾸며낸 듯 아양을 떠는 목소리였다. 눈을 내리깔고 자신이 무슨 대저택의 사모님이나 된 양 기품을 떨었지만, 어딘가 모르게 조금 출랑거려 보였다. 그녀는 차를 마시는 듯 안 마시는 듯 고개를 젖히고 차를 마시면서도 눈은 바닥으로 깔려있었다. 박 여사의 눈은 진 회장의 손 밑에 있는 종이뭉치를 쏘아보고 있었던 것이었다. 조금 뜸을 들여 호기심을 더 자극할 속셈이었는데 그녀에게 더 뜸을 들였다간 답답함에 뛰쳐나갈 것처럼 보였다. 하는 수 없다고 생각한 진 회장은 뭉치에서 빼낸 배치증 한 장을 내놓았다. 박 여사의 얼굴은 금세 복숭아꽃처럼 발그레한 미소가 어렸다.

"물건이 해창동 사모님들에게 잘 먹히게 생겼군요. 전부 몇 개나 되죠?"

"270장입니다."

"그럼 그건 제가 다 아도치죠. 다른 데하고 접촉한 적이 있나요?"

"아니 무슨 말씀을…. 오늘이 처음입니다. 여기저기 깔아보았자 소문만 나쁘게 퍼질까 해서 먼저 박 여사한테 보여드린 겁니다."

"그러면 한 장에 몇 개를 받으면 되나요?"

"네 개로 보는데 박 여사 생각이 더 중요하죠."

"이 딱지 하나로 40평대 아파트를 분양받는다면 현 시세 대비 4억의 차익이 실현되겠네요. 그래도 이건 지나치게 높습니다. 세 개로 하는 게 맞습니다. 물론 제 몫은 줄어들지만. 4억으로 하면 시간을 예측할 수 없을 겁니다. 이거 높게 불러서 오래 끌어봤자 득 될 게 하나도 없어요. 속전속결 빨리 처분하고 셔터를 내려야 합니다."

"그럼 좋아요. 장당 3억에 박 여사 마진 15%입니다. 그럼 되나요? 오늘 100장을 우선 드릴 테니까 박 여사 몫을 제하고 입금해주시죠. 입금이 확인되는 대로 주택 배치증 나머지를 드리겠습니다. 여기 한별 은행 계좌번호가 있습니다."

그는 번호가 적힌 카드를 쓱 밀어놓았다. 박 여사가 휴대전화기를 꺼냈다. 문자메시지를 보내고 있었다.

"알았지, 곧바로!"

박 여사는 전화로 입금을 지시했다. 딱지 100장을 핸드백에 넣은 그녀는 사무실로 향했다.

"삼일은 삼, 삼오십오…"

콧노래처럼 계산을 두드리는 박 여사의 발걸음은 나는 듯이 가벼웠다. 습관처럼 안경을 밀어 올리는 손가락에서 시푸른 다이아몬드 빛깔이 하늘을 향해 쳐들고 있었다. 세상의 모든 빛을 수없이 빨아들이려는 듯 밤의 어둠 속에서도 깊은 빛을 내보내고 있었다. 창밖의 바다 빛깔도 시퍼렇게 눈을 뜬 다이아몬드 앞에서 빛을 잃어가고 있었다. 바다는 어둠 속에 숨어있다가 헤드라이트가 비치자 허연 이를 드러내고 으르렁거렸다.

박 여사는 그녀의 단골들에게 전화를 걸기 시작했다. 고혹적인 그녀의 목소리는 마치 은쟁반에 구르는 옥구슬처럼 낭랑했다. 배치증은 해영동이 마지막 노른자위로 소문이 나서 그런지 빠르게 나갔다.

최 목사는 신도 집을 심방하려고 차에 올랐다. 차량이 출발하는데 갑자기 전화벨이 울렸다. 번호를 들여다보니 모르는 번호였다. 스피커폰으로 전화를 받았다.

"여보세요. 해영동 진리교회 최 목사십니까?"

"그런데요. 누구시죠?"

"저는 서초동 홍 여사라고 합니다."

"네, 그런데요? 저를 어떻게 아시고 이렇게 전화를 주셨습니까?"

"하도 믿기 어려운 물건이 돌고 있어 해영동 부동산에 전화했더니 자기들은 모르겠다고 해서요. 대신 최 목사님의 연락처를 알려주더라고요."

여자는 조바심이 가득한 목소리로 뒷말을 흐렸다. 목소리가 해창동의 사모님같이 기품이 넘쳐흘렀다.

"무슨 물건인데요?"

최 목사는 뭔가 짚이는 것이 있었지만 모른 체하고 되물었다.

"해영동 토지, 건물에 대해 잘 아실 거라고 하던데 혹시 해영동 토지, 건물을 살 수 있는 딱지가 거래되고 있다는 것을 아시나요?"

그는 멀미를 느꼈다. 목이 메스껍고 뒷머리가 띵해 차의 속도를 줄였다. 어디에든 차를 좀 세우고 속을 비워 낼 곳을 찾아야 할 것 같았다.

"아…. 드디어 올 것이 오고야 말았구나."

탄식이 절로 터져 나왔다. 최 목사의 독백에 홍 여사가 되물었다.

"그게 무슨 말씀입니까?"

홍 여사가 물었으나 최 목사가 그녀에게 묻고 싶은 말이었다.

"홍 여사님, 좀 구체적으로 말씀해주십시오."

"며칠 전 해영동 토지, 건물을 살 수 있는 딱지를 3억에 사서 토지, 건물을 받으면 삼 년 안에 10억을 만들 수 있다는 전화를 받았어요."

"그럼 딱지를 파는 사람은 누구입니까?"

"여자인데 그 사람 남편이 현직 경찰 고위 간부라는 소문도 있어요. 그 여자는 어쨌든 해창에서 둘째가라면 서러워할 정도의 큰 손이라고 합니다. 두 시간 안에 1,000억을 동원할 수 있을 정도로 배포가 크다고 합니다."

이 말에 최 목사는 배치증이 권력의 비호를 받아 다량으로 위조되었고, 그것이 유통되기 시작한 것을 짐작할 수 있었다.

"그 회사가 어디에 있다는 얘기는 못 들으셨나요?"

"이건 정확한 건 아닌데 장도에서 가장 높은 빌딩 34층에 있으니까 돈 갖고 그곳으로 오라고 하더라구요."

"홍 여사님, 오늘 전화 주셔서 고맙구요. 그 딱지 사시면 절대 안 됩니다. 왜 그러냐면 그것은 주택 임대중입니다. 소유권을 증명하는 게 아닙니다. 지금 거래되는 배치증은 위조된 가짜 증서입니다."

"아, 네. 큰일 날 뻔했네요. 감사합니다."

홍 여사는 고맙다며 서둘러 전화를 끊었다. 최 목사는 정보를 준 홍 여사에게 고마움을 느꼈다. 전화를 끊고 나서 탄산을 조금 마셨지만 메스꺼움은 가셔지지 않았다. 토지, 건물 딱지와 관련해 정권 실세가 깊숙이 개입되어 있다는 것을 비로소 최 목사도 알게 되기 시작했다.

지 회장은 해영동 주민협의회 진수일 총무를 불렀다.

"진 총무, 오늘 시장을 잠깐 돌아본다고 했는데 어떻게 나왔나? 보고해 보게."

"회장님, 여기 정리해 왔습니다. 이걸 봐 주십시오."

"이 사람아, 이 나이 되어 보라구. 글이 읽히나. 말로 설명하라구."

"이거 정말 큰 일입니다. 이미 해영동 토지, 건물 딱지가 돌기 시작했습니다. 수백 장이 눈 깜짝할 사이에 나갔다는 겁니다. 전부 가짠데요."

"이봐. 그런 소리 작작하게. 가짜는 아니지. 그건 토지, 건물과 주택을 분양받을 수 있는 근거는 되는 거잖아. 누가 들을까 무서우니 이제 그런 소린 그만하게. 재수 옴 붙겠네."

지 회장이 성을 버럭 내자 총무는 그만 입을 다물어버렸다. 자기는 나름대로 여기저기 귀동냥으로 정보를 캐냈는데 엉뚱하게 트집을 잡으니까 배알이 뒤틀렸다.

"이봐, 진 총무. 사람은 누구든지 혼나면서 크는 법이네. 화내서 미안하네. 하던 얘기 계속하게."

어린애 달래듯이 지 회장이 진 총무를 얼렀다. 단순한 진 총무는 다시 피식 웃으며 설명을 이어갔다.

"회장님, 있는 그대로 보고를 해야 정확하게 판단하실 수 있다고 생각합니다. 수색 나갔다 돌아온 소대장이 적군이 100명인데 50명으로 보고하면 어찌 되겠습니까?"

"그래 알았네. 우리 딱지에는 입질이 오고 있나?"

"행복 부동산에 독점을 주었습니다. 아직은 반응이 미미하다고 합니다. 저쪽은 딱지 한 장에 3억인데 저희는 2억을 받으니까 이상하게 보는 것 같아요. 사실 까놓고 보면 똑같은 물건인데 가격이 다르니까 신뢰가 안 가는 거죠. 우리 것은 1억이나 싼데도 비싼 쪽으로 우르르 몰려갑니다. 문제는 신뢰성일 겁니다."

그때 장원제 변호사한테 전화가 걸려왔다.
"지 회장입니다. 오늘 바빠서 전화를 못 드렸네요. 무슨 일이십니까?"
"다른 게 아니고 나쁜 소문들이 떠돌고 있어요. 지 회장님 소문도 있으니까 좀 은인자중하시는 게 필요합니다. 시티재생일보 윤덕구 기자가 어디서 냄새를 맡았는지 시시콜콜 캐고 다닌다는 정보가 있습니다."
"그렇군요. 그 이름은 저도 들었습니다. 한번 물면 안 놓아서 '불독'이란 별명을 가지고 있는 자라고 들었습니다."
"지 회장님, 제 생각인데 딱지 파는 거 당분간 중단하는 걸 좀 고민해 보시는 게 어떻습니까. 소문이 소문을 낳는다고, 개들한테 노출되면 우리 모두 공멸합니다."
"알겠어요. 지금 딱지값도 문제예요. 저쪽은 3, 우리는 2라서 이것도 조정이 좀 필요하니."

장 변호사는 걱정스러웠다. 가짜 딱지라는 소문이 도는데도 가격 타령이나 하고 있다니 기가 찰 노릇이었다. 3억과 2억의 가격 차가 문제가 아니었다. 어떻게 하면 비밀리에, 속전속결로 처리해야 할지 대책을 세워야 할 터였다.
자신의 말은 귓등으로도 듣지 않고 딴소리만 하고 앉았으니 부아가 치밀었다. 나이는 자신이 한참 어리지만, 머리를 쓸 줄 모르는 바보스러운 모습의 지 회장이 한심하기도 하고 멍청해 보이기도 했다. 이 일만 끝나면 더는 만나도 도움이 될 것 같지 않은 인물이었다. 속으로는 지 회장에게 마구 소리치는 것을 상상했지만 굳이 실행에 옮기지는 않았다.

10_ 임 지사

 여의도 정가는 대통령 비자금의 실체를 놓고 하루도 조용한 날이 없었다. 야당은 대통령이 재벌들한테서 받은 비자금 규모와 사용처를 밝히라고 아우성을 치고 있었다. 또 서울광장에서는 백진호 정권의 비자금을 규탄하는 촛불시위가 20만 명 이상이 참여하는 기현상을 보였다. 국회도 청와대도 일손을 놓고 속수무책으로 바라만 보고 있었다. 설상가상으로 소비자물가는 최근 서너 달 사이에 20% 이상 폭등하면서 서민 가계는 거덜 날 지경이었다. 그런데도 물가 당국은 소비자물가가 겨우 3% 올랐다고 거짓으로 발표했다.

 백 대통령은 꿀 먹은 벙어리처럼 비자금의 실체에 대해서는 일언반구조차 하지 않았다. 당연히 대통령의 아들 백 회장의 처신이 도마 위에 오르게 되었다. 백 회장이 백 대통령의 비자금을 끌어오는데 개입한 정황이 드러난 것이다. 그때부터 재벌들은 나는 새도 떨어뜨린다는 백 회장이 만나자 해도 피하기 시작했다. 이전엔 고분고분하던 재벌들이 이젠 연락도 받지 않게 된 이들이 수두룩하게 되었다.

"에이, 시팔 아버지 임기가 끝나 가니깐 이제 다 외면들을 하는구만. 아무리 잘 해줘도 이렇게 외면할 더러운 놈들같으니라구. 에잇 퉤."
 백 회장은 재벌 중 한 명에게 전화를 걸다 부재중 수신음을 받자 욕설을 내뱉었다.
 백 회장은 임기가 끝나기 전 서둘러 돈줄을 찾아다녀야만 했다. 백 회장은 정보부를 동원하여 주인 없는 땅을 찾아내기로 했다. 그중의 하나가 방치되어있던 황금성 해영동 토지, 건물이었다.
 백 회장은 딱지장사가 어떻게 진행되고 있는지 궁금해서 휴대전화를 꺼냈다. 단축번호 2번을 꾹 눌렀다. 그러자 '지금은 전화를 받을 수 없습니다. 회의를 마치는 대로 전화를 드리겠습니다.'라는 문자가 뜨는 것이었다.

 백 회장은 심복 서 실장을 불러들였다. 서 실장은 처조카이면서 백 회장의 비서 겸 운전사로 일하고 있었다. 그는 성품이 올곧고 예의 바른 데다가 입 무겁기가 용접된 무쇠 덩어리 같았다. 그래서 백 회장은 누구보다 처조카를 예뻐하고 챙겨주고 있었다.
 "서 실장, 밖에 좀 다녀와야겠다. 한신 은행 본점에 가서 정 상무를 만나면 안내를 해줄 것이다. 그다음부터는 그쪽이 하는 대로 따르면 된다. 차는 3호 차를 갖고 가야 한다. 보안에 특별히 신경 쓰고 만약 이상한 낌새가 있으면 방향을 틀어야 한다."

요즘 대통령의 비자금이 문제가 되면서 청와대 민정실은 대통령 친인척에 대한 보고를 위해 하루 24시간 안테나를 세워놓고 있었다. 서 실장이 나가자 이 정보부장한테서 전화가 걸려왔다.
"백 회장님, 이 부장입니다. 무슨 일이십니까?"
"아, 배치증 매매상황이 어떻게 되어가나 해서 연락드렸습니다."
"예. 그러잖아도 오늘 보고를 드리고 종결지으려고 준비하고 있습니다. 통장이 오는 대로 찾아뵙겠습니다."

저녁 퇴근 무렵이었다. 백 회장과 이 부장은 용내시에 있는 별장에서 얼굴을 맞대고 있었다. 백 회장은 아주 심각한 표정을 짓고 있다가 먼저 입을 열었다.
"요즘 비자금 문제로 촛불시위까지 번지고 있는데 뾰족한 대책이 없을까요?"
"야당이나 반정부 성향의 시민단체가 요구하는 것은 대통령이 비자금을 낱낱이 밝히고 국민에게 사과하라는 겁니다. 그런데 사과를 하면 하야하라고 들고 일어날 게 뻔해요."
이 부장은 난감한 표정으로 나지막이 한숨을 내쉬었다. 백 회장은 짐짓 무심한 표정으로 그를 쳐다보았다.
"배치증은 언제 마무리가 되는 건가요?"

"오늘 정리해 놓았습니다. 곧 한신 은행으로 입금했다가 차명계좌로 분산 처리하도록 하겠습니다."

"그러잖아도 현금이 필요해서 오전에 직원을 한신은행으로 보내 확인시켰습니다."

김 부장은 어깨를 으쓱이며 자신 있는 목소리로 말을 받았다.

"내일은 현금을 직접 보실 수 있을 겁니다."

"잘했소. 근데 임 지사는 요새 조용하던가요?"

백 회장은 임 지사가 궁금했다. 김 부장이 함박웃음을 지으며 엄지손가락을 거꾸로 내려 보였다. 그의 손짓은 승자만이 할 수 있는 것이었다. 임 지사가 대적하기엔 너무나 강한 적수를 만난 것이었다.

한편 임 지사는 너무 분하고 억울해서 잠을 이루지 못했다. 자신이 공들여 배치중 인쇄까지 다 했던 것인데 그것을 빼앗겼기 때문이었다. 즐거워하며 돈까지 만지고 있을 이 부장을 생각하면 부아가 치밀었다. 하루에도 몇 번씩 술을 마시지 않고는 견딜 수가 없었다. 업무 중에도 술을 책상 옆에 두고 안주도 없이 병째 먹어대기 일쑤였다. 알콜중독 증세에 불면증에 우울 증세까지 있어 수면제와 항우울증약까지 한 주먹씩 털어넣어야 겨우 수면을 이룰 수 있었다. 박 비서는 그의 그런 모습을 보고 매우 안타까웠다. 이 모든 일들이 벌어진 것이 자신의 관리소홀로 벌어진 것 같아 죄책감도 들었다. 그녀는 그를 안아주는 것만으로는 임 지사를 위로할 수 없음을 깨달았다. 임 지사를 위해 어떤 결단이 필요했다. 임 지사를 위한 일이었지만 임 지사는 몰라야 할 일이었다. 박 비서는 무언가 결심을 한 듯 누군가에게 전화를 걸었다.

임 지사는 집무실에 앉아있어도 일이 손에 잡힐 리 없었다. 멍하니 창 밖을 바라보다 금고를 노려보며 중얼거리곤 했다. 똑똑하고 바른말 잘하기로 소문난 그는 조금은 얼이 나간 듯했고 환청 증세까지 보였다. 그렇다고 억울한 심정을 어디다 드러내 놓고 호소할 수도 없어 벙어리 냉가슴을 앓는 사람처럼 가슴팍을 두드리곤 했다.

"저 개새끼, 정보부장하고 철환이 네놈들 내가 대권만 잡아봐라. 쥐도 새도 모르게 잡아다 주리를 틀어 콘크리트에 비벼 태평양 한가운데다 수장시켜 버려야지."

임 지사는 창밖을 멀끔히 쳐다보면서 이빨을 으드득 가는 것이었다. 팔짱을 끼고 한참 생각에 잠기어 있던 그는 생각난 듯 휴대전화를 꺼내 어디론가 전화를 걸었다.

"여보세요. 지 회장님 되시죠? 나 임 지사입니다."

"네 네네… 지사님 바쁘시죠? 이렇게 전화를 다 주시고 무슨 일이십니까?"

"내일 시간 좀 잠깐 내실 수 있으신가요?"

"아니 무슨 말씀을… 당연히 가 뵈어야죠."

"그럼, 내일 선 라이즈 호텔에서 보면 어떨까요?"

그는 잠시 뜸을 들였다. 여기서 그 호텔까지는 거리가 상당히 멀었다. 거리가 좀 부담이 되기는 했지만 안 된다고 거절할 수는 없었다.

"예, 거기면 좋겠습니다. 그럼 몇 시가 좋으십니까."

"3시면 어떻습니까? 아, 회장님 내일 2시까지 제 동생을 댁으로 보내서 모시고 오겠습니다."

"아니, 뭐 그렇게 신경 써주시지 않으셔도 됩니다. 제가 알아서 가겠습니다."

 다음날이었다. 이발소를 들른 그는 말쑥한 정장을 골라 입었다. 지 회장은 다음 날 임 지사를 만나러 가면서 무슨 부탁이 있어서 이러는 걸까 하고 잔머리를 굴려보았다. 도무지 감을 잡을 수가 없었다.
 임 지사는 하얀색 점퍼에 얼굴의 4분의 1쯤 덮고도 남을 선글라스에 모자를 쓰고 있었다. 그가 위장한 모습은 지나가던 사람들이 봤을 땐 임 지사인지 아닌지 자세히 보아도 아무도 알아볼 수 없었다. 그는 책을 든 채 딸기 주스를 시켰다. 반쯤 마실 때쯤 지 회장이 선 라이즈 호텔 로비에 들어섰다. 로비 카페에는 손님이 세 테이블 정도 있었다. 그는 그들 사이를 훑으며 임 지사를 찾아보았지만, 어디에도 없는 것 같았다. 임 지사에게 전화를 걸었다. 임 지사는 울리는 휴대전화를 보았다.
 "네. 오셨습니까?"
 임 지사가 전화를 받는 모습을 본 지 회장은 그제야 임 지사의 테이블로 갔다.
 "이렇게 하고 계시니 못 알아 뵙겠습니다. 신문지 상에서 지사님 활동상을 아주 잘 보고 있습니다. 지달수 회장이라고 합니다."
 "아, 오셨군요. 지 회장님, 알고 있습니다. 회장님 건강은 좋으시죠?"
 "아 예, 제 건강이야 뭐 늘 그렇습니다. 지사님께서 바쁘실텐데 이렇게 절 찾아주시고 감사드립니다."
 "전 늘 500만 도민과 함께 생활하다 보니 어떤 때는 일 초가 아깝습니다. 도지사 할 일이 바닷가 모래알처럼 많습니다. 어떤 때는 자다가 일어나 일을 하곤 합니다. 이렇게 일에 파묻혀 있다 보니 집에서 밥 먹는 게 하늘의 별 따는 것만큼이나 어려워집니다."

임 지사는 쓸데없이 허풍을 떨어댔다. 매일 도지사 집무실에서 술이나 홀짝이는 그였지만, 밖에서는 바쁜 도지사인 척을 했다. 말하다 보니 집무실에 남겨 둔 양주생각이 났다. 빨리 지 회장과의 미팅을 끝내고 한 잔 더 들이켜야 하겠다는 생각이 들었다. 입에 침이 고이기 시작했다.

"지사님이 바쁘셔야 도민들이 잘 사는 게 아니겠습니까? 그래도 건강이 우선입니다."
"고맙습니다. 이렇게 가족처럼 걱정해주시니…. 그런데 회장님, 해영동 주택배치증은 다 나갔나요?"

그는 초면에 도지사가 다짜고짜 던지는 질문에 하마터면 잔을 떨어뜨릴 뻔했다. 당황했는지 진땀이 났다. '예스, 노로 대답할 수 없다는 게 더 큰 고역이었다. 그는 잠시 머뭇거리면서 잔머리를 굴리고 있었다. 그러다 에라 모르겠다는 심정에서 정면 돌파를 택하기로 했다. 그는 비로소 임 지사가 오늘 부른 용건을 파악할 수 있었다.

"지사님, 생각보다는 썩 좋지는 않습니다. 아무래도 부동산 상승기류가 하강 국면으로 접어드는 게 아닌가 합니다. 다만, 아직도 일부 묻지 마 부동산 투기 열풍이 불고 있어 곧 마무리는 될 것 같습니다. 그런데 살 사람들이 주택배치증에 대해 의심의 눈초리를 보이는 겁니다. 안심하라고 권해도 뭔가 미심쩍은지 물건만 보고 돌아가고 있습니다."

며칠 전 임 지사는 지 회장이 해영동 배치증을 매각하고 있다는 첩보를 입수하였던 것이다. 임 지사는 위엄이 넘치게 말했다. 옆자리에 앉았던 손님들이 곁눈질로 임 지사를 보고 저 사람 어디서 본 듯한데 하는 표정을 지으며 힐끔거렸다.
 "지 회장님, 오늘 특별히 부탁할 게 있어서 이렇게 보자고 했습니다. 제 임기가 아직도 3년 남았는데 그동안에 공사를 마쳐야 합니다. 아마 다음 도지사로 넘어가게 되면 많은 난관에 부딪히게 될 겁니다. 또 그 토지, 건물이 지 회장님 측이 '우리 것이다'라고 확실하게 주장할 근거도 약하지요. 억지로 만든 거니까요."

 여기까지 말하더니 임 지사는 안쪽 주머니에서 쪽지 하나를 꺼내었다. 그것은 '지사에게 바란다'라고 하는 인터넷 민원을 인쇄한 것이었다.
 "회장님, 여기 보세요. 벌써 민원이 들어왔습니다. 골자는 해영동 배치증이 불타나게 나가는데 아무래도 그 배치증이 의심이 간다는 겁니다. 결론적으로 위조된 것으로 보인다는 거죠. 이번 건과 관련된 판검사들도 거의 다 제 대학 운동권 후배들입니다. 그러니까 제 말이라면 절대적으로 따르게 되어있지요."
 이 말을 듣는 순간 지 회장은 가슴이 덜컹하는 것이었다. 지 회장이 장 변호사와 가짜로 판결문을 받아 낸 것도, 배치증을 찍어낸 것도 그는 옆에서 본 듯이 다 알고 있었다. 그가 실세인 것을 실감했다. 그는 임 지사가 장 변호사와 짜고 배치증 위조를 했다는 사실을 까맣게 모르고 있었다. 놀란 그는 이쯤에서 꼬리를 사려야 한다고 생각했다.
 "지사님, 뭐든지 다 말씀하세요. 지사님 뜻에 백 프로 따르겠습니다. 지사님께서 관심을 가지셔야 저도 든든하고 이번 프로젝트도 성공하게 됩니다. 지사님, 제가 40장은 특별히 관리하고 있습니다."
 그 말에 도지사의 얼굴은 다리미로 다린 손수건처럼 판판하게 펴지는 것 같았다. 위엄을 떨며 지 회장을 긴장하게 하던 임 지사의 표정은 어느새 나긋나긋해졌다.

"회장님, 지금 오가는 사람들의 시선이 저한테 쏠리고 있습니다. 얼른 자리를 뜨는 게 좋겠습니다. 혹시라도 기자들에게 걸리면 큰 구설수가 될 수 있습니다. 지사가 무슨 일이 있기에 변장을 했냐고 써대면 골치 아프게 됩니다. 지금 제 동생 광식이가 모시고 가려고 대기하고 있습니다. 모든 것은 동생한테 위임했으니까 그 아이하고 의논을 해주시죠. 지금 저를 보고 지나가는 사람들이 누군지 눈치를 채는 것 같습니다. 빨리 여기서 나가겠습니다. 마지막으로 드리는 말씀인데 40장을 아깝다 생각 마시고 보험이라고 생각하고 기쁘게 던지십시오."

참으로 고약한 상황이 아닐 수 없었다. 그러나 하는 수 없었다. 이제쯤 물러나는 것이 순리였다. 그러나 그대로 순순히 물러나면 얕잡아 보일 수도 있을 터였다. 이제 임 지사와 헤어지면 언제 만날지 기약을 할 수도 없다는 것을 알고 있으므로 여기서 꼭 오금을 박아 놓아야 할 것 같았다.

"지사님께서는 늘 공사다망하시다는 것을 언론을 통해서 접하고 있습니다. 중국 전국책(戰國策)에 보면 주(周)나라의 말[馬] 감정사 백락(伯樂)에 관한 얘기가 있습니다. 백락일고(伯樂一顧)라는 고사인데요, 백락이 말에 눈길만 슬쩍 던져도 그 말의 값이 높이 뛴다는 것입니다. 아무리 명마(名馬)라도 백락을 만나야 세상에 알려진다는 그런 뜻입니다. 지사님께서 바쁘시더라도 해영동을 한 번 방문하셔서 눈길만 살짝 던져주셔도 해영동의 가치는 하늘을 찌를 만큼 높이 뛰게 됩니다. 하하하…"

그의 너스레에 임 지사가 호방하게 웃었다.

"어이구, 지 회장님, 비유 하나는 정말 기가 막힙니다. 그 구절을 절묘하게 조합해서 제 마음의 정곡을 찌르셨네요. 조만간 일정을 잡아 보겠습니다. 그런데 여러 눈이 있으므로 거기 단독으로는 안 되고 부길동 재개발지역을 엮어서 말 감정사 백락이 되어 드리겠습니다."

"감사합니다. 지사님께서 어떻게 해주시냐에 따라 해영동의 미래는 판이해집니다. 또 저를 '회장님'이라고 불러주셔서 몸 둘 바를 모르겠습니다. 오늘 일정은 동생분하고 잘 의논해서 차질 없이 추진하겠습니다. 늘 건강히 지내십시오."

조금 있자니 바로 한 사람이 나타났다. 그는 임 지사의 동생 임광식이 운전하는 차를 타고 가면서 가방에 있던 해영동 배치증 40매를 흔쾌히 넘겨주었다.

"이걸 지사님께 드리십시오. 제 선물입니다. 이렇게 한 가족이 되니까 해영동은 일사천리로 개발이 끝날 것 같습니다."

"네, 저도 그건 이미 잘 알고 있습니다. 형님께서 임기 3년 안에 개발이 완료되도록 아낌없이 지원하실 겁니다. 정말 이렇게 배려해주셔서 감사합니다."

그날 저녁 지 회장은 잠자리에 들기 직전, 임 지사로부터 아주 짧으면서도 강력한 흡인력이 풍기는 메시지를 받았다. 그건 당사자가 아니면 의미를 알 수 없는 암호 수준의 감사 뜻이었다. 그는 사소한 것은 대권을 잡으면 다 덮어진다는 뜻으로 받아들였다.

"지 회장님, 큰물이 지면 작은 도랑은 다 가려지게 마련입니다."
이 메시지를 읽으면서 지 회장은 임 지사의 의지를 확인하게 되었다.

'이 양반이 대권을 잡겠다는 의지가 강하구나. 여기서 큰물이란 대권의 도도한 흐름을 말하겠지. 대권을 잡으면 그 후 생기는 문제는 아무 염려가 없겠다.'

11_배치증을 노린 육탄공세

10시가 넘는 밤이었다. 지달수 회장은 해영동 주민협의회 직원들이 모두 퇴근한 사무실로 들어갔다. 건물은 허름했다. 5층짜리 건물인데도 엘리베이터가 없어 걸어 올라가야만 했다. 그때마다 짜증이나 건물을 옮기고 싶었지만 가능한 없는 티를 내야 했기에 그냥 눌러앉기로 했다.

그는 도둑고양이처럼 조심스럽게 사무실로 다가갔다. 사무실 안에는 모두 퇴근하고 난 뒤라 불이 꺼져 있었다. 그런데도 그는 사무실 안에 누군가가 있을까 걱정이 되었다. 손에 들고 있는 손전등을 여기저기 비추어 사무실을 보았다. 다행히 사무실은 비어있었다. 그는 여러번 확인을 하고는 손전등을 껐다. 어둠 속에서 더듬더듬 손으로 익숙한 그의 회장실 문을 열었다. 땀에 젖은 손이 차가운 손잡이에 닿았다. 그것을 돌리자 덜

컥하는 소리를 내며 문이 열렸다. 갑작스러운 큰 소리에 지 회장은 움찔했다. 문을 잡아당기자 끼익 소리가 났다. 두 손으로 잡아 최대한 소리가 나지 않도록 열었다. 회장실 안은 창문으로 들어오는 가로등 불빛 때문에 불을 켠 듯 밝았다.

그는 왼쪽 벽에 다가갔다. 큰 시계가 벽 자체에 설치되어 있었다. 시계는 움직이지 않고 있었다. 그는 회장실 문 쪽을 다시 뒤돌아보았다. 누군가가 보고 있진 않을까 하는 조바심에서였다. 그는 아무도 없는 것을 확인하자 벽돌로 장식된 벽 앞에 다가서서 시침과 분침 시곗바늘을 2에 모았다. 그가 초침을 두 번 돌렸다. 시계 뒤쪽 벽에서 달칵하는 소리가 들렸다. 벽돌 모양 벽에 감쪽같이 붙어있던 문이 지 회장 앞으로 나와 열렸다. 문 안에는 작은 공간이 나왔고 그 안에 철문이 하나 더 나왔다.

그는 벽돌 모양 벽을 닫았다. 숨죽이고 문 앞에 다가가 비밀번호 6자리를 입력했다. 그랬더니 빨간불이 들어오면서 삐리릭 하는 소리가 나는 것이었다. 번호가 맞지 않으면 나는 소리였다.

"아니, 누가 번호를 바꿨나? 왜 안 열리는 거야?"

그는 혼잣말로 중얼거리면서 다시 한번 더 입력했다. 역시 마찬가지였다. 그의 이마에는 식은땀이 흐르고 있었다. 심장은 쿵쾅거리면서 빠르게 뛰기 시작했다. 머리가 어지러웠다. 얼른 수첩을 꺼내서 그동안 메모해두었던 비밀번호를 찾았다. 모두 7개가 있었다.

그의 손은 수전증에 걸린 사람처럼 떨리고 있었다. 그의 마음은 초조해졌다. 7개 번호를 다 입력했지만 하나도 맞는 번호가 없었다. 그의 입에서는 욕설이 자연스럽게 흘러나왔다.

"그 시팔 개새끼, 총무가 낮에 번호를 바꾸었나 보구나."

그는 잠깐 고민에 잠겼다. 여기서 후퇴를 할 것인가 아니면 다른 방법을 동원할 것인가를 놓고 생각에 잠겼다.

그때 자동차 트렁크에 만능 드라이버가 있다는 게 갑자기 떠올랐다. 맥가이버 드라이버로 불리는 만능 드라이버를 산지는 몇 년이나 지났는데 이런 데서 진가를 발휘하게 될 줄 몰랐다.

그는 재빨리 옆 골목에 세워둔 자동차로 돌아가 만능 드라이버를 갖고 올라왔다. 만능 드라이버 공구 안엔 대형 칼, 펜치, 여러 종류의 드라이버 세트, 육각 렌치 등이 있었다.

그는 공구를 바닥에 펼쳐놓고는 고심하다가 결국 제일 큰 십자드라이버를 손에 들었다. 문틈으로 드라이버를 넣고 오른쪽으로 돌렸다. 약간 벌어져 틈새가 생겼다. 그러면서 작은 드라이버를 다른 손으로 넣고 돌렸다. 문을 앞으로 당기니 문고리가 살짝 뜯어지는 소리가 났다. 잘만 하면 문고리를 뜯어낼 수 있을 것 같았다. 이렇게 하기를 서너 차례 하자 문이 덜컹하면서 열렸다.

"그러면 그렇지. 하룻강아지 같은 자식들이 뭘 해놓겠어. 나를 당할 수는 없지."

그는 한껏 큰 소리는 다 내놓고 다시 소리를 죽여 움직였다. 그는 문을 밀고 쏜살같이 달려가더니 두 손으로 금고 손잡이를 잡았다. 그가 그렇게도 원하던 것이었다.

"오, 금고야. 오늘 밤 나는 너를 내 품에 안으려고 할 수 있는 것은 다 했다. 이제 나하고 다른 데로 가줘야겠다."

그는 금고를 아기처럼 조심스레 껴안고 벽 바깥으로 나왔다. 사무실에

도둑이 든 것처럼 위장하려고 먼저 회장 자리의 서류와 집기들을 발로 차고 던져 어지럽혔다. 바깥으로 나와 직원들 자리도 그렇게 했다. 사무실의 CCTV가 그를 내려다보고 있었지만, 그것은 가짜였다. 그 사실은 지 회장 말고는 아무도 몰랐다. 모두 CCTV가 진짜로 구동되는 줄만 알고 있었던 것이었다. 그것도 그의 계략 중의 하나였다.

그는 자신의 치밀함에 스스로 우쭐해졌다. 그는 신이 나기 시작했다. 이 돈을 가지고 무얼 할지 아지트에 가서 혼자 상상해 볼 생각에 붕붕 들뜨기 시작했다. 그가 회장실 벽 안에 놓아둔 만능 드라이버 공구세트는 미처 생각하지 못한 채 말이다.

그는 바퀴 달린 금고를 밀고 아래로 내려와 자동차에 실었다. 벌써 밤 11시 40분이 넘어가고 있었다. 그 골목에는 인적이라고는 눈을 씻고 봐도 찾을 수가 없었다. 또 너무 낙후된 지역이어서 감시카메라 하나 없다. 지 회장은 이미 그것을 알고 있었다. 미리 계획을 짜며 확인한 사실이었다. 그것은 배치증을 위조했을 때부터 생각해 온 것이었다. 금고에 돈을 모두 넣어 놓고 난 뒤엔 독식하려고 치밀하게 준비했다.

그는 차를 운전해 먼저 마련해 놓은 아지트 사무실로 갔다. 이곳은 자기 부인밖에는 아는 사람이 없었다. 방으로 가자 간단히 샤워하고 금고를 열었다. 거기에는 5만 원권이 100억 원어치 그대로 들어있었다.

"그러면 그렇지. 이 돈을 무위도식하는 쓰레기 같은 놈들과 나눌 수는 없지. 이 돈을 얻기 위해 내가 얼마나 고생을 했던가. 온갖 수모를 당하며 얻은 걸 하늘만은 알겠지. 흐흐!"

그는 돈 꿈을 꾸며 단잠을 잤다. 고약한 짓을 하고 나서라 그런지, 쌓였던 피로가 몰려오는 듯했다. 그는 오랜만에 늦게까지 단잠을 잤다. 아침 9시가 넘을 때쯤 전화가 걸려왔다. 늦잠에서 눈을 뜬 지 얼마 되지 않아서였다. 그는 울리는 전화기를 손으로 잡아 귀에다 댔다.

"회장님, 양 실장입니다. 큰일 났어요. 사무실에 도둑이 든 것 같아요. 사무실이 난장판이 되었어요. 회장실도 그렇게 됐어요. 회장님 어쩌죠? 경찰에 신고할까요?"

"양 여사, 없어진 물건은 없나 잘 찾아봐. 경찰에 신고는 하지 말게나. 괜히 우리 정보가 빠져나갈 수 있어."

"그러면 어떻게 하죠?"

"일단 보안을 유지하고 있어. 경찰이 들락날락해서 좋을 게 하나도 없어."

"네… 알겠습니다. 빨리 사무실로 좀 와주세요."

"그래 가지. 내가 출장을 왔으니 2시간 좀 걸릴걸세."

지 회장은 11시가 약간 넘어서 사무실에 도착했다. 진 총무가 자못 심각한 표정으로 회장실에 들어왔다. 어제 진 총무는 서둘러서 되는 대로 은행에 분산 예치하자고 주장했었다. 그러나 지 회장은 그렇게 한다면 자금 추적을 받게 되어 앞으로의 일정이 중단될 수 있다는 이유를 들어 반대하였다.

"회장님, 어제 분산해서 입금했으면 하나도 도난당하지 않았을 겁니다. 회장님이 반대해서 잃어버렸습니다. 이건 회장님이 책임지셔야 합니다."

진 총무의 당돌한 말을 듣자 은근히 걱정되었다. 그러나 그는 이내 아주 냉정하게 정색을 하고 말을 이어갔다.

"나는 총무 이상으로 가슴이 시커멓게 타버렸네. 이날이 오기까지 얼마나 고생을 했나. 지금 뭐라 이루 말할 수 없네. 그렇다고 이게 신고할 수 있는 돈도 아니지. 이 돈은 자네와 나밖에 모르는 돈이 아닌가."

"회장님, 범인이라도 잡아야죠. 돈이 사라졌는데 무슨 비전이 있겠습니까?"

이 말은 혹시 이번 도난사건을 지 회장이 농간을 부린 것일 수도 있다는 생각에서 던져본 말이었다. 그러자 지 회장은 아주 단호하게 말을 자르는 것이었다.

"여보게. 총무…. 빈대 한 마리 잡겠다고 초가삼간을 태울 수는 없는 일이 아닌가? 앞으로 들어올 돈이 2천억 원이 넘을 건데 코딱지만큼 잃었다고 그럴 수는 없지. 애당초 그런 말은 하지 말게."

진 총무는 지 회장이 하는 말과 행동을 살펴보았다. 평소 같으면 먼저 길길이 뛸 성질인데 얌전하게 있는 것이 왠지 수상쩍었다. 오히려 진 총무 눈치까지 보는 것 같았다.

"회장님, 그리고 그 벽 안에 이런 수상한 물건이 떨어져 있었습니다. 문을 부수는 데 이용한 것 같습니다. 이것으로 지문검사만 해 보아도 범인이 누군지는 금방 밝혀낼 수 있을 것 같습니다."

그 말까지 하자 지달수의 눈썹이 꿈틀거렸다. 그리고는 이내 이렇게 말하는 것이었다.

"진 총무, 그걸 알아봤자 누구 지문이랑 대조할 텐가. 자네? 아니면 이 안에 있는 사무실 직원들? 그 지문을 뜰 땐 뭐라고 말할 거냐 말이야. 그냥 자중하게."

그는 지 회장의 반응을 보고는 의심이 확신으로 들게 되었다. 평소 돈이라면 사족을 못 쓰던 지 회장이 100억을 잃어버렸는데도 이렇게까지 범인을 찾는데 비협조적이란 말인가. 오히려 범인을 두둔하기 까지 하다니 자신이 도둑이 아니고서야 할 수 없는 행동이었다. 시계로 만든 감쪽같은 벽은 부숴져 있지 않는데 진 총무가 지 회장도 모르게 비밀번호를 바꾼 안의 철문만 부숴져 있는 것도 그에게 확신을 가져다 준 사실 중의 하나였다.

'이건 지달수의 농간이 분명하다. 내 이 일이 끝나고 난다면 지달수 널 죽여 버리고 말겠어. 혼자 모르는 척하지만 나는 네놈이 한 짓을 알고 있다.'

그는 지달수를 감쪽같이 죽이겠다고 다짐을 하면서 이빨을 갈았다. 진 총무는 이런 생각을 하며 회장실을 나갔다. 배신자의 얼굴을 보고있자니 이가 갈렸지만 그는 표정관리를 하며 참았다. 일이 끝날 때까지는 미우나 고우나 함께 해야 하는 사람이었다.

지 회장은 진 총무가 나간 뒤로 즐거움에 조용히 춤을 췄다. 100억이 감쪽같이 그의 손아귀에 들어왔다. 그는 일하다가도 돈 생각만 하면 얼굴이 자신도 모르게 싱글벙글했다. 그는 하루 종일 그 돈으로 무얼 할지 고민하는 것이 하루 일과의 반이었다.

그런데 그의 궁리 끝에 가서는 아내가 머릿속을 비집고 들어왔다. 늙은 쭈그렁 할멈이 된 아내를 생각하자니 짜증이 났다. 아내가 쉴새 없이 들이붓는 잔소리가 기억이 났다. 도통 재미가 없고 점점 더 아내가 미워지기 시작했다.

그는 아내에게 싫증도 나고 즐거운 것이 없을까 찾아다니기 시작했다. 다른 곳에 눈이 자꾸 돌아갔다. 그는 주변에 있는 외간 여자들을 흘끔거리는 버릇이 생겨났다.

어느 날 사무실에 들어갔는데 양 여사가 눈에 들어왔다. 여태껏 몰랐는데 양 여사가 너무 아름다워 보였다. 그녀는 50대 중후반의 나이인데도 몸매는 군살 하나 없는 날씬한 몸매였다. 매일 입는 달라붙는 원피스는 그녀의 몸매를 더욱 잘 보여주는데 한몫했다.

저녁이 되고 하릴없이 인터넷 바둑으로 시간을 보내다 집에 가려는 참이었다. 그런데 몸매 예쁜 양 여사가 퇴근하지 않고 있었다. 지 회장은 홀린듯 그녀의 곁으로 다가갔다. 그녀에게서 나는 향긋한 겔랑 향수 냄새가 그의 성욕을 자극했다. 은근슬쩍 그의 허벅지를 그녀의 어깨에 가져다 대며 말을 붙였다.

"양 여사, 그만하고 들어가지그래. 집에 기다리는 가족이 없나?"

"회장님, 고1짜리 아들은 지금 제주도로 현장학습을 갔고요, 남편은 4박 5일 일정의 태국 출장을 떠났어요. 오늘은 특별히 할 일이 없어요. 전 밀린 일을 마무리 짓고 갈테니 회장님 먼저 들어가세요."

"그래요? 그럼 양 여사 그동안 일만 시키고 밥 한 번 제대로 못 사줬는데 어디 가서 저녁이나 같이할까?"

"회장님, 바쁘신데 그럴 시간이 있으시겠어요?"

"오늘은 비도 오고 특별히 할 일도 없으니까 양 여사가 앞장 서보라구."

"그러시다면 좋아요. 회장님. 차 한 대로 가시죠. 제가 운전하겠습니다."
"어, 그래요. 양 여사가 운전하는 차를 타고 어디 가서 맛있는 거나 먹읍시다. 아는 데 있으면 그리 가보세요. 오늘은 내가 한턱 제대로 쏠 테니까…."
"회장님 요즘 좀 바뀌신 것 같아요. 옷 입는 것도 멋져지시고 말씀도 아주 젊어지셨네요."
"허허 내가 그랬던가?"
"네에 회장님. 제가 그리로 모실테니 차를 가지고 오겠습니다."
주차장에 차를 세워놓고 10여 분을 기다리니까 양 여사가 나타났다. 지 회장이 조수석에 타려고 문을 열자 양 여사가 질겁하였다.
"회장님, 이렇게 누추한 차로 모시는 것도 죄송스러운데 회장님을 어떻게 조수석에 모시겠습니까? 뒷자리에 앉으셔서 편하게 가세요."
"아니, 다 아는 사이에 뭐 이런 거 저런 거 따질 필요가 있나."
"아닙니다. 회장님이 저희 연배라면 그럴 수도 있지만, 아버지 같은 분이시고 우리 단체를 이끄시는 회장님이신데 그럴 수는 없습니다."
지 회장은 양 여사의 깍듯한 이 말에 그만 뒷자리로 가서 앉았다. 얼굴도 예쁘고 몸매도 예쁜 양 여사가 언제부터 이렇게 예의범절에 빠삭하게 되었을까 생각하면서 깜박 잠이 들었다. 얼마나 시간이 흘렀는지 고기 굽는 냄새가 차 안까지 들어와 코와 위를 자극하는 바람에 눈이 저절로 떠졌다. 제법 깊은 산속에 차가 서있었다.
"어이구. 잠깐 눈을 붙였더니 몸이 개운하구먼. 여기가 어디지?"
"성주산 입구에 있는 본향 갈비라는 식당입니다. 충청도 공주에서 직송하는 한우만 상에 올린다고 합니다. 제가 조용한 방을 미리 잡았습니다. 회장님, 먼저 가서서 양 여사라고만 말하면 안내할 것입니다. 주차하고 뒤따라가겠습니다."

"그러지. 뭘 시킬까?"

"회장님, 그것도 미리 다 주문을 해두었지요. 우리 지 회장님은 가만히 앉아서 드시기만 하면 된답니다. 호호호…"

양 여사는 눈웃음을 치며 지 회장을 보았다. 그런 양 여사를 보고 있자니 뿌듯해졌다. 저런 아양을 떠는 걸 본지가 언젠지 기억나지 않았다. 그는 식당으로 들어갔다. 직원에게 양 여사라고 말하자 앞장서서 그를 안내하였다. 방은 홀을 안 거치고 주방 옆으로 난 좁은 통로를 따라 들어가서 맨 안쪽에 있었다. 매우 프라이빗한 공간인 것 같았다. 방으로 들어가니 분위기가 아주 아늑했다. 벌써 상 위에는 마블링이 선명한 고기가 올라와 있었다. 그는 안쪽으로 자리를 잡고 양 여사가 오기를 기다리고 있었다. 양 여사는 왜 이렇게 늦는지 한참 만에야 들어왔다.

"아니, 바로 온다더니 뭐하고 이제 와요?"

"태국에서 남편이 전화를 걸어왔어요. 별일은 없냐면서 출장이 이틀 연장이 될 것 같대요. 일이 제대로 안 되는지 목소리에 피곤 끼가 잘잘 흐르더라고요."

"그런 일은 남자들 세계에서는 흔히 있는 일이니까 크게 신경을 안 써도 될 거요."

"회장님, 오늘 밥은 '다함께 차차차 모든 근심 걱정 다 털어놓고' 고기만 맛있게 드시죠."

그녀는 숟가락을 입에 갖다 대더니 설운도 노래를 흉내 내는 것이었다.

"눈물을 거둬라 내일은 내일 또다시 새로운 바람이 불 거야. 근심을 털어놓고 다함께 차차차. …… 다함께 차차차 차차차 차차차."

무반주로 부르는 데도 노래가 수준급이었다. 양 여사의 노래가 끝나자 지 회장은 힘차게 손뼉을 쳐주었다.

"아주 잘 하는 노래인데 어디 음반 한 번 내보지그래? 그동안 누가 음반 제안하는 사람도 있을 솜씨인데?"

"몇 명 있었죠. 그런데 저 촌스럽죠? 소녀시대 노래 한 곡도 선사할까요?"

"아니 됐어. 먼저 고기 좀 먹고 하자구. 앉아요."

"회장님을 여기로 모시고 오니까 4년 전에 돌아가신 친정아버지가 생각이 나네요. 아버지는 생전에 다함께 차차차를 수백 번도 더 부르셨을 거예요. 가사를 딱 맘에 들어 하셨어요."

그러면서 양 여사는 눈에 눈물을 글썽거리기까지 했다. 양 여사의 까맣고 예쁜 눈에 호수 같은 눈물이 잔잔히 고였다. 지 회장은 그가 순간 너무 안쓰럽고 예뻐서 안아주고 싶은 마음마저 들었다. 지 회장은 함께 슬픈 표정을 지어주며 말했다.

"정말… 그런 사연이 있었구먼. 사람이란 누구나 자기만의 사연을 갖고 있게 마련이지. 양 여사의 가족사에 얽힌 얘기는 그 나름으로 가치가 있는 것이지. 대중가요에 숨어있는 아버지에 대한 애틋한 사연을 들으니 다정다감한 양 여사의 마음을 읽을 수 있을 것 같네."

"회장님, 별것도 아닌데 곱게 해석해 주시는 것 같네요. 그저 비도 오고 해서 말씀드린 거예요."

"회장님, 반주를 한잔하시겠어요?"

"나는 상관없는데 양 여사가 한다면 소주 한 병만 비우자구."

지 회장은 그날따라 술이 달았다. 오랜만에 마시는 소주라서 그런지

취하는 줄도 모르고 계속 마셔댔다. 혼자만 벌써 두 병째 비우고 있었다. 양 여사는 술이 약하다며 한두 잔 마시고는 손사레를 쳤다.

평소 술을 즐겨하는 그녀였지만 한사코 거부를 한 건 다 꿍꿍이가 있는 이유에서였다. 그녀는 오늘 하룻밤을 지 회장과 보내기로 작심하고 왔던 것이었다. 그녀는 지 회장이 꾸민 사기극을 속속들이 알고 있었다. 자기가 살짝만 발설하면 줄줄이 초상이 나게 되어있었다. 지 회장은 그녀에게 이렇게 입단속을 시켰었다.

"양 여사, 모든 것은 비밀이야. 그래야 양 여사의 몫도 생기는 거야. 내가 챙겨줄 테니까 일을 잘 처리해 주고 어디 가서 입을 뻥끗해도 안 되어요?"

양 여사는 그 말을 철석같이 믿고는 발설하지 않고 기다렸다. 하지만 이제나저제나 하면서 기다려도 지 회장은 그 말을 까먹었는지 일언반구 언급도 없었다. 지 회장이 위조한 배치증을 부동산에 판 것과 경찰서장 부인이 해창동 사모님들을 상대로 배치증을 팔았다는 것을 언론에 흘리기만 하면 세상은 발칵 뒤집힐 것이었다. 그렇게 되면 지 회장은 지금 회장자리를 고수하지 못할 것이었다.

지 회장은 취기가 올라 기분이 아주 좋아졌는지 양 여사에게 2차를 가자고 했다.

"모처럼 회장님이 2차를 가자고 하시는데 저라고 못 갈 게 없습니다. 가시죠."

둘은 생맥주에 국산 양주를 시켜 폭탄주를 만들어 마셨다. 지 회장은 폭탄주를 연거푸 석 잔을 쏟아부었다. 지 회장의 몸이 옆으로 기울었다. 노인네가 술을 마구 들이키니 정신을 차리지 못하는 모양새였다. 양 여사는 그럴수록 정신이 생생해졌다.

"오늘은 즐거운 날이야. 양 여사 남편은 태국에 있고, 아들은 제주도에 있고…. 하하하 둘 다 바다 건너에 있는구먼."

"…회장님, 해영동 배치중을 만들 때 저한테 그러셨죠? 양 여사 비밀로 하고 일을 잘 처리 하라구. 그러면 양 여사 몫도 있다구."

"아, 그랬나. 내가 그랬단 말이지?"

"네, 그랬습니다."

"그럼, 그럼, 아직 다 끝난 게 아니야. 양 여사 몫은 분명히 있다구. 있어."

그날 양 여사는 만취한 지 회장을 반쯤 끌고 변두리 모텔로 들어갔다. 그가 정신을 못차리자 냉수를 주며 말했다.

"회장님, 회장님…."

"응 왜 그러지? 여기가 어디인가?"

"회장님, 제 지분은 어떻게 되었어요?"

그녀는 눈을 딱 감고 지 회장에게 저돌적으로 물었다. 어차피 가만히 있어서 해결될 문제는 아니었다.

"뭐 양 여사 지분은 내가 갖고 있다구."

"그럼 어서 주셔야죠. 왜 안 주고 갖고 계세요."

"알았어. 내일 꼭 줄 테니까 조용히 있으라구."

"회장님, 그러시면 내일 꼭 주세요. 제가 입을 열면 회장님을 비롯해 많은 사람이 다치는 거 아시죠? 여자 입은 돈으로만 막을 수 있다는 거 두요."

그녀는 무슨 수를 써서라도 해영동 아파트 입주권 하나는 챙기겠다는 각오로 이 자리까지 왔다. 그녀는 악물고 지 회장의 옷부터 벗겼다. 나이가 들어서 그런지 반나절 햇볕을 쬔 물고추처럼 쭈글탱이였다. 그래도 남자라고 양 여사가 만지니 점점 커지기 시작했다. 땀에 고추가 끈적거렸다. 역겨운 노인 냄새가 그곳에서 나는 것 같았다. 그녀는 지 회장의 구석구석을 물수건으로 씻긴 후 술이 깨기를 기다리기로 했다.

그녀는 욕실로 들어가 더운물에 몸을 담갔다. 그때 하필 문자가 왔는지 음악 소리가 들려왔다. 그녀는 물기가 송송 맺힌 몸으로 휴대전화를 가지러 갔다. 태국에서 남편이 보낸 메시지였다.

"여보, 사랑해. 태국 밤 날씨는 너무 끈적거려서 잠을 못 자겠어. 다음 주 월요일 오후 5시에 귀국하니까 차를 갖고 공항으로 와요."

이 문자를 보니 간통하다가 불륜 현장을 들키기라도 한 것처럼 심장이 쿵쾅쿵쾅하면서 정신이 혼미해졌다. 이내 정신을 가다듬고 생각했다.

"난 간통을 하는 게 아니야. 가족의 풍요로운 삶을 위해서 몸을 던지는 거야. 이럴 때 더 단단해져야지. 전쟁이 끝나고 여자들이 미군을 상대로 몸을 팔았다지만 그때 미군 PX에서 양공주들이 빼내는 미제 물건이 우리를 먹여 살리는 데 이바지했잖아. 나도 지금 가족을 위해서 이 모든 것을 다 던지는 것뿐이야."

옆에서 코를 골면서 곯아떨어져있던 영감쟁이가 몸을 비틀어댔다. 그때 양 여사는 지 회장의 배 위에 올라가 몸을 비벼대었다. 술에 취했지만, 남자의 본능은 살아있었다. 그녀가 몸을 비비자 그는 실눈을 뜨더니 손을 가슴에 가져다 대고 주물럭거리기 시작했다. 그러자 그녀는 좀 더 대담해져서 그의 고추를 자신의 것에 집어넣었다. 조금 헐렁하던 그의 것이 빳빳해져 가는 것을 느꼈다.

양 여사의 과감한 행동을 보자 이성을 잃은 지 회장은 전혀 딴 인간이 되어 가고 있었다. 양 여사 또한 다른 여자로 변하였다. 낮에 사무실에서 보고 만나는 그런 인간의 모습은 코스프레에 불과한 것이었다. 양 여사는 자꾸만 쪼그라드는 지 회장의 남성을 일으켜 세우려고 애썼다. 양 여사는 손으로 그것을 주물럭거리면서 말하였다.

"회장님, 젊었을 때는 물건이 실하셨겠어요!"

"그걸 말이라고 하나. 실한 정도가 아니었지. 남들이 보면 다 탐을 냈다구."

"아, 이제 섰네요. 어머, 꿈틀거리는 것 좀 봐요. 장난이 아니네요?"

"아니, 조금 있다가 하고 전희를 실컷 즐기자. 그건 그렇고, 양 여사는 남편하고 일주일에 몇 번이나 관계하고 있나?"

"요즘은 남편이 회사에서 받는 스트레스 때문에 한 달에 두 번 관계하고 있어요."

지 회장은 여기서 젊은 양 여사에게 약한 모습을 보여주지 않으려고 발버둥을 쳤다. 하지만 일흔이라는 세월을 감출 수는 없었다. 그것을 숨기려 그는 오른손을 그녀의 깊은 골짜기로 집어넣었다. 그곳은 대지 위로 뿜어져 나오는 용암처럼 펄펄 끓고 있었다. 양 여사는 애벌레처럼 온몸을 비틀면서 신음소리를 내는 것이었다.

그는 그녀의 위에 올라탔다. 그녀의 골짜기에 남성을 집어넣자 그녀는 흥분에 발버둥을 쳤다. 50대의 탄력이란 이만저만이 아니었다. 바람이 꽉 들어찬 고무공처럼 통통 튀고 있었다. 양 여사는 두 다리를 허공으로 세우며 조이는 것이었다. 그때 지 회장은 '양 여사, 양 여사, 우리 이제 어쩌면 좋아.' 하면서 괴성을 질러대었다. 그의 몸에서 물줄기가 양 여사의 깊은 속으로 빠져나가는 것을 느꼈다. 그는 양 여사의 가슴에 얼굴을 묻은 채 가쁜 숨을 몰아쉬었다. 양 여사도 함께 가쁜 숨을 몰아쉬었다. 시간이 지나도 식지 않는 양 여사의 뜨거운 열기는 에너지를 분출하고 있었다. 아름다운 그녀의 몸매가 침대 위에선 더없이 아름답게 느껴졌다. 불과 3분 전의 황홀경을 잊을 수가 없었다.

불량한 남녀의 시계는 더 빨리 가는 법이다. 벌써 새벽 2시가 넘어가고 있었다. 그때 양 여사가 특유의 코맹맹이 소리로 입을 열었다.
"회장님, 해영동 배치증을 준다는 거 잊지 않으셨죠?"
"우리 양 여사 무슨 말을 그렇게 하나. 잊다니 말이나 되는 소린가. 내 바빠서 못 챙긴 거지. 당장 내일 낮에 처리해 줄 게. 걱정말라구."
이불 속 대화치고는 살벌했다. 몸을 섞고 난 그녀가 그의 앙가슴팍에서 옹알거리는 말이지만 가시로 찌르는 것처럼 뜨끔거렸다.
양 여사는 가족들의 행복을 위해 지 회장에게 육탄공세를 아낌없이 퍼부었다. 밤새 그런 다음 날 낮, 두 사람은 아무런 일이 없다는 듯이 업무를 보았다. 양 여사의 서랍에는 지 회장이 준 해영동 배치증 봉투가 들어있었다. 봉투 겉에는 '증정'이라고 지 회장의 친필로 쓰여 있었다.

양 여사는 어젯밤, 짧았지만 오랜만에 느껴본 황홀함이 아직 몸에 남아있는 것 같았다. 생각만 하면 몸이 짜릿해졌다. 그녀는 손에 해영동 배치증을 들고 밤길을 걸어가고 있었다. 그녀는 자신의 빈 집으로 들어갔다. 불 꺼진 집은 그녀를 외롭게 맞아주고 있었다. 그녀는 자신의 장롱 깊숙한 곳에 그것을 감추어 두었다.

12_ 윤 기자의 특종

고급 차가 길거리 허름한 부동산 앞에 멈춰 섰다. 부동산 앞 유리는 언제 선팅을 했는지 모를 정도로 먼지가 덕지덕지 붙어있었다. 다 뜯어진 스티커는 '행복 부동산'이라고 적혀있었다.

윤덕구 기자는 잃어버린 임 지사의 배치증 이야기를 미장원에서 듣고 임 지사 비서실에 접근했었다. 그런데 비서실에서는 윤 기자에게 그럴싸한 정보를 내어주지 않는 것이었다. 온 지 얼마 되지 않은 새내기 비서에게 물어보아서는 될 사안이 아니었다. 그는 때마침 지사실을 나서는 박 비서에게 물었다.

"시티재생일보의 윤 기자입니다. 지사님께서 잃어버리신 게 있다는데 그게 뭡니까."

박 비서는 눈을 동그랗게 뜨고는 윤 기자를 노려보았다. 그러나 아무런 말도 하지 않고는 무전으로 경비를 불렀다.

"기자 님, 질문 좀 가려 하시는 법부터 다시 배우셔야겠군요."

끌려나가는 윤 기자의 뒤통수에 대고 박 비서는 중얼거렸다. 귀가 밝은 윤 기자는 그 말을 들었다. 박 비서는 무엇인가 알고 있다는 것을 확신하게 되었다.

윤 기자는 혹시나 잡히는 게 있을까 싶어 시내의 온갖 부동산은 다 돌아다녔다. 그가 찾아보아야 할 부동산은 공인된 부동산만 1,800개가 넘었다. 그러나 그것에 굴할 윤 기자가 아니었다. 그는 무작정 지도와 펜만 가지고 돌아다니기 시작했다. 처음엔 아무것도 모르는 터라 자신의 신분을 들켜버려 쫓겨나기 일쑤였다. 큰 거래자를 자주 경험해본 부동산은 취재하는 듯한 윤 기자의 말투에 그의 직업을 금세 눈치를 채 버렸다.

그러던 어느 날이었다. 그날 오전에만 일대 부동산을 10개째 돌고 오는 중이었다. 모두 허탕이었다. 들어본 적도 없는 해괴한 소리에 그들은 고개를 절레절레 가로저었다.

그는 배가 고파 편의점에 들렀다. 그런데 그의 앞에 행복 부동산이 눈에 들어왔다. 이 곳은 점심을 다 먹고 들러야 겠다는 마음을 먹었다. 그런데 한 세단 차량이 멈춰 서는 것을 보았다. 누가 보아도 동네 허름한 부동산인데 고급 차량이 멈춰 서는 것은 조금 이상해 보였다.

그는 얼른 집어 든 빵을 먹으며 유리창 너머로 그것을 지켜보았다. 한참 후 서류봉투를 들고 세단 차량은 자리를 떠났다. 그는 반쯤 남은 빵을 쓰레기통에 넣으며 가방을 옆으로 메고 달려나갔다.

그러나 여태까지처럼 무작정 그곳으로 갈 수는 없었다. 겨우 얻은 기회 같은 느낌인데 이번에도 실패하고 싶은 마음이 없었다. 그는 다시 몸을 돌려 신문사로 다시 들어갔다. 단단히 준비에 준비를 거듭하기 위해서였다. 그는 국장에게 자초지종을 말했다. 보도국장은 실눈을 뜨고 뻥 같은 이야기를 늘어놓는 윤 기자의 말을 끝까지 들어주었다.
"국장님, 이번엔 진짜입니다. 임 지사가 해영동 가짜 배치증을 찍었고 최근에 잃어버렸다는 소문은 익히 들어서 알고 있지 않습니까. 제가 그걸 알아보려고 임 지사 비서실에 들렀습니다. 박 비서에게 단도직입적으로 묻자 묵묵부답이었지만 뭔가 켕기는 것이 있는지 저를 바로 내쫓더군요. 지금 224개째 부동산을 찾아보다가 찾은 부동산이 있습니다. 그곳에서 제 5년 경력! 윤 기자의 감이 옵니다. 거기를 잘 캐보면 쓸 만한 정보가 나올 것 같습니다."

  국장은 그가 허풍을 떠는 게 조금 우습기도 하고 귀엽기도 했다. 만에 하나 그의 말이 만일 사실이라면 차기 대권 주자의 적수 임 지사의 이미지를 깎아내릴 수 있었다. 그렇게 된다면 현 정권 측근인 대권 주자에게 큰 힘을 보탤 수 있을 것이었다. 이 일은 윤 기자 같은 조무래기가 건드려서는 될 일이 아니었다. 보도국장은 윤 기자를 네가 할 수 있겠냐는 식의 눈빛으로 그를 바라보며 말했다.
"그래, 그럼 조금 더 기다려보지. 상황을 주시하고 상대방이 빼도 박도 못하는 증거를 찾아야 우리가 기사를 써도 문제가 없네. 자네 말은 알아듣겠으니 명확한 증거 후에 움직여 보게나."
  그렇게 하고는 배테랑 기자를 보낼 속셈이었다. 이것을 눈치챈 윤 기자는 끈질기게 보도국장을 설득했다.

"명확한 근거라니요, 지금 그러다 저쪽에서 배치중 다 팔아먹고 마감하면 흔적도 없이 사라집니다. 사라지기 전에 명확한 증거를 잡으려면 직접 들어가 찾아봐야 합니다."

그가 하루종일 쫓아다니며 끈질기게 보도국장을 괴롭혔다. 보도국장은 적선이라고 생각하고는 못 이기는 척 외제 차 열쇠를 건네주었다. 간부 외에는 잘 주지 않는 차량이었다. 윤 기자는 승리의 미소를 지으며 고급 외제 차 열쇠를 다 뜯어진 백팩 주머니에 쑤셔 넣었다.

그는 그날 아침, 그의 원룸에서 좋은 자리에 갈 때 신으려고 고이 모셔놓았던 고급 구두를 꺼내 신었다. 고급 구두가 그의 발에서 번쩍거리는 빛을 내뿜었다. 그는 입사할 때 입고는 세탁 후 한 번도 입지 않았던 정장도 꺼내어 입었다. 손목에는 취재할 때 얻어낸 감쪽같은 짝퉁 엘렉스 시계를 찼다.

"투자할 곳 없을까요."

행복 부동산에서 안경을 코끝에 걸치고 신문을 보고 있던 노인의 눈이 윤 기자의 발부터 머리끝까지 찬찬히 뜯어보았다. 윤 기자는 돈이 많은 사람인 척 애쓴 몰골이었다.

노인은 살짝 피식 웃으며 그의 손목에서 번쩍거리는 시계에 눈길을 흘긋 주었다. 그는 안 본 척 시선을 거두고 이내 물었다.

"얼마나 쓰시게? 보아하니 여윳돈 하나 없어 보이는 양반이구만."

윤 기자는 위장이 들켰는가 싶어 조금 몸을 움찔했다. 하지만 이제부터는 눈치 게임이었다. 저렇게 말은 해도 확인 작업을 위해 떠보는 것일 수도 있었다. 수십 년 경력의 노련한 부동산 노인의 술수에 쉽게 물러날 수야 없었다. 그는 수백 개의 부동산을 들러 수백 번의 예행연습을 했던 터였다.

"한 10억 정도로 2~3년 이내 큰 이익 볼 수 있는 곳이었으면 합니다만…"

노인은 퉁명스럽게 기자의 말끝을 잘라버리고는 말했다.

"여보시게 젊은 양반, 세상에 그런 데가 어디 있어. 큰 이익을 보려면 시간이 오래 걸리든가, 큰 위험을 감수하든가 둘 중의 하나를 결정해야 하는 법이라네. 그런 큰 이득을 볼 배짱은 없을 것으로 보이는데 말이지."

"큰물을 보려면 어느 정도 위험은 감수해야겠지요. 제가 조그만 사업을 하는 데 나름 겪어볼 만큼 겪어 봤습니다."

윤 기자는 조금의 허풍도 잊지 않았다. 그의 능청스러운 말에 부동산 노인은 꼬았던 다리를 풀고 벌떡 일어섰다. 윤 기자는 자신을 드러내지 않기 위해 팔짱을 끼고는 눈을 슬쩍 감았다. 마음속으로는 자신이 재벌 2세라는 것을 수없이 뇌까렸다.

슬리퍼를 직직 끄는 소리가 들려왔다. 윤 기자는 실눈을 뜨고 보았다. 등이 굽은 노인이 윤 기자를 향해 다가오는 실루엣이 보였다. 이제부터 눈싸움에서 지면 게임이 끝나는 것이다. 그는 눈을 크게 뜨고 똑바로 노인을 쳐다보았다.

늙어가는 노인의 얼굴엔 주름살이 가득했다. 검버섯이 세월과 싸운 흔적처럼 가득 담겨있었다. 볼에 욕심 주머니같이 불룩 무언가가 튀어나와 있었다. 입을 앙다물고 턱을 내민 모습이 마치 스크루지 양반 같은 느낌이 들었다. 양 끝 입술은 아래를 향해 끝없이 내려가 있었다.

다 늙은 모습이었지만 그의 눈빛만은 번쩍이며 살아있었다. 잡초처럼 길게 나 있는 눈썹 중 하나가 삐죽이 하늘을 향해 치솟아 있었다. 윤 기자는 똑바로 그의 눈을 보고 있자니 조금 두려운 마음이 들었다. 자신을 꿰뚫어 보려는 듯 노인은 젊은 윤 기자의 눈을 노려보았다.

눈싸움이 길어지고 있었다. 또다시 쫓겨날 것인가. 길어지는 눈싸움에 눌려 어떤 말이라도 먼저 하는 날에는 꼬리를 내리는 셈이 될 것이었다.

'조금만 더, 조금만 더.'

윤 기자는 속으로 생각하며 버티고 있었다. 노인은 윤 기자가 앉아있던 소파 앞으로 비스듬히 다리를 꼬았다. 뼈만 남아있어 앙상해 보이는 노인의 윗다리가 덜렁덜렁 흔들렸다. 노인은 미소를 지으며 슬쩍이 눈을 내리깔았다. 윤 기자는 자신도 모르게 소리 없는 한숨을 휴우 내쉬었다.

노인은 윤 기자의 눈을 다시 보았다. 윤 기자가 다시 긴장했다. 노인은 아까보다 부드러운 얼굴을 했다. 노인은 꼬고 있던 다리를 풀고 윤 기자의 쪽으로 몸을 구부렸다. 그러곤 누가 듣는 듯이 입에 두 손을 모아 속삭였다. 부동산에는 노인과 윤 기자뿐이었는데도 굳이 속삭였다. 윤 기자는 자신의 가방에 들어있는 카메라에 소리가 들어갈까 걱정이 조금 되었다.

"내 좋은 물건이 있는데, 아무한테나 보여주는 게 아니라오. 한번 보시겠는가."

윤 기자는 말 없이 고개를 끄덕였다. 노인은 벽의 책꽂이 중 가장 허름한 책꽂이의 파일을 꺼내 들었다. 검은색 가죽으로 된 파일의 등에 금장으로 무슨 글씨가 적혀있었다. 노인은 파일을 꺼내 살포시 소파 앞 유리

탁자위에 펼쳐놓았다. 파일에는 한문으로 '배치증'이라고 되어있었다. 끝이 거뭇거뭇하게 해어진 누런 갱지가 들어있었다. 노인은 주름져 쭈글쭈글한 입으로 말했다.

"이게 지금 투기 바람이 불고 있는 해영동 배치증이네. 황금성에서 60년대에 발행했지. 이걸 사면 몇 년 뒤엔 2~3배로 뛴다네. 가격은 한 장에 3억, 두 장에는 6억이네… 어떻게 해 볼 텐가? 지금 내로라하는 양반들이 다 나눠 가지고 있으니 황금성 재개발은 눈앞에 와 있네."

"어르신 좀 정확히 말씀해주시죠. 이걸 사면 어떻게 이익을 볼 수 있다는 겁니까?"

"이건 황금성 신도들이 거기에 거주할 때 받았던 배치증이네. 황금성에 교주가 사라지고 신도들도 사라진 지금, 이 배치증만 있으면 그 재산을 산 것처럼 입증할 수 있다는 거야. 양계장을 칸칸이 나눠 집을 지었네. 그 집이 방 하나 부엌 하나야. 이 배치증을 사면 재개발할 때 40평짜리 아파트 한 채 입주권이 되는 거지. 완전 로또네 로또. 이제 거의 다 나갔으니 자네가 마지막 손님이 될 수 있겠어. 자넨 운이 좋은 사람이야."

마치 숨겨둔 보물을 같이 캐내자고 공모하는 도둑의 목소리 같았다. 가래 소리가 섞여 나오는 노인의 입에서 담배 찌든 냄새가 났다. 윤 기자는 문가에 눈을 갖다 주며 왼쪽의 명품 짝퉁 서류가방을 만지작거렸다. 살짝 벌어진 곳에는 무언가가 노인을 지켜보고 있었다.

"등기는 누구 이름으로 되어있다는데요?"

노인은 윤 기자의 날카로운 질문에 조금 놀라 하는 눈치였다. 그러나 노인은 물건을 팔고 싶은 마음이 굴뚝같았다. 그는 대답할 말을 속으로 정리해 다시 말을 꺼내었다.

"거기에 다니던 장로라고… 차장순 명의라는데 이거 배치증 다 팔고 나면 속전속결로 소유권 이전되어온다더군. 몇 달 안 돼서 말이야."

"그게 몇 달 안 돼서 넘어오진 않을 텐데요. 부동산이 한두 개도 아니고."

"아이, 쯧, 글쎄 젊은 놈들은 뭐가 그렇게 궁시렁궁시렁 말이 많아! 사고 싶지 않으면 관두게. 자네 말고도 살 사람은 줄을 서 있으니."

노인은 갑자기 버럭 화를 냈다. 그는 그럼 좀 더 알아보겠다며 자리를 떴다. 노인은 한숨을 푸욱 내쉬며 가라는 손짓만 했다. 윤 기자는 유유히 빠져나왔다.

다음 날 아침, 시티재생신문은 놀랄만한 특종 기사를 1면에 실었다.

"가짜 황금성 배치증 시가로 3억에 팔려… 암 덩어리같이 불어나는 해영 투기세력들, 배후엔 모 지사도 연루"

이 부장은 시티재생신문의 대문짝만한 글씨를 무심결에 읽고는 손을 부들부들 떨었다. 신문뿐만 아니라 온갖 뉴스에서도 그 내용을 떠들어대었다. 마치 큰 건수 잡은 양 신문사와 뉴스는 배치증 이야기로 시끄러웠다.

모 방송사 뉴스에는 'ㅎ' 부동산 노인이 말하는 장면을 모자이크 처리만 하고 고스란히 내보냈다. 뼈만 앙상한 노인의 다리가 뿌연 화면에 잡혔다.

윤 기자는 이 일로 여기저기 바쁘게 다녀야만 했다. 행복 부동산 잠입이라는 큰일에 성공해 낸 그에게 방송사 인터뷰 요청이 쇄도했기 때문이었다. 장롱 속에서 쓰임 받기만을 기다리던 정장과 구두는 쉴 새 없이 카메라 세례를 받았다.

이 부장은 소파 앞에 앉아 채널을 요리조리 돌리며 윤 기자의 얼굴을 노려보았다. 이 부장이 던진 리모컨이 바닥에 떨어져 부서졌다. 그리고도 성이 풀리지 않는지 이 부장은 책상을 쿵쿵 쳐댔다.

"저 새끼, 누구야 당장 잡아와야겠어!"

그는 분이 풀리지 않자 휴대전화도 던지려고 들었다. 손에서 전화벨이 울렸다. 진 회장이었다. 그는 얼굴을 더욱 찡그리며 전화를 받았다.

"부장님, 아침 일찍 죄송합니다. 다름이 아니라 신문기사 때문에요. 지금 판매처의 연락을 받고 전화 드리는 길입니다. 해창동 복부인들이 오늘 새벽 뉴스를 보고는 자신이 산 배치중이 가짜냐며 마구 화를 내시더랍니다."

"야, 내가 그럼 사기를 쳤단 말이냐? 자네가 일 처리를 어떻게 했길래 이게 가짜라는 미친 뉴스가 떠도느냔 말이야."

"그게… 저희가 판 것은 이미 다 마감을 했는데 이상하게 'ㅎ' 부동산이라고 알려진 곳에서 아직도 팔고 있었다고 합니다. 저도 영문은 모르겠습니다."

"영문을 모르겠다니? 진 회장 자네가 모르면 누가 안단 말인가? 그런 무책임한 말이 어디 있느냔 말야. 지금 나 능력 없소, 하고 자랑하는 건가? 입이 있으면 말을 해봐. 다 팔아먹고 마진 다 떼먹었으니 나 몰라라 입 닦는 건가?"

"……"

"하여튼 이번 일 문제 되면 모든 건 자네 책임이야. 난 모르는 일이야!"

이 부장은 신경질적으로 전화기를 끊고 책상 위에 던져버렸다. 이 부장은 정보부장실을 왔다 갔다 하며 안절부절못하지 못했다.

최 목사는 새벽 기도를 하고 돌아오는 길에 집 앞에 놓여있던 시티재생 신문을 읽고는 깜짝 놀랐다. 커다란 글씨로 신문 1면에는 이렇게 쓰여 있는 것이 아닌가.

"가짜 황금성 배치증 시가로 3억에 팔려… 암 덩어리같이 불어나는 해영 투기세력들, 배후엔 모 지사도 연루"

몇 달 전, 최 목사의 전화벨이 울렸었다. 노 집사였다.
"네."
"목사님, 저 노 집사입니다. 목사님, 이상한 문서가 돌고 있는데요?"
"아, 그게 뭡니까?"
"황금성 주택배치증이라는 겁니다. 이게 수천만 원에 거래되고 있다고 합니다."
"그걸 누가 돌리고 있습니까?"
"아직 거기까지는 확인을 못 했습니다."
"혹시 사본은 확보했나요?"
"제가 살 것처럼 관심이 있는 척하면서 사본 하나를 받았습니다."
"지금 사무실로 가고 있으니까 그리 오세요."
"그런데 목사님, 다섯 시간 후에나 뵐 것 같습니다."
노 집사의 말을 들은 최 목사는 기가 막혔다. 배치증이 수천만 원에 거래되고 있다는 소식을 듣고 보니 그동안의 소문이 점점 더 구체적으로 입증되고 있다고 생각되었다.
"이런 못된 놈들 같으니라고."
최 목사는 능글거리는 지달수의 얼굴을 떠올렸다. 참으로 인간답지 못한 짓만 골라 하다니, 천벌을 어찌하려고 그러는가 싶어 혀만 끌끌 찼다.

황금성 주택배치증은 1960년대 말에 발행하였다가 모두 회수하여 지금은 존재하지 않는 문서였다. 그것은 김 교주가 신도들에게 임시로 거주하도록 만든 문서 같은 것이었다. 설령 그것이 있다고 해도 이미 시효가 만료되어 실익이 없는 휴지에 불과한 것이었다.

"이것으로 사기를 치다니 드디어 올 게 오고야 말았구나. 이것은 모두 지달수란 놈이 꾸민 것이 틀림없다."

그러나 최 목사가 입수한 배치증은 지달수의 것도 아니었다. 해영동에 부동산 투기 바람이 몰아치면서 지달수가 팔던 배치증을 다른 누군가가 또 위조해 팔고 있던 것이었다.

지달수가 팔던 배치증은 또다시 조악하게 위조되어 수천만 원에 거래되고 있었다. 최 목사는 이걸 보면서 분노가 솟구쳤다. 그는 전화로 노집사가 알려준 떴다방에 들어갔다. 공터에 천막을 친 임시 부동산 사무실이었다. 겉보기와는 달리 내부에는 지적도니, 사진, 그리고 컴퓨터를 치고 있는 여직원들까지 갖출 것은 다 갖추어져 있었다.

"어이구. 돈 버느라 고생들 많네요. 어떻습니까? 부동산 거래는 좀 활발하게 되나요?"

이때 한 40대 초반의 멀쑥하게 생긴 남자가 기획실장 명함을 건네면서 상담을 해주겠다고 나섰다.

"저는 기획실장 한정희입니다. 사장님, 혹시 딱지를 갖고 있으면 파시고, 없으면 이번 기회에 하나 장만하세요. 기가 막힌 딱지가 나왔습니다."

"그러잖아도 이번에 딱지 하나 사볼까 하고 들렀는데요. 혹시 괜찮은 물건은 있나요?"

"예, 워낙 세대수가 적어서 물건은 뜸합니다. 그래도 꼭 하나 사시겠다면 주선해드릴 수는 있어요. 물건을 꼭 사신다는 전제조건에서만 소개해드릴 수 있습니다만."

이때 최 목사는 일부러 언성을 약간 높이는 척하면서 따지고 들었다.

"아니, 여보세요. 물건도 안 보고 수억 원짜리를 덜렁 사겠다고 약속을 할 수 있어요? 그러면 정상적인 사람이 아니지 않소? 대한민국이 부동산에 미쳐가고 있다고는 하지만 말만 듣고 살 순 없소."

"사장님, 물건을 보고 진짜니 가짜니 따따부따 따지는 분들이 많아서 그러는 겁니다. 저희도 힘들어요. 정 그러면 그냥 가세요."

"당신이 그러면 진짠지 가짠지 누가 보증해주는 겁니까? 실물을 봐야 사든지 말든지 할 것 아닙니까? 물건도 안 보고 사고 싶으면 돈을 내라. 세상에 이런 거래는 없습니다. 물건을 봐야 그게 뭔지, 또 진짜인지 확인이 될 것이고, 그래야 살 게 아닙니까?"

최 목사가 강하게 따지자 기획실장은 할 말이 없어졌는지 최 목사 얼굴만 빤히 쳐다보는 것이었다. 더는 할 말이 없으니 어서 나가달라는 표정이었다. 또 당신한테는 이 물건을 팔지 않겠다는 표시이기도 했다. 마지막으로 기획실장이 언성을 높이며 말했다. 주변에 지켜보던 덩치 큰 남자들이 그쪽으로 다가왔다.

"예, 그건요. 거기 보면 과거에 황금성 대표 김 교주의 직인이 찍혀있습니다. 그걸 믿으셔야죠. 저희로서는 달리 방법이 없습니다."

"허허, 문서를 보여주지도 않고 어찌 거래하시오? 혹시 사람을 가려서 보여주고 그러시나요?"

"……"

최 목사는 화를 내는 떴다방 직원들 때문에 더는 대화하지 못하고 나와야 했다. 비록 배치증을 직접 보지는 못했지만, 떴다방들이 배짱장사를 하고있는 현장을 확인한 것만으로 만족스러웠다.

그는 황금성 주택배치증이 신도들이 사택에서 임시 거주만 할 수 있는 증서라는 것을 알고 있었다. 김 교주는 해방 직후 북한의 주택 제도를 보고 그것을 그대로 황금성 신도들에게 접목을 시킨 것이었다. 김 교주는 황금성에서 사유재산을 끝까지 인정하지 않았다. 또 헌금영수증 역시 주택이나 땅과는 아무런 관련이 없었다. 김 교주는 헌금을 많이 하면 천국에 갈 수 있다고 역설했다. 그 설교를 듣고 신도들은 서로 경쟁하듯이 집을 팔고 땅을 팔아서 김 교주한테 바쳤다.

요새로 말하면 소득공제를 받는데 필요한 헌금확인서에 불과한 것이 배치증이었다. 이런 것들이 당사자가 황금성에 있었단 증거는 될지언정 재산문제와는 아무런 관련이 없었다. 사기꾼들은 가짜 기부금 영수증과 배치증을 만들어 떴다방을 중심으로 고가에 거래하고 있었다. 그들은 이것만 있으면 해영동 아파트 한 채를 분양받을 수 있다고 광고하고 있었다. 최 목사가 보기에 이것은 분명한 사기극이었다. 그때 노 집사한테서 전화가 걸려왔다.

"목사님, 지금 사무실 근처에 왔습니다. 한 15분 정도면 도착할 것 같습니다. 곧 그리 갈게요."

"주택배치증 사본은 갖고 오시는 거죠?"

"네 갖고 갑니다."

최 목사는 사무실로 발길을 옮기면서 생각하니 기가 막힌 일이었다. 사기꾼들의 수법은 기가 찰 노릇이었다. 그런 서류가 있었다는 것을 어떻게 알고 찾아내 사기에 이용했을까.

너무 오래된 일이기에 옛날 황금성 신도였던 지 회장쯤은 알고 있을 것이었다. 그렇다면 그가 아이디어를 제공했을까? 생각할수록 괘씸한 일이었다. 그는 사무실에 도착해서도 꼬리에 꼬리를 물고 일어나는 생각 때문에 노 집사가 들어선 것도 모르고 멍하니 앉아있었다.

"목사님, 접니다. 이거 좀 보세요."

노 집사는 복사한 자료를 주욱 펼쳐놓았다.

"목사님, 이것들입니다. 구매하겠다고 사정을 해서 겨우 복사본을 얻었습니다. 처음에 3천만 원에 거래되었는데 시간이 갈수록 가격은 더 뛰어 1억에 거래되고 있는 것 같습니다."

"어디 한 번 봅시다."

불빛에 비쳐 보니 모두가 한 장을 복사해 위조한 것이었다.

"이거 경찰에 고발합시다. 그냥 뒀다가는 큰일 납니다. 피해자가 더 생기기 전에 막아야 합니다."

떴다방에서의 토지, 건물 사기꾼들은 주택배치증만 다량으로 위조하여 가짜 계약서를 작성해주고 돈만 챙기는 수법을 쓰고 있었다. 이런 가짜 서류에 파리 떼들이 어떻게 몰려들었던 것일까. 최 목사는 목덜미를 문지르며 긴 숨을 내쉬었다. 왜 이처럼 해영동 토지, 건물 문제가 복잡하게 꼬이는지 참으로 한심스러운 생각에 뒷골이 뻣뻣해졌다.

그 책임은 모두 김 교주에게 있었다. 그는 설교할 때마다 헌금을 많이 하면 천국 문이 저절로 열린다고 했다. 그러니까 재산을 팔아서라도 헌금을 하라고 부추겼다.

'하나님 나라에는 돈도 집도 권력도 다 소용이 없어요. 그러니까 그것을 팔아서라도 하나님께 바치고 천국으로 가야 합니다.'

최 목사는 김 교주의 고약한 목소리가 떠올랐다. 신도들은 울고불고 난리를 치면서 기도를 하며 집을 팔고 직업을 포기했다.

이때부터 김 교주는 가정을 해체하는 수법을 써먹기 시작했다. 가정을 해체하면 노동력을 값싸게 확보할 수도 있었다. 그때는 한국전쟁이 끝난지 10년 정도 되었을 때여서 어디 변변한 직장 하나가 없었다. 배우지 못한 사람들은 하루하루 날품팔이로 목구멍에 겨우 풀칠이나 하는 정도였다. 살아있어도 산다고 말할 수 있는 게 아니었다.

이럴 때 황금성에서는 배운 사람이나 못 배운 사람이나 똑같은 집에 살고, 똑같은 공장에서 일할 수 있다고 선전했다. 의식주가 부족했던 그들은 자신들에게 행운과도 같은 황금성에 물밀 듯이 들어갔다.

김 교주는 황금성을 건설하면서 1945년 이후 김일성이 북한 인민들을 제압해 나가는 과정을 깊이 연구해서 그대로 적용했다. 그 결과는 대성공이었다. 천문학적인 기부금과 헌금을 받고 일 시키고 밥 먹여주고 재워만 주면 되었다.

신앙이라는 틀 속에 신도들을 가둬두니까 노동력에 변동이 없어 양질의 숙련노동자를 확보할 수 있었다. 신도들은 이렇게 모은 돈을 황금성에 바치고 받은 것이 겨우 배치증이었다. 배치증은 황금성에 임시로 거주할 수 있다는 것을 증명하는 한 종잇조각밖에 되지 않았다.

13_ 최 목사의 형사고소

최 목사는 김철호 변호사가 마뜩잖았다. 아무래도 변호사를 바꿔야 할 것 같았다. 상대를 만만히 보는 것인지, 상대방과 암거래를 시도하려는 것인지 소장 제출 기한을 한없이 늦추고 있었다. 사기꾼들을 다루려면 시간이 촉박한데 매사가 느긋해서 신뢰가 가지 않았다.

"평생 이용만 당한 선량한 신도들을 봐서라도 빨리 완료해서 제출해 주세요."

그는 자꾸 이런저런 핑계로 소장 제출을 미루고 있었다. 견디다 못해 최 목사는 화를 냈다.

"도대체 김 변호사님은 누구 편이십니까?"

김 변호사는 손사래를 치며 오해하지 말라고 달랬다. 속을 다스리려고 음료 한 잔을 단번에 들이켜고 사무실을 나섰다. 길을 건너 주차장의 차를 향해 걸었다.

최 목사는 뜨뜻미지근한 변호사를 기다릴 수가 없었다. 최 목사는 허위 배치증을 작성한 것을 내용으로 해영 검찰청에 고소장을 제출했다. 황금성 잔여 신도들을 위해 수많은 소송을 해본 그는 웬만한 법원 서류는 직접 작성할 수 있었다.

그는 더듬더듬 혼자 타이핑을 친 고소장을 들고 검찰청에 당당하게 들어갔다. 그는 손에 있던 고소장을 법원 주사에게 냈다. 경력이 꽤 많아 보이는 법원 직원은 고소장 이곳저곳을 면밀히 들추어 보았다. 한참을 검토한 뒤 고소장에 도장을 꾹 찍었다. 그는 최 목사를 쳐다보지도 않고 접수증을 내어주었다. 최 목사는 그것을 받아들고 나가려고 했다. 그러자 법원 주사는 시선을 모니터에만 두고는 그의 등에다가 말을 던졌다.

"허위사실을 고소한다면 무고에 걸릴 수 있습니다."

최 목사는 고소장을 제출할 때마다 수없이 많이 듣는 말이었다. 직원은 습관처럼 안내의 말을 건넨 것이었다.

'허위의 사실이라니…'

최 목사는 그 말을 듣고 묵묵히 밖으로 나왔다. 그가 한 고소는 허위의 사실이 절대 될 수 없었다. 무고의 두려움이 눈앞에 잠깐 다가오다 지나갔으나 최 목사는 기도하며 무의식중에 다가오려는 두려움을 물리쳤다.

신도를 지켜내는 일을 하며 믿어야 할 것은 착한 사람도, 유능한 변호사도, 높아 보이는 판사도 그 누구도 아니었다. 그를 지켜주시고 보호해

주시는 하나님 한 분뿐이었다. 그는 홀로 남겨진 독립투사처럼 늘 하나님만 믿고 몸을 던졌다.

'죽으면 죽으리라.'

두려움이 조금 올라올 때 그는 늘 목숨을 하나님께 걸었다. 비도덕적인 일들을 바로잡고 주의 품으로 가면 그만이었다. 설혹 이것이 주의 때가 아닐지라도 이 작은 목숨이 하나님의 크신 뜻에 쓰임 받는다면 두려울 것이 없었다. 이 괴롭고 외로운 심정은 하나님만 아신다면 충분했다.

"하나님, 이 일을 이루어 홀로 영광 받아주옵소서. 하나님의 재산을 노리고 거짓된 일을 꾸민 사악한 자들을 물리쳐 주시옵소서…."

그는 쉴 새 없이 기도했다.

지달수와의 검찰 대질 심문일이 잡혔다. 최 목사는 집무실에서 소송에 필요한 자료를 정리하고 있었다. 전화벨이 울렸다. 벌써 두 번째였다. 전화를 받으면 하던 일의 맥이 끊길 것 같아서 받지 않았다. 그런데 두 번이나 울리니 귀찮았지만 무슨 중요한 일이나 새로운 제보를 할 사람일까 해서 전화를 받았다.

"여보세요. 누구십니까?"

"야. 개새끼야. 네가 뭘 안다고 배치증이 가짜라고 검찰에 일러바쳤냐. 너 죽고 싶어 환장했어. 너 그딴 짓 당장 그만두지 않으면 밤길 조심하라구. 이 개새끼야. 그게 왜 가짜냐. 이 시팔놈아. 네가 뭘 안다고 그래."

"누구신데 갑자기 욕을 하십니까. 여보세요. 여보세요."

"…"

일방적으로 욕설을 퍼붓더니 전화를 뚝 끊어버렸다. 그는 이런 전화에 자주 시달려서 눈 하나 깜짝하지 않았다.

그러나 그는 이런 일을 겪을 때마다 인간적인 두려운 마음이 가끔 몰려올 때가 있었다. 혹시나 자신을 데려가는 암흑의 세력이 있을까 봐 밤에는 외출하지 않았다. 일이 있어 낮 외출에도 그의 뒤를 미행하는 것처럼 보이는 사람들이 눈에 보일 때도 있었다. 그는 언제 들이닥칠지 모르는 위협에 맞서 싸우기 위해 주머니에 호신용 물품들을 꼭 넣어서 다녔다.

남들은 그런 최 목사를 이해하지 못했다. 그런 이야기를 할 때면 허풍을 떠는 줄 알고 코웃음을 쳤다. 그러나 실제로 신도재산을 찾는 일을 하다가 의문사 당하는 일들을 그는 옆에서 많이 보고 들었다. 그는 그럴 때마다 눈물의 기도를 하나님께 드렸다.

"하나님, 하나님의 재산을 탈취한 저 사악한 세력들을 물리쳐 주시옵소서. 저들은 온갖 범죄를 저지르며 사회의 악이 되고 있습니다. 교회의 십자가를 내리고 저주받을 우상을 올린 저 사악한 무리들을 무너뜨려 주시옵소서. 그들을 깨부숴주시고 홀로 영광 받아주시옵소서. 그것에 이 미천한 저를 써 주시옵소서…."

검찰은 일단 고소장을 접수 받았지만, 수사에는 미온적이었다. 노 집사의 정보로는 경찰 간부 가운데에도 이것을 산 사람이 있다는 것이었다. 또 일부 공무원들도 연루되었다는 소문이 돌았다. 뗬다방에서 가짜 배치증을 팔려고 고객을 설득하면서 흘러나온 얘기들이라는 것이었다. 이를 전부 다 믿어서도 안 되지만 전혀 사실무근도 아니었다. 잡으라는 도둑은 안 잡고 검찰과 경찰이 사기꾼들에게 놀아나는 꼴이었다.

사기꾼들은 때로는 최 목사 교회에 비밀요원들을 침투시켜 엮어 넣을 구실을 찾았다. 어느 날 얼굴이 반반한 여자가 주일 낮 예배시간에 새로 들어왔다. 하도 많은 세력이 최 목사를 위협해서 새신자를 자세히 조사하는 편이었다. 최 목사는 예배를 모두 마친 뒤 개별 면담을 했다.

여자는 새치 커버 염색을 한 긴 머리는 살짝 부스스한 반 곱슬머리였다. 약간 나이가 들어 보였으나 관리를 잘 했는지 피부에 잡티하나 없었다. 흰 피부에 새빨간 입술을 칠한 그녀는 지그시 눈을 내리깔고 있었다. 쌍꺼풀이 살짝 진 부드러운 눈매는 뭇 남성들의 마음을 흔들어 놓을 만했다.

그러나 최 목사는 이런 아름다운 여성들이 들어오면 경계심이 들었다. 교회에 신도들이 아름다운 여성을 사이에 놓고 사랑싸움을 벌여 문제를 일으키고 떠나가기 일쑤였기 때문이었다. 내숭 떨며 조용히 커피만 홀짝이던 그녀는 말했다.

"목사님의 설교가 너무 은혜가 된다는 소문을 듣고 찾아 왔습니다. 오늘 설교도 너무나 은혜로웠습니다,

스스로 교회까지 찾아와서 신자가 되겠다고 하는 경우는 매우 드문 일이었다. 최 목사는 일단 나오라고 허락을 하였으나 잘 지켜보기로 마음먹었다.

어느 주일 오후, 그녀는 예배가 끝나도 가지 않고 기도하는 척 앉아있었다. 눈을 감고 간절한 기도를 하는 것을 보아 최 목사는 고민이 있나보다 하고 단상 아래에 앉아 그녀를 위해 기도했다. 그녀가 자리를 뜰 때

까지 함께 기도해 줄 생각이었다.

　예배 후 정리를 마치자 다른 신도들이 모두 집으로 돌아갔다. 최 목사의 아내는 주일이 지나자 긴장이 풀려 교회 옆 사택에서 눈을 붙이고 있던 때였다. 바깥에는 어슴푸레하게 어둠이 찾아들고 있었다. 하루종일 세 번이나 한 설교 탓에 최 목사는 기도하다 선잠이 들었다. 그녀는 갑자기 눈을 뜨고 앞으로 다가왔다.

　"목사님, 저는 성경 내용이 뭔지 잘 모르겠어요. 얼마나 다녀야 그것을 알게 되나요?"

　최 목사는 초보 신도의 질문으로 그럴 수 있다고 생각하고 친절하게 답변해주었다.

　"처음에는 그럴 수 있습니다. 첫 숟갈에 배부를 수 없듯이 끊임없이 성경을 읽고 목사님의 설교를 들어야 합니다. 그러려면 시간이 걸립니다. 늘 믿는 마음으로 성경 내용을 이해하도록 기도하고 또 기도하세요."

　신중하고 기도하는 마음으로 최 목사는 답변하였다. 그러나 그녀의 눈은 바닥에 향해있었다. 최 목사가 말을 하는 동안 여자는 손을 조물조물 하더니 발까지 흔들어 댔다. 그러다간 몸까지 앞뒤로 마구 흔드는 것이었다. 최 목사는 그런 그 여자를 보고는 이 여자 신도는 자신의 설명에는 관심이 없고 딴생각하고 있는 게 틀림없다고 생각했다. 조금 화가 났지만 늘 그랬듯이 화를 꾹 눌러 참았다.

　"목사님, 오늘 시간이 있으면 저랑 차를 타고 데이트를 하면서 가르쳐 주세요."

　여자의 말을 듣는 순간 최 목사의 마음속에서 눌러서 겨우 내렸던 화가 솟구쳤다.

'이 여자가 교회에 온 이유가 바로 이것이었구나.'

그는 생각하고 그 여자를 바라보면서 호통을 쳤다.

"당신 내가 좋아? 나같이 못생긴 사람을 왜 유혹하는 거야. 나는 성직자야. 왜 목사님을 유혹해? 누가 보내서 우리 교회로 왔어? 사실대로 얘기해."

여자는 생각도 못 한 최 목사의 반응에 매우 놀란 눈치였다. 가만히 최 목사의 호통을 듣고 있다가 눈물을 주룩 흘렸다. 최 목사는 여자의 눈물에도 아랑곳하지 않았다. 하나님께서 주신 최 목사의 사명을 방해하는 자들은 하나님 편이 아니었다. 싸워 물리쳐야 할 대상이지 사랑으로 감싸줘야 할 대상이 아니었다. 눈물을 흘리는 여자 앞에 더 큰 소리로 외쳤다.

"당장 말하지 않으면 경찰을 부르겠다. 누가 시켰지? 당장 말해!"

그 여자는 경찰이라는 단어에 더욱 놀라는 것 같았다. 몸을 부들부들 떨면서 사실대로 털어놓기 시작했다.

"죄…죄송합니다… 저는 일당을 받고 진리교회 목사님께 접근하라는 임무를 받았습니다. 목사님을 꼬셔서 여관으로 유도하라고 해서……. 잘못했습니다. 지달수라는 분의 지시를 받았습니다. 용서해주세요. 다신 안 그러겠습니다."

최 목사는 그녀의 회개에 불같은 화를 삼켰다. 잘못했다고 하는 자에게 더는 화를 낼 수는 없었다.

"그만 가세요. 다음부터 이런 일 절대 하지 마세요. 잘못을 뉘우쳤으니 됐습니다. 진심으로 회개했다면 가까운 다른 교회에 성실히 나가세요."

여자는 몸을 덜덜 떨며 교회 문을 나갔다. 최 목사는 화가 아직 덜 사그라든 눈으로 그녀의 뒷모습을 노려보았다. 최 목사는 지달수가 이런 짓까지 할 줄은 꿈에도 알지 못했다. 화가 나다가 이젠 불쌍해 보이기까지 했다. 대체 그런 돈을 모아서 어디다 쓰려고 이렇게 나쁜 짓을 많이 하는지 이해되지 않았다.

며칠후 최 목사와 지달수는 검찰 대질심문에 출석하였다. 지달수는 배치증 위조를 자신이 한 것이 아니라며 오히려 역정을 내었다.
"나 지금 병원에 다니면서 고혈압 치료를 받고 있는데 조금만 더 강도 높게 조사했다가 나 죽으면 책임질 겁니까, 나 잘못되면 검사가 책임져야 합니다. 그럴 수 있습니까?"
대기실에서 잠깐 쉬는 틈에 그가 다가왔다.
"최 목사, 이렇게 자꾸 구석으로 몰아붙이지 마세요. 나도 배경이 있고 날 봐주는 힘센 사람도 많이 있습니다. 나를 우습게 봤다가는 얼마 안 가서 땅을 치면서 후회하게 됩니다."
"아니 지달수씨, 그게 무슨 말입니까. 우습게 보다니요. 나는 인간다운 사람은 높이 보고 그렇지 못한 인간은 쓰레기로 봅니다. 사람은 자기가 하기 나름이죠."
최 목사는 그를 보지도 않고 다시 검사실로 들어가 버렸다. 유 검사는 앞에 앉은 둘을 번갈아 가며 자세히 조사했다. 그 후 늦은 오후쯤에야 그들을 집에 돌려보내었다.

유 검사는 둘이 돌아간 한참 뒤, 누군가에게 전화를 걸었다. 둘의 대질심문 서류에 눈을 떼지 않았다. 무슨 말을 해야 할지 생각하는 눈치였다. 상대방은 바로 받지 않아 통화 연결음이 계속 이어졌다. 그는 한참이 지나자 그제야 숨을 골랐다. 순간 상대방이 전화를 받는 소리가 들렸다. 그러나 응답은 없었다.

"접니다. 오늘 대질심문 끝냈습니다. 이 건은 말씀하신 대로 종결처리 하겠습니다. 지달수가 배치증 판 사실은 맞지만, 다행히 최 목사가 가지고 온 것은 지달수의 것이 아니더군요. 너무 신경 쓰지 마십시오. 혹여 다음번에 지달수가 파는 것을 가져온다 하더라도 그것과 지달수가 연관되어있다는 것을 입증하기란 힘들 겁니다. 부장님이 연관되어있는 것은 상상조차 할 수 없을 것이구요."

"그래요 수고했어요. 다음 인사이동 땐 아마 서울 중앙동에서 만날 수 있을 겁니다. 고마워요, 유 검사 덕분에 살았습니다."

수화기 너머로 이 부장의 부드러운 목소리가 들려왔다. 유 검사는 수화기가 끊어질 때까지 보이지 않는데도 연신 고개를 숙여 인사를 했다. 이 부장은 전화를 끊었다. 큰 한숨을 내쉬었다. 그때 노크 소리가 들려왔다.

"들어오지."

집무실 전면 유리창을 바라보며 팔짱을 낀 채 답했다. 문이 열리고 조심스럽게 닫히는 소리가 났지만, 이 부장은 돌아보지 않았다. 누군가 바짓단을 스치며 천천히 이 부장 뒤로 오는 소리가 들렸다. 이 부장은 장식장에 서 있던 크리스털로 된 공로패에 고개를 돌렸다. 장식장 하나 가득 공로패가 들어있었다. 공로패를 준 이의 이름은 누구나 들으면 알 법한 이름들이 수두룩했다.

"장 변, 이게 다 뭔지 아는가? 많은 이들의 핏 값이네. 난 모든 사람이 내 뜻대로 움직이게 하려고 큰 노력을 했지. 만약 뜻대로 되지 않는다면 어떻게 했는지 아는가?"

장 변호사는 무어라 대답을 해야 할지 알 수가 없었다. 머뭇거리다가 더듬으며 입을 뗐다.

"죄송…합니…"

이 부장은 그의 말이 끝나기도 전에 한 개의 공로패를 들어 장 변호사의 머리를 찍었다. 투명한 크리스털 공로패에 피가 붉게 묻어났다. 장 변호사는 갑작스러운 습격에 뒤로 넘어졌다. 머리를 감싸며 몸을 동그랗게 말았다. 이 부장은 장 변호사가 나뒹굴고 있는 곳 앞으로 다가갔다. 장 변호사에게서 나온 피가 고여 있었다. 그를 내려다보는 이 부장의 얼굴에도 피가 튀어있었다. 이 부장은 장 변호사의 피를 하얀 손수건으로 닦으며 말했다.

"사과는 필요 없다. 사례비를 받으려면 이런 실수 두 번은 허용할 수 없는 것이야. 배치중 구매한 사람들 모두 해결해."

그의 말소리는 정신을 반쯤 잃은 장 변호사의 위에서 흩어지고 있었다. 가끔 '으으…' 하는 신음이 섞였다.

"그만 보내라."

전화기를 들고 누군가에게 말하자 남자 두 명이 장 변호사를 끌고 나갔다. 남자들이 검은 차량에 타고 조용히 차량을 움직였다. 뒷좌석에는 정신을 잃고 누워 식은땀을 흘리는 장 변호사가 타 있었다. 차량은 어디론가 계속 움직였다. 그들이 도착한 곳은 시티병원 뒤편에 있는 창고 문이었다. 이곳은 가끔 장례식장으로 가는 시신을 운반하는 곳이어서 인적이 매우 드물었다.

그들은 차에서 장 변호사를 끌어 내렸다. 작은 구급 침대가 차 앞에 나와 있었다. 장 변호사를 데리고 문 안으로 들어갔다. 좌우로 영안실 냉장고가 보였다. 남자들은 조용히 장 변호사를 끌고 들어갔다. 복도 거의 끝날 때쯤 창고 같은 곳에 들어갔다.

창고 한가운데 은색 쇠로 된 침대가 있었다. 그들은 장 변호사를 그 위에 드러눕혔다. 남자들이 사라지고 조금 뒤 초록색 수술복을 입고 마스크와 장갑을 낀 의사로 보이는 사람들이 다가왔다. 그들은 자연스러운 듯 한숨을 쉬며 장 변호사의 상처 부위를 요리조리 돌려보았다. 이마 한쪽에 큰 구멍이 나 있고 피가 가득 들어있었다. 그들은 식염수를 콸콸 부으며 장 변호사의 상처 부위를 집게로 들었다. 찢어져 덜렁거리던 살덩이를 집어 올리자 피부 속 조직이 드러났다. 장 변호사는 정신이 없는 와중에도 통각은 살아있는지 가끔 소리 내어 앓았다.

큰 주삿바늘을 팔에 꽂으니 고통스러워하던 장 변호사가 편안한 잠에 빠졌다. 그들은 찢어져 덜렁거리는 살 조각을 잘 펴서 바늘로 꿰맸다. 손은 빠르게 움직였다. 장 변호사가 정신을 차린 곳은 병실 침대였다. 특대 1인실이었다. 그는 창백한 얼굴로 이틀을 더 지내다 퇴원했다. 머리엔 둘둘 만 붕대를 한 채였다. 장 변호사는 휴대전화를 들어 어디론가 전화를 걸었다.

14_ 지달수의 범죄행각

"이 부장이 제시한 명단, 그리고 너가 팔아먹은 자들 명단 다 가져와서 주민등록 등본하고 도장 가져와. 위임장 이곳에 그 사람들 도장 찍어. 내일까지 해."

지달수는 장 변호사의 호출에 급작스럽게 변호사사무실로 뛰어왔다. 직원은 그를 소회의실로 안내했다. 한참 뒤 장 변호사가 소회의실로 들어왔다. 들어오는 길에 장 변호사는 지달수의 뒤통수를 향해 반말을 한 것이었다. 그는 갑작스러운 장 변호사의 반말에 놀랐다. 양반같이 점잖을 **빼던** 사람이 드디어 미쳤나 했다. 그는 어쩔 줄 몰라 응답을 하지 않았고 잠자코 창가만 보며 앉아있었다.

"야, 안 들려? 대답은 어디다 갖다 처먹었냐? 나 몰래 꿀이라도 처먹었냐? 이 늙은이야?"

마주해 자리를 앉으며 욕을 하는 장 변호사의 이마에는 큰 붕대가 감겨 있었다. 지달수는 놀라 손가락으로 그의 이마를 가리켰다.

"그래, 나 최 목사가 널 고소한 것 때문에 처맞았다. 너도 한번 나한테 똑같이 맞아볼래? 그러게 건설사에서 나오는 돈으로 만족해야지 능력도 없으면서 니가 왜 배치증에 손을 대느냐고, 대기를. 미친 쭈그렁 노인네야!"

지 회장은 시퍼렇게 젊은 장 변호사가 뭐라고 해도 고개를 들 수가 없었다. 자신이 팔던 배치증이 고스란히 시티재생일보에 특종 감을 가져다주었다. 그로 인해 이 부장 배치증 구매자도, 지 회장 배치증 구매자도 모두 돈을 돌려달라며 성화였다. 이 소문을 들은 최 목사가 고소했던 것이었다. 지 회장은 자신보다 30년은 더 어린 변호사에게 모욕을 당하며 가만히 앉아있었다.

"아 답답해. 왜 말을 안 하냐고! 아 됐고, 빨리 위임장 써와. 착수금은 10억이야. 착수금에 성공사례 20억. 알았냐? 내일까지 마련해 와. 너 배치증 장사로 수입 꽤 올렸던데. 이것도 많이 봐준 거니까 잔말 말고 해 와."

"벼…변호사님…."

장 변호사는 자신의 말만 속사포로 해대고는 자리를 떠났다. 장 변호사가 닫은 문을 바라보며 허망하게 앉아있었다.

지달수는 해영동 인장 제조업체를 돌아다니면서 500명의 도장을 오늘까지 다 만들라고 닦달을 쳤다. 10개의 인장 제조업체에 맡겨 그것이 도착하자 밤 10시가 다 되었다. 미리 500명의 명단을 인쇄한 곳에 그 도장을 찍고 간인을 했다. 앞면과 뒷면을 겹쳐 접어 간인을 잘 찍으려면 온 힘을 다해 꾹 눌러야 했다.

양 여사의 손바닥은 인장에 눌려 새빨갛게 변해있었다. 지 회장은 그녀가 도장작업을 하는 것을 계속 지켜보았다. 그녀는 배치증을 받아간 뒤로는 아무런 말도 없이 가만히 일만 했다. 가끔 그날의 기억을 잊지 못하고 추근대는 지 회장을 냉정하게 잘라내었다. 그녀가 그의 위에서 앉아 앙칼진 소리를 내던 때를 기억했다. 그녀와 하룻밤을 보내기 전엔 그의 것이 딱딱해졌던 때가 언제인지 기억이 나지 않았었다. 그런데 그날 이후 그녀만 보면 자꾸 딱딱해지는 것이었다.

그는 암만해도 배치증의 값이 하룻밤인 것은 너무 저렴한 것 같았다. 그는 언젠가 양 여사와의 또 다른 하룻밤을 시도해 볼 것을 마음속으로 다짐했다. 그러나 지금은 때가 아니었다. 두꺼운 서류 도장작업을 마치고 나자 시계는 12시를 향해 가고 있었다.

지 회장은 일을 모두 마쳤다. 그는 웬일인지 늘 하던 대로 양 여사에게 추근댈 생각도 하지도 않고 빠르게 사무실을 빠져나왔다. 사무실 앞에는 렌트 차량이 그를 기다리고 있었다. 운전석에 진 총무가 앉아있었다. 그는 지 회장이 타자 차의 액셀을 밟아댔다. 지 회장의 몸이 뒤로 조금 쏠렸다. 하지만 지 회장은 뒤로 나자빠지지 않게 몸에 힘을 꽉 주었다. 이럴 때일수록 정신을 바짝 차려야 했다.

진 총무가 운전하는 차량은 시내를 빠져나와 고속도로로 올라섰다. 밤에도 차량들은 쉴 새 없이 어디론가 달려가고 있었다. 길가에 줄지어서 있는 가로등 불빛이 지나가는 지 회장의 결연한 표정을 순서대로 비추었다. 차량 속도가 아주 빨라지자 불빛이 깜빡이는 속도도 함께 빨라졌다. 지 회장은 움직이는 차 안에서 눈 하나 까딱하지 않고 눈에 힘을 주고 있었다.

    차량은 산속에 도착했다. 차량은 포장도로 끝에 아무렇게나 멈춰 섰다. 쇠사슬로 길을 막고는 '길이 없습니다.'라고 페인트로 휘갈겨 쓰여 있었다. 진 총무가 먼저 내리고 트렁크에서 포댓자루에 든 무언가를 꺼내어 쇠사슬 안쪽으로 힘껏 집어 던졌다. 아주 큰 덩어리였다. 흰 덩어리는 내던져지자 갑자기 꿈틀거렸다. 비포장도로 한가운데에 흰 덩어리 하나가 누워있었다. 진 총무는 쇠사슬을 들추고 서 있었다. 지 회장이 쇠사슬 밑으로 고개를 숙여 길 안으로 들어갔다. 지 회장이 눈짓했다. 진 총무가 위를 묶은 포대자루를 열자 눈과 입이 테이프로 막혀있는 윤 기자가 모습을 드러냈다. 그는 땀에 온 얼굴이 범벅되어 있었다.

    진 총무는 윤 기자 팔을 잡아당겨 일으켰다. 그는 진 총무 팔에 끌려 걷기 시작했다. 한참 들어가자 너른 잔디밭이 나왔다. 그 잔디밭은 축구장 다섯 개 만 한 크기였다. 산 한가운데 이런 공간이 있을 거라곤 상상도 되지 않았다. 잔디밭에는 나무가 어설프게 서 있었다. 그 밑에는 보이지 않게 작은 3센티 정도 되는 푯말이 꽂혀있었다. 푯말에는 A-320과 같은 암호가 적혀있었다. 한편에는 180㎝ 정도 길이의 직사각형 땅이 있었다. 직사각형 모양으로 잔디를 걷어내고 무언가를 놓은 뒤 비닐로 덮어 놓고 있었다. 비를 맞아선지 습기가 차 있었다.

진 총무는 윤 기자의 눈에 붙어있던 테이프를 떼었다. 테이프가 눈썹들을 꼭 움켜잡고 있다가 떨어지며 눈썹과 살점 조금이 뜯겨나갔다. 윤 기자는 테이프로 막힌 입으로 '으악' 소리를 내었다. 그는 감겨 있던 눈을 살짝 떴다. 그의 눈앞에는 누군가 미리 파놓은 구덩이가 보였다. 진 총무는 그를 구덩이 안으로 밀어 넣었다. 깨금발을 들어야 목을 간신히 내밀 수 있는 깊은 구덩이였다.

"야 이 새끼야, 여기가 어딘 줄 알아?"

진 총무가 윤 기자의 입의 테이프를 거칠게 떼어내며 말했다. 윤 기자가 크게 숨을 쉬어댔다.

"여긴 바로… 너 같은 새끼들 쥐도 새도 모르게 묻어버리는 묘지다."

천천히 그 소리를 듣던 윤 기자는 그제야 정신이 드는 듯 마구 고개를 흔들어 대며 소리쳤다.

"살려주세요! 살려주세요!"

그의 목소리는 산 한가운데서 메아리쳐 돌아왔다. 지 회장은 그 소리를 듣더니 껄껄껄 크게 웃어댔다.

"야, 소리쳐봐라. 너 구하러 올 놈이 있나. 우리 김 교주님께 빌어봐라. 혹시 너 같은 나쁜 놈을 심판하시러 재림하실지 아니."

"누구신데 그러십니까. 저는 아무런 죄도 짓지 않았습니다. 착실하게 일하며 살아온 사람입니다. 목숨만은 살려주십시오. 목숨만은… 목숨만은…"

"야, 너가 떠벌린 기사 때문에 아주, 내가 골치 아프게 됐잖냐. 내가 수백억을 토해내게 생겼거든? 널 여기서 오늘 죽이고 장기를 팔아서 그걸

다 감당해야겠다."

"아…아아아… 으아악!!"

그제야 윤 기자는 왜 이런 일을 겪게 되었는지 알아차렸는지 공포에 소리를 질러댔다. 마구 울어대며 소리를 쳤지만, 산은 고요하게 잠자고 있을 뿐이었다.

"살려주십시오. 다시는 안 그러겠습니다. 다시는 회장님 하시는 일에 관심도 가지지 않겠습니다. 믿어주십시오, 약속을 지키겠습니다."

"아니 맨입으로만? 원, 믿을 수가 있어야 말이지. 그런 말은 기사를 내기 전에 해야 했던 거 아닌가? 왜 내게 묻질 않았어? 상대방의 말도 좀 들어보고 기사를 써야 하는 거 아닌가 말이야. 누구의 사주를 받았어?"

"아니요, 전 누구의 사주도 받질 않았습니다. 그저 길가다가 주워들은 정보가 궁금해 확인해 보려던 것뿐이었습니다. 그걸 국장에게 말했더니 바로 기사가 나가게 되었습니다. 정말입니다. 믿어주십시오."

"그래? 뭐, 믿지는 못하겠지만 그렇다고 해 두지. 난 사실 널 죽일 생각이 없어. 너가 내 말만 잘 듣는다면 말이야."

"예. 예 원하시는 바만 말씀해주십시오. 목숨만 살려주신다면 시키시는 대로 다 하겠습니다."

"그래그래… 마음만은 죽이고 싶은 마음이 굴뚝같지만 말이야… 에이씨팔… 짜증 나는데 그냥 죽여 버릴까?"

"아이고 어르신 살려주십시오. 살려주십시오. 한 번만 봐 주십시오. 저에겐 먹여 살려야 할 처자식이 있습니다. 살려주십시오, 살려주십시오."

"내가 이 나이 먹도록 너 때문에 새파란 새끼한테 고생한 걸 생각하면… 휴우… 정말 죽이고 싶지만 한 번만 눈감아 주겠어. 나도 널 죽이면 좀 피곤해지거든. 지금같이 중요한 때 말이야."

"예… 예 감사합니다."

"그 대신, 뭔가 나도 약속의 증표가 있어야지."

지 회장은 진 총무를 바라보며 끄덕였다. 그러자 진 총무가 윤 기자를 구덩이에서 꺼내어 바닥에 내팽개쳤다. 진 총무는 윤 기자의 오른쪽 발에 신겨져있던 신발과 양말을 벗겼다. 그리곤 이내 새끼발가락을 손에 쥐는 것이었다. 윤 기자는 갑자기 두려운 느낌이 몰려왔다. 본능적으로 그의 발가락을 자르려는 것이 느껴졌기 때문이었다. 그는 힘껏 무릎을 오므려 진 총무의 손안에서 발가락을 빼내었다.

"어허, 움직이면 못쓴다. 발가락 하나가 아니라 발하나를 다 잘라 줄까?"

윤 기자는 그 말을 듣고는 더욱 겁에 질렸다. 자신이 처한 상황이 너무나 믿기지 않았다. 진 총무는 윤 기자가 겁에 질려 몸이 굳은 틈을 타 다시 오른쪽 새끼발가락을 손에 쥐었다. 예리한 칼이 위로 올라갔다가 순식간에 번쩍이며 내려왔다. 칼이 움직이는 것은 너무 빨라 보이지 않았다. 저항할 틈이 없었.

"끄아악"

너무 예리한 칼에 잘려서 그런지 조금의 시간이 있다가 비명을 질러대었다. 피도 그가 비명을 지를 때쯤에야 비로소 쏟아지기 시작했다. 윤 기자의 큰 소리가 산속에 울려 퍼졌다. 지 회장은 주머니 속에 있던 지퍼백을 꺼내었다. 그러곤 피가 묻어있는 잘린 새끼발가락을 담았다. 진 총무는 그가 그것을 담는 것을 보고는 휙휙 칼을 돌리다가 어디로 감추었다.

감쪽같이 들고 있던 칼은 진 총무의 몸 어딘가 속으로 들어갔다.

"이것은 내가 갖고 있지. 자네는 잘려나간 발가락을 보며 오늘 우리 약속을 꼭 기억하라고."

윤 기자는 정신이 혼미해지는 것을 느꼈다. 잘려나간 발가락의 통증이 계속되고 있었다. 진 총무는 윤 기자의 눈과 입에 테이프를 다시 발랐다. 앞이 보이지 않는 그를 차까지 끌다시피 데리고 왔다. 윤 기자를 타고 왔던 차량에 다시 태우고는 도시로 다시 출발했다. 윤 기자는 자신이 어떻게 집에 오는지도 기억이 나지 않았다. 자신을 죽이겠다고 협박하던 지 회장의 살기 어린 눈빛만 기억날 뿐이었다. 그는 그것에 너무 충격을 받은 나머지 한동안 집에서 은둔하며 지내게 되었다.

집에 돌아온 지 회장은 방에서 무언가를 바삐 하기 시작했다. 익숙한 듯 투명한 유리병에 포르말린을 가득 채워 넣었다. 그 속에는 윤 기자의 새끼발가락이 들어있었다. 날카로운 칼로 잘라내어 표면이 아주 깨끗했다. 그는 그것의 뚜껑을 닫고 잘 밀봉했다. 발가락을 보니 어제의 비명이 들리는 듯했다. 하지만 그는 그것을 보고는 구역질 한 번 하지 않는 것이었다. 오히려 그것을 보며 뿌듯한 것 같이 미소를 지었다. 주름살이 밀려 올라가 누런 이가 드러났다. 한참을 닦지 않았는지 이빨 사이사이가 검은색으로 썩어있었다.

다시 장 변호사를 만나러 갔다. 반말만 찍찍 해대는 변호사가 너무나 보기 싫었지만 문제 해결을 위해서는 무조건 참는 수밖에 없었다. 장 변호사는 끊었던 담배를 사무실에서 창문도 열지 않고 물고 앉아있었다. 연기가 방안을 가득 채우고 있었다. 지 회장은 연기 사이를 뚫고 장 변호사의 책상 앞으로 다가갔다. 그의 손에 있던 종이뭉치를 슬며시 내려놓았다. 장 변호사는 반말을 시작하더니 이젠 지 회장이 오든지 말든지 자리에서 일어나지 않았다. 그로 인해 지 회장은 상사의 결재를 받으러 기다리고 있는 부하직원의 꼴이 되어버렸다.

"여기 위임장입니다. 어제 새벽까지 만든 문건입니다."

장 변호사는 담배 연기와 한숨을 함께 내쉬며 문건을 들춰보았다. 그는 불량하게 앉아 다리를 덜덜 떨었다. 다리를 떨어대는 속도에 맞춰 서류도 파르르 떨렸다. 장 변호사의 몸은 반쯤 뒤로 젖혀져 의자 속에 파묻혀 있었다. 그는 서류를 보며 틀림없이 500명의 명단과 주소, 그리고 도장이 찍혀있는지 확인했다. 낯선 이름들이 다닥다닥 줄지어 쓰여 있었다. 그가 준 이 부장의 명단과 지 회장의 명단, 총 500명이었다.

"그래. 이제부턴 내 말을 잘 들어야 한다구. 너가 이렇게 일을 망쳐버렸으니 나밖에 널 구원할 사람이 없어. 알겠나?"

"예 예, 변호사님 알겠습니다."

장 변호사는 반말 하나로 자신과 지 회장의 서열을 확실하게 정리했다. 지 회장은 조금 못마땅한 마음이 들어 표정에 나타나려 했으나 이내 숨겼다. 나이가 70이 다 되어서 그런지 자신의 감정이나 숨기는 것쯤이야 일도 아니었다. 장 변호사는 지 회장을 보며 말했다. 그가 말할 때마다 입속에서 담배 연기가 조금씩 새어 나왔다. 지 회장은 독한 담배 연기에 눈을 가느다랗게 뜨고 쿨럭댔다.

"기자는 어떻게 됐나? 더는 나불거리지 말도록 손 좀 봐줘야 하는데, 아니, 내가 이것까지 걱정해줘야 해? 대체 너는 할 줄 아는 게 뭐야? 너는 받아 챙길 거 다 챙겨놓고는 왜 나 혼자만 쌔가 빠지게 일을 하느냔 말이야."

"…변호사님, 그놈은 걱정하지 마십시오. 그놈은 제가 확실히 입단속을 시켜놨습니다."

지 회장이 지난밤 어떤 일까지 했는지 제대로 알지도 못한 채 장 변호사는 갑자기 화를 만들어서 냈다. 지 회장이 말할 새도 없이 혼자서 마구 짜증을 내던 장 변호사는 지 회장의 대답을 듣고 그제야 만족한 듯 고개를 끄덕였다. 입에는 가는 미소가 서렸다. 야비한 눈에 번쩍하고 빛이 빛났다.

"상황이 이렇게 악화한 이상, 우리에게 방법은 딱 하나야. 배치증 받은 분들을 다 20년 평온 공연하게 거주했다고 주장하면서 무변론으로 때리는 거지."

"아니 1년, 아니 하루도 살지 않은 사람들인데, 심지어 그곳이 어딘지도 모를 텐데 그게 가능합니까? 또한, 해영동은 죽은 차장순의 아들 명의 아닙니까? 그들이 받으면 당연히 응답할 텐데요. 어떻게 무변론으로 한단 말입니까?"

"야, 이 병신아. 나이는 어디로 처먹었냐. 배치증을 구매한 사람들이 살았든 안 살았든 그게 중요하지 않다구. 판사들은 그걸 보지 않아. 그냥 사무적으로 일 처리만 하면 끝이란 말이야. 일이 빠르게 진행되기 위해서 너가 배치증 팔아먹은 돈을 판사 하고 나눠야지. 너만 처먹으면 그게 되냐. 이 욕심 많은 늙은이야. 소장 접수해서 재판부 배정되고 나면 바로 12억 가지고 와. 내가 재판부에 돈 먹일 방법을 알고 있으니까. 그리고 차장순 자식들 찾아서 소장 받자마자 데려가서 아무 답변도, 출석도 못하게 해. 그럼 판사에게 2주 만에 후딱 끝내달라고 귀띔을 하면 아주 깔끔하게 할 수 있단 말이다. 잔말 말고 넌 내가 시키는 대로만 해."

지 회장은 욕설 섞인 그의 말을 듣고 있자니 모욕감이 조금 들었다. 그러나 지금은 기분 나빠 할 때가 아니었다. 장 변호사의 말에는 충분히 일리가 있었다. 장 변호사가 말한 것은 꽤 놀라운 전략이었다. 이게 지금의 위기를 넘길 좋은 방법이 될 것이리라. 겨우 모은 돈을 토해내느니 손에 조금 더러운 것을 묻히는 게 나았다. 이제 황금성의 땅이 자신의 손에 넘어오는 순간이 눈앞으로 다가온 듯 보였다.

그날 저녁 지 회장은 공원길 숲속에 자리한 오리고기 집에서 장 변호사와 그의 행동책 진 총무를 만나서 작전을 모의하고 있었다.

"진 총무, 자네가 두 사람을 꼭 잡아줘야겠네. 가능하겠나?"

"그건 제 주특기 아닙니까?"

"그래, 진 총무 자네가 완벽하게 완수해줄 거로 믿고 활동비를 반 먼저 내어주겠네. 일단 장남은 통작구에 살고 있고 차남은 하구 소재 대학의 교수로 있는 것으로 파악이 되어있네."

"예, 그 정도 정보라면 훌륭합니다."

이때 잠자코 듣고만 있던 장 변호사가 말을 이었다.

"진 총무, 조심하도록 해. 납치됐다가 도망가서 그놈들이 납치됐었다 떠들기라도 하는 날엔 끝이야. 그놈들 판결 끝날 때쯤에 그 연탄공장이었던 토지를 준다면서 입을 막으라구. 그놈들 가족들에겐 출장 간다고 처리하라고. 직원인 척. 잘 할 수 있지?"

"예. 실수 없이 처리하겠습니다."

지 회장은 쩝쩝 입맛을 다시더니 아까 하던 말을 이어서 하였다. 이건 그들에게 공장 부지를 주는 게 못마땅하다는 표시였다.

"여기 전화번호와 그들이 자주 가는 곳도 나왔네. 이 친구들을 2주일 간은 외부로부터 격리해야 하네."

"꼭 명심하겠습니다."

"지금 해영동 토지, 건물 5천 평이 두 사람 선친 차장순 명의로 수탁이 되어있네. 두 사람에게 그 값으로 따로따로 3억씩 주라구. 데리고 가서 바로 제시하지 말고 중간쯤 얘기를 하면 입이 귀밑까지 치켜 올라갈 거네."

"그러면 3억은 그 친구를 모처로 데리고 갈 때 주십시오."

"…휴… 알았어. 내 그렇게 하지"

지 회장은 대답은 했지만, 자꾸만 돈이 빠져나가는 것을 못마땅하게 생각했다. 그러나 무변론 판결을 무사히 받아내고 건설사에 의뢰한다면 그 이후에 돈은 어마어마하게 많이 쏟아질 것이므로 그때까지만 기다리자 자신을 위안 삼았다.

"진 총무, 이것은 협회가 내게 차용한 것으로 해두게. 접대비 명목으로 1년씩 빼내 가면 처리할 수 있을 테니까."

"…예 알겠습니다."

진 총무가 조금 뜸 들이다 대답했다. 진 총무의 눈이 예리하게 찢어졌다. 사실 그가 돈을 바로 달라는 것은 다 이유가 있었다. 지 회장이 그 배치증 팔고 난 돈을 꿍쳐둔 것이 맞는지 확인해 보려는 것이었다. 지 회장은 원래 그 돈이 아니라면 빈털터리나 다름없었다. 그런데 아니나 다를까 바로 달라고 하는데도 어쩔 수 없다는 척 바로 오케이를 하는 것이었다. 그의 의심은 틀리지 않았다는 확신이 들었다. 진 총무는 그러고도 혼자 독식한 돈을 잘 쓰지 않으려는 지 회장의 태도에 역겨워졌다.

'내 이번 일만 다 끝난다면 너의 돈과 너의 목숨을 다 가져가 주마.'
순간 진 총무의 눈에 살기가 번뜩였다. 그 눈빛은 윤 기자의 새끼발가락을 자르던 때보다 더욱 강한 살기였다. 바지 주머니 속에 늘 감추고 다니던 칼을 만지작거렸다. 날카로운 그것이 진 총무의 손에 잡히자 쿵쿵 심장이 마음대로 날뛰었다. 그것은 두려운 마음에서라기보다는 배신자를 죽일 생각에 매우 흥분되는 것이었다. 진 총무는 흥분감에 코 평수를 넓혀 쿵쿵대었다. 순간 지 회장은 진 총무의 살의를 느꼈는지 몸을 갑자기 조금 떨었다.
"어우 추워. 아줌마! 여기 에어컨 좀 꺼! 손님을 뭐 이렇게 춥게 만드는 거야!"

아줌마는 저 멀리서 갑자기 우악스럽게 화를 내는 지 회장을 흘겨보며 에어컨을 껐다.

15_ 법정 출두 차단 납치 작전

장 변호사는 오후 4시쯤 퇴근준비를 했다. 그는 엘르 백화점으로 차량을 옮겼다. VIP관 4층에 들어서자 제일 잘 보이는 곳에 K 정장 브랜드 매장이 있었다. 머리를 올백 한 여자 점원이 나와서 공손히 인사를 했다.
"고객님 안녕하십니까. 아까 연락드렸던 점원입니다. 이쪽으로 오십시오."
점원은 부드러운 미소를 띠고 장 변호사를 인도해 들어갔다. 매장 한쪽 끝에 문을 열자 사면이 거울로 된 방이 나왔다. 그는 오른편에 있는 거울을 열고 탈의실로 들어갔다. 그는 점원이 준 새 정장 바지를 입어보았다. 옷이 몸에 감기는 느낌이 들었다. 점원은 보관 지퍼 속에 들어있는 정장 윗도리를 마저들고 가까이 다가왔다. 장 변호사가 손을 뒤로 뻗자 점원이 스르륵 옷을 입혔다. 한 벌에 천만 원이 넘는 정장을 입고 나자 살짝 우쭐한 느낌이 들었다.

"이 정장은 할리우드 배우 한즈가 영화에 입고 나온 옷입니다. 이태리 장인이 장인정신을 가지고 특별한 바느질 솜씨를 아낌없이 자랑한 옷이지요. 고객님께 매우 잘 어울리십니다. 옷이 주인을 기다리고 있었나 봅니다. 고객님, 참고로 이 제품은 장인들이 한 달에 10벌밖에 만들질 않습니다. 그래서 시간이 조금 걸린 점 너그러이 양해해주십시오."

점원은 남자의 뒤에 가깝지도 멀지도 않은 거리를 두고 서서 말했다. 그는 큰 건을 승소하고 성공사례를 받았을 때 그날 달려가 지금의 K정장을 맞추었다. 한달이 지나자 매장에서 연락이 왔던 것이었다. 그는 이 정장을 입고 어디를 간다면 꼭 행운의 여신이 함께할 것만 같았다. 비싼 정장까지 입고 나니 진짜 고위층이 된 것만 같았다.

하지만 이것에 만족할 장 변호사가 아니었다. 주먹을 꾹 쥐고 오늘 해야 할 일을 되짚어 보았다. 매일같이 헬스장에서 1시간을 뛴 그의 몸은 군살 하나 찾아볼 수 없었다. 매사에 욕심이 가득한 그는 이번의 미팅도 성공적으로 성사시킬 것이라고 마음속에 되뇌었다. 거울에 비친 자신의 모습을 보며 머리를 정돈했다.

장 변호사는 소장을 접수하자 뜨는 사건번호로 검색을 해보았다. 민사 제2부였다. 명단에서 성동지방법원의 민사 제2부 부장 판사를 찾아보았다. 검색 결과 나온 박동식 판사의 이름은 낯익었다. 그가 졸업한 대학의 10년 선배였다. 그는 같이 업무를 했던 추정호 선배에게 부탁을 했다. 그는 박 판사의 대학 동기였다. 추정호의 주선으로 오늘의 자리가 마련되었다.

 장 변호사는 고급 샹들리에가 있는 큰 골프 하우스 내부로 들어섰다. 바로 앞에 노출되어있는 나선형 계단을 따라 올라가니 큰 룸이 나왔다. 그 안에는 박 판사가 추 변호사와 함께 골프복을 입고 앉아있었다.
 "오! 이리로 와서 앉지. 박 판사, 여기 오늘 비용을 다 내준 장원제 변호사야."
 "안녕하십니까. 선배님. 골프는 즐겁게 치셨습니까?"
 눈썹이 짙은 박 판사는 그를 웃으며 맞이했다.
 "허허… 반갑구만. 내가 오늘 말이야. 날이 서늘해서 아주 즐겁게 쳤다네. 자네 덕에 오랜만에 재미있었어. 그런데 장 변호사도 한 게임 같이 하지 그랬나. 우리 같은 늙다리들이랑은 시시해서 게임을 안 하시나? 하하하"
 "선배님 그럴 리가 있겠습니까. 함께 저와 게임을 해 주신다면 영광입니다. 그러나 저는 선배님들 실력에 한참 못 미쳐서 누를 끼칠까 조심스러워 그만 자리하지 못했습니다. 열심히 연습해서 이번 판결이 끝날 때쯤엔 선배님과 한 게임 할 수 있도록 하겠습니다."

 장 변호사는 은근히 박 판사에게 사건 이야기를 꺼냈다.
 "아 그래그래… 말이 나와서 그런데 우리 후배님은 이 사건을 어떻게 도와달라는 말인가?"
 "예 선배님. 이번 소송에 피고 망 차장순의 아들들은 나오지 않을 겁니다. 그들이 소장을 받자마자 2주 만에 판결을 좀 내주십시오."

"그거야 어렵지 않지. 아무리 2주라지만 그들이 응답을 안 하는 게 제일 중요한데 말이야."

"그 일이라면 제가 다 처리해 놓았습니다. 절대 응답을 할 일은 없을 겁니다. 걱정하지 마십시오."

박 판사는 장 변호사의 '처리해 놓았다'라는 말이 조금 귀에 거슬렸다. 하지만 그것을 굳이 언급할 필요는 없었다. 그는 그 대신 은근슬쩍 말을 꺼냈다.

"그래 장 변호사. 그건 그렇고 요즘 운동을 안 했더니 말이야, 몸이 쑤시는구만 그래. 이런 좋은 데에 자주 와서 운동을 좀 해야겠어."

"선배님 제가 그러잖아도 이곳 3년 회원권을 끊어 놨습니다. 두 분 이곳에 자주 오셔서 건강 챙기십시오."

"어허허… 아니 뭐 이렇게까지 내 건강 걱정을 해주는 후배가 있었다니 말이야. 고맙네. 내 장 변호사에게 적극 도움을 주겠네. 앞으로 잘 해 봄세."

장 변호사는 깍듯이 인사를 하고 나왔다. 주차장까지 걸어오는데 즐거운 표정을 감출 수가 없었다. 차에 몸을 싣자 긴장되었던 몸이 풀리는 것 같았다. 차량 운전석에 푹 파묻혔다. 한숨을 쉬고 나서 몸을 일으켜 어디론가 문자를 보냈다.

"자신 있지? 실수하면 끝이야."

"예, 지금 진 총무가 잠복 중입니다. 아직 까지는 별다른 특이사항이 없습니다. 일주일 전부터 준비한 팀을 대기시켜놨습니다. 지금 미행팀이 타이밍을 보기 위해 먼저 잠복 대기 중입니다. 우체부가 차 씨 아들들에게 소장을 건네면 바로 데리고 와서 연락드리겠습니다."

지 회장은 며칠째 진 총무를 시켜 조를 나눠 차장순 아들들 집 앞에 잠복하는 중이었다. 소장을 받고서는 바로 아들들을 납치하라는 장 변호사의 지시를 받고 바로 행동개시에 옮긴 것이다. 소장부본이 피고 차장순 아들의 주소지로 송달되는 그 즉시 그를 데려와야만 했다. 장 변호사의 말대로 반드시 무변론 판결로 끌고 가야 유리했다. 무변론 판결만 받으면 99% 이쪽에서 소유권을 주장할 수 있었다.

지 회장은 잊을세라 그의 말들을 잘 되뇌었다. 장 변호사가 욕설을 섞어가며 하던 말이었다. 새파란 젊은 놈이었지만 이런 위기 상황에 자신은 낼 수 없는 묘안이었다. 장 변호사를 만나기 전까지 낼 수 없는 대책이었다. 그는 무변론 판결이라는 용어조차 들어본 적이 없었기 때문이었다. 지 회장은 장 변호사에게 답 문자를 준 뒤 진 총무에게 전화를 걸었다.

"거기 동태는 어떤가. 잘 되어가고 있나?"

"예, 지금 미행팀과 함께 제가 직접 움직이고 있습니다. 실수 없이 하겠습니다."

통화하던 진 총무 차량 옆으로 오토바이 소리가 스쳐 지나갔다. 진 총무는 그 소리에 화들짝 놀라 전화를 황급히 끊었다. 우체국 집배원이었다. 휴대전화로 그 장면을 찍었다. 새빨간 오토바이가 차장순 첫째 아들의 집 앞에 멈춰 섰다. 우체부가 벨을 누른 지 얼마 있지 않아 누군가가 그 집에서 나왔다. 우체부의 손에는 '성동지방법원'이라는 글씨가 크게 쓰여 있는 편지 봉투가 들려 있었다. 편지를 건네준 우체부는 자리를 떠나갔다.

그때 둘째 아들 미행 팀에게서도 문자가 왔다.

"우체부 도착. 외출만 하지 않는다면 오늘 저녁에 작전 시작할 예정입니다."

진 총무는 우체부가 소장을 준 것을 눈으로 확인했다. 그는 지 회장에게 소장 수령 확인 문자를 보내고 나서 바로 두 사람을 납치하는 공작에 들어갔다.

작전 시작 일주일 전, 진 총무는 눈치 빠르고 입이 무겁고, 정보를 다룰 줄 아는 자들을 선발했다. 선발된 자들은 미행팀, 감시팀, 행동팀으로 나뉘었다.

선발한 출동팀 모두를 한정식집 은정으로 불러 모았다. 세 팀에게 각각 다른 인쇄물이 배부되었다. 마지막으로 그들에게는 활동비가 들어있는 봉투가 전달되었다.

"자, 지금부터 내 말을 깊이 새겨듣고 행동에 들어가라. 부주의로 빚어지는 실수는 절대 용납을 안 한다. 이제부터 내 지시를 뼛속까지 배어들도록 하기 바란다. 특히 미행팀은 새겨들어라. 미행은 원칙적으로 불법이다. 또 위치추적기를 부착하는 것은 발견 즉시 구속된다. 절대로 도를 넘어서는 안 된다. 다음 감시팀은 미행팀의 지시를 받아서 행동해야 한다. 이걸 무시하고 앞서가다가는 모든 일을 그르칠 수 있다. 만일 너희들의 책임으로 일이 실패로 돌아가게 된다면 그 책임을 너희가 모두 져야 할 것이다."

"네!"

"미행팀은 모터사이클을 이용하니까 밀착되면 쉽게 노출될 수 있다. 조심하라. 그리고 행동 팀은 밴으로 움직여서 결정적인 순간에 현장으로 접근할 수 있게 대기해야 한다. 두 사람을 잡으면 휴대전화기부터 장악해야 한다. 아울러 전파차단기가 제대로 작동하는지 점검하기 바란다. 모두 명심하라. 두 사람을 절대 놓치면 안 된다. 다시 한번 말하지만, 실패로 돌아가게 된다면 이 모든 것을 너희들 책임으로 돌릴 것이다."

그들은 일제히 '예'라고 우렁차게 대답하였다. 모두 오랜만의 큰 업무에 들떠있었다. 그들은 각 팀장에게 쥐어진 봉투를 흘끔흘끔 쳐다보았다.
납치 공작원들은 그 이후로 여태까지 각 팀끼리 모여 모의 연습을 했다.
간단한 모의 후 미행 팀은 바로 차장순 아들들을 미행하기 시작했다. 미행팀이 투입되어 납치하기에 최적의 장소와 시간을 정하면 본부의 지시에 따르게 되어있었다. 이들의 활동은 실시간으로 본부에 전달되었다.
"본부 나오세요. 여기는 통작팀입니다. 차장순 첫째 아들은 헬스클럽에서 지금 운동을 하고 있습니다. 운동을 마친 시간대는 사람들이 거의 없습니다. 건물 뒤에 차를 세워놓고 있습니다. 그때가 9시 전후라 실행에 옮기는 데는 최적입니다. 분석데이터는 이메일로 올리겠습니다."

다음은 둘째 아들이었다. 차장순의 차남은 건축학 개론을 강의하고 있었다. 감시팀은 둘째 아들 집 부근에서 과일 장수와 튀김 장사의 트럭을 하루 일당 5만 원에다 트럭 사용료로 약간 더 얹어주고 통째로 임대했다.
부하들을 노점상으로 변장시켜 놓고 보니 의심할 사람은 한 명도 없을 것 같았다. 감시팀은 노점상으로 변장하고 노점상 차를 가능한 그 집 가까이 접근해서 나가고 들어오는 시간을 일일이 체크했다. 둘째 아들은 아침 7시에 집을 나가서 밤 10시에 매일 일정하게 돌아오는 것이었다. 퇴근길에는 버스에서 내려 운동 삼아 내성천 길을 걸어왔다. 이때를 틈타서 귀신같이 납치할 수 있을 것 같았다. 본부로 바로 보고가 되었다.

진 총무가 모든 팀에게 거사를 실행에 옮기라는 신호를 보내었다. 드디어 우체부에게 소장 송달을 받은 순간이었다. 본부는 서울과 대구에서 거의 동시에 거사하게 되니까 시차가 크게 나면 하나는 실패할 수도 있을까 노심초사 걱정이 조금 되었다.

먼저 첫째 아들에 대한 작전이 시작되었다.

행동팀은 굶주린 몽구스처럼 치고 나갔다. 행동 팀이 매복하고 있는 곳에는 네댓 명의 바람잡이들이 서성거리고 있었다. 이들은 서로 다른 방향을 주시하면서 어슬렁거리다가 납치 대상자가 달아나면 일부러 부딪혀서 넘어뜨리는 역할을 하기로 되어있었다.

"쉿, 잠깐. 저기 누가 나온다. 가만히…"

인기척이 느껴지자 팀장은 입술에다 손가락을 갖다 대었다. 그러더니 독일제 라이카 망원경을 눈으로 가져갔다. 이것은 밤에도 목표물을 선명하게 볼 수 있는 첨단기기였다. 그는 조용히 망원경을 좌우로 움직여 목표물을 자세히 살피고 있었다.

"행동 조는 어서 준비하라."

"예, 알겠습니다."

행동조 두 명은 모자와 밧줄을 준비해놓고 있었다. 50대 후반의 남자가 그의 차량 옆으로 다가갔다. 차장순의 첫째 아들이었다. 그는 스포츠 가방을 뒤적거리는 거로 봐서 자동차 키를 찾고 있는 것 같았다. 두 명의 남자가 도둑고양이처럼 살금살금 그의 뒤로 다가갔다. 첫째 아들은 인기척에 놀라 뒤를 돌아보았다. 그러자 행동조가 그의 두 팔을 뒤로 묶더니 머리에 모자를 씌우고 턱까지 끌어내렸다.

"으윽, 뭐야 왜 이러는 거야, 당신들 누구야?"

첫째 아들은 갑자기 시야가 가려지고 몸을 결박당하자 정신없이 몸을 비틀며 소리쳤다. 하지만 아무리 발버둥 쳐봤자 자신의 두 배나 되는 덩치의 남자 둘을 상대하긴 역부족이었다. 첫째 아들은 차량 뒷자리에 구겨 태워졌다. 차는 유리창이 새까맣게 선팅되어 있었다. 아무리 밖에서 보려고 해도 좀처럼 보이지 않는 선팅이었다. 첫째 아들의 양옆으로 남자 둘도 함께 탔다. 비쩍 마른 첫째 아들의 몸이 그들 몸 사이에 꼼짝없이 끼워지고 말았다. 하지만 흥분한 첫째 아들은 좀처럼 가만히 있을 줄을 몰랐다. 소리를 꽥꽥 지르며 발광을 해댔다. 그가 고개를 앞뒤로 흔들자 머리에 씌워져 있던 모자가 벗겨졌다. 양옆에 앉아있던 덩치 큰 남자들이 그의 모자를 다시 꾹 눌러 씌웠다. 이 차가 어디로 가는 건지 알아서는 안 되었기 때문이었다.

보조석에 앉아 뒤를 돌아보던 팀장은 안 되겠는지 굵은 끈을 뒤로 넘겨주었다. 그것을 받아든 덩치 큰 두 남자는 첫째 아들을 묶기 시작했다. 한 남자는 첫째 아들을 양손으로 꽉 잡고, 한 사람은 밧줄로 몸에 둘렀다. 밧줄을 묶자 더 몸부림이 심해졌다.

그 덕분에 운전하는 남자의 핸들이 좌우로 흔들렸다. 조금 방심한 때 옆으로 차선이 넘어갔다. 뒤에서 오는 차량의 경적 세례를 받았다. 보조석에 앉아 있던 팀장이 입을 열었다.

"야, 이 씨발아. 제발 주둥이 좀 닥치고 조용히 해라. 계속 나불대면 오늘 넌 끝장이다. 너 하나쯤은 죽여서 산에 묻는 것은 식은 죽 먹기보다 쉽다."

"야, 이거 안 풀어? 너희 뭐 하는 놈들이야? 날 어디로 데려가려는 거야?"

"어이, 좀 잠자코 있어라. 지금부터 분명히 말하지만 우리는 네 몸에 손 하나 까딱하지 않겠다. 겁먹을 필요는 없다. 가만히 있으면 때가 되면 편하게 해 주겠다. 그래도 잠자코 있지 않겠다면 아주 곤란한 상황이 올 수도 있다."

차장순 첫째 아들은 그의 말을 들으며 잠깐 잠잠해졌다. 또다시 보조석의 남자가 말했다.

"어이, 우리하고 며칠만 그냥 조용히 있자. 그리고 나면 집에 가게 해줄 테니까."

첫째 아들은 그의 말에도 가끔씩 몸부림을 쳤다. 차량은 어느새 진 총무가 마련해 놓은 은신처에 도착했다. 깊은 산골에 집이 한 채 외롭게 서 있었다.

첫째 아들은 한참 몸부림치다 지쳤는지 가만히 앉아있었다. 양옆의 덩치들이 내리고 첫째 아들을 집 안으로 끌고 들어갔다. 첫째 아들을 방으로 데리고 들어가 덩치들과 함께 문을 잠갔다. 덩치들은 문이 잠기는 것을 확인하고 밧줄을 풀어주었다. 모자도 벗겨주었다. 첫째 아들의 얼굴에 땀범벅이 되어있었다. 마구 헝클어진 머리를 하고는 첫째 아들은 눈을 찌푸리며 주변을 노려보았다. 마치 고양이가 꼬리를 들고 주변을 경계하는 모습이었다.

방 안에 큰 덩치 두 명이 문의 양옆에 서 있었다. 그는 방에 들어온 지 꽤 시간이 지나도 경계를 풀지 않았다. 갑작스러운 습격에 낯선 곳에 던져진 그가 경계를 풀지 않는 것은 당연했다. 한참을 언 상태로 가만히 있다 보니 어떤 남자가 문을 열고 들어왔다.

"잘 쉬었소? 있다 보면 지낼 만할 거요. 우리가 데리고 나가주지만 못하고 당신이 원하는 것을 뭐든지 해 주겠소."

아까 차에서 듣던 익숙한 목소리였다. 그의 목소리는 아까보다 조금은 부드러워져 있었다. 그 남자는 그렇게 말하고는 다시 방 밖으로 나갔다.

차장순의 첫째 아들은 아직 충격이 가시지 않은 표정을 하고 있었다. 숲속 오후의 집은 아주 고요했다. 급작스러운 습격으로 에너지를 너무 많이 소모한 그는 자신도 모르는 사이 잠에 들어버렸다. 얼마나 잤을까. 옆에서 우당탕하는 소리와 함께 귀에 익은 목소리가 외치는 것을 들었다.

"야, 이거 안 놔? 뭐야 너네? 왜 나를 여기로 데려오는 거야? 으아악 으아악…"

옆 방의 남자는 포기하지 않고 계속 반항을 했는지 맞는 소리가 들려왔다.

"야, 새끼야. 조용히 좀, 하라구. 가만히만 있으면, 며칠 후에 집에, 데려다준다니까. 왜, 자꾸, 소란스럽게, 하냐고!"
"으악 으악…"
"퍽 퍽!"
 말을 하며 무언가를 차는 소리도 함께 들려왔다. 아마도 남자들이 그를 발로 차고 있는 것 같았다.
 옆 방은 계속 시끄러웠다. 그 소리는 바로 차장순의 둘째 아들의 목소리였다. 첫째 아들은 그 소리를 듣자 출입구로 슬금슬금 걸어갔다. 문 양 옆에 서 있던 덩치들이 그를 보고 있었다. 첫째 아들은 그들 사이를 뚫어보려고 했는지 문에 가까워지자 몸을 날렸다. 그러나 덩치들을 뚫기엔 역부족이었다. 덩치들이 손으로 막아 그를 튕겨내었다.
 "아니, 옆방에 내 동생이야. 동생이라고. 내가 가봐야 한다고. 그냥 데리고 있겠다며 동생을 왜 때리는 거야!"
 첫째 아들은 막아서는 덩치들의 힘을 이겨낼 재간이 없었다. 마구 소리를 질러대며 문밖으로 나가려고 했다. 덩치들이 첫째 아들을 밀쳐 넘어뜨렸다. 몸이 뒤로 고꾸라져 엉덩방아를 찧었다. 첫째 아들은 옆방의 소리가 제일 크게 들려오는 쪽으로 달려가 소리쳤다.
 "야, 근우야! 나 근수 형이야. 거기 있냐?"
 "형… 형! 어 나야. 이 사람들 뭐야 자꾸 날 때려."
 "그냥… 소리 지르지 마. 조용히만 있어. 나도 가만히 있을 땐 때리지 않더라. 조용히, 조용히 쉿…!"
 첫째 아들이 어린 아들 달래듯 둘째를 진정시키자 옆방의 소리도 작아졌다.
 "근우야, 우리 가만히만 있으면 며칠 후에 집에 보내준대. 그때까지만 좀 참자. 알았지?"

"형… 알았어. 형은 다친 데 없지?"

"응 다친 데 없어. 넌 많이 다쳤냐?"

"아냐 형 난 괜찮아… 괜찮아"

60을 바라보는 남자 둘의 대화였지만 지금만큼은 어렸을 적으로 돌아가서 나누는 대화 같았다. 형제는 위기 속에서 서로를 느끼며 의지했다. 형제의 목소리를 들으니 조금 공포심이 누그러지는 것 같았다.

그들의 대화가 끊어졌고 다시 정적이 찾아 왔다. 동생까지 납치가 되었다니, 첫째 아들은 너무 놀랐다. 이 사람들이 무슨 일 때문에 이렇게 자신들을 납치한 것인지 의아했다.

주변이 진정되자, 저녁 식사가 들어왔다. 아주 근사한 생선 초밥이 나왔다. 손바닥만 한 하늘만 보이는 방 속에서 맡는 비릿한 냄새는 또 다른 식욕 세포를 자극하였다. 거기다가 김이며 간장과 설탕에 졸인 고등어는 쳐다만 봐도 침샘 활동을 잔뜩 자극하고 있었다. 식사가 다 준비되자 팀장이 목에 힘을 넣고 말했다.

"오늘 식사를 보면 조금 눈치챘겠지만 우리는 당신을 윗분의 지시에 따라 잠시 보호하고 있는 거다. 그저 조용히 있으면 안전할 것이다. 최상의 대우까지 해줄 수 있다. 동생분은 당신과 조금 떨어진 곳에 보호하기로 했다. 다시 말하지만 아무 일 없을 거다. 동생분이 조금 다쳐 치료해 줄 것이다. 당신이 편하게 있을 수 있도록 부하들은 데리고 나가 주겠다."

첫째 아들은 이 말에 약간 안정이 되었는지 비로소 굳은 표정이 풀어졌다. 그는 눈 앞에 펼쳐진 음식에 이성을 잃었다. 배고픔에 허겁지겁 밥을 입으로 집어넣었다. 그가 얌전히 밥도 먹고 진정 된 것을 조금 보던 덩치들은 팀장의 말대로 어디론가 나가버렸다.

한바탕 소동을 하고 나자 지금이 몇 시인지 궁금해졌다. 그는 창밖을 바라보았다. 큰 방에 콩알만 하게 나 있는 유리창에 첩첩산중이 보였다. 그 산 끝자락에는 낭떠러지와 등대가 보였다. 밖은 칠흑같이 어두웠다. 나무는 그림자가 되어 괴이하게 흔들리고 있었다. 이곳은 어디쯤 되는 지, 심지어 대한민국이 맞긴 한 건지 알 수가 없었다.

그는 이곳을 벗어나고 싶었다. 큰 저택의 어두운 방에 홀로 남겨진 것이 두려워졌다. 나가고 싶었지만 어딘가에 아까 덩치가 서 있을 것도 같았다. 밖으로 한 발짝만 섣불리 내디뎠다간 자신의 두 배쯤 되던 덩치들에게 목숨을 잃을 것만 같았다.

가끔 멀리서 정체 모를 산짐승이 울부짖는 소리가 처량하게 들려왔다. 첫째 아들은 지금쯤 아마 가족들이 신고했을 거라는 생각이 들었다. TV에 자기 얼굴이 비치고 있을 것 같았다. 밖에는 비가 오는지 바람 소리와 섞여 가끔 후드득하는 소리가 들려왔다. 자신의 부인과 애들이 자기를 찾고 있을 걸 생각하니 걱정이 되어 잠을 잘 수가 없었다. 갑자기 참았던 눈물이 밀려왔다.

그는 괴로운 마음을 주체하지 못했다. 한쪽 구석에 마련되어있는 침대에 몸을 눕혔다. 먹은 음식 때문인지 뱃속에서 눈치 없이 트림이 나왔다. 아까는 이성을 잃고 식사를 했지만, 지금까지 건강한 것이 매우 다행이었다. 만일 이들이 자신을 죽이고자 했다면 그 식사에 독을 타서 죽이는 것이 가장 쉬운 방법이었을 것이다. 그러나 그가 아직 살아있다는 것은 아까 팀장의 말을 조금은 믿어도 된다는 뜻이었다. 그러나 혹시 아직 독이 퍼지고 있는지도 몰랐다. 그렇게까지 생각하니 괜히 경솔하게 음식을 먹은 것이 후회되었다.

자꾸 꼬리에 꼬리를 무는 생각에 계속 누워있어도 잠은 오질 않았다. 그는 언제 해가 뜨는지 궁금해졌다. 해라도 떠 있어야 주변 상황을 볼 수 있을 것만 같았다. 그러나 아무리 기다려도 해는 뜨지 않았다.

그때 방문을 두드리는 소리가 들려왔다. 처음에는 문이 바람에 흔들리는 것으로 착각하였다. 그쪽을 바라보고 있는데 또다시 소리가 나는 것이었다. 간이 쪼그라드는 느낌이 들었다. 귀가 문 쪽으로 쫑긋 서는 것을 느꼈다. 그는 두려운 마음을 떨쳐보고자 '에헤헴' 하는 소리를 내며 목소리를 가다듬었다.

"거기 밖에 누구십니까?"

"…"

아무 반응이 없었다. 다시 한번 더 큰 목소리로 물었다.

"문밖에 누굽니까?"

"저는 오늘 밤 사장님을 모시러 온 한선영이라고 합니다."

그때야 20대 중반 여자의 목소리가 들려왔다. 그는 문을 반 뼘쯤 열었다. 그랬더니 이십 대 중반쯤 되어 보이는 여인이 서 있는 것이었다. 깜짝 놀라 그는 뒤로 한 발을 뺐다. 그 여인은 문을 잡고 방으로 한 발을 디디더니 무턱대고 그의 목을 끌어안았다. 갑작스러운 포옹 공세에 그는 너무 놀라 움직일 수 없었다. 여자에게서 나는 짙은 향수 냄새가 코끝으로 풍겨왔다. 육감적인 가슴이 밀착되니 금세 기분이 몽롱해지기 시작했다. 순간적으로 뜨거운 불덩어리가 하복부로부터 솟구쳐 올랐다. 그는 갑자기 퍼뜩 정신이 들어 그 여자를 밀쳐 내었다.

"아니, 당신은 누군데 이러는 거야? 어서 나가요."
"저는 오늘 밤 사장님을 즐겁게 해드리라는 특명을 받고 왔습니다. 저는 이 방에 들어올 권리가 있어요."
"무슨 소리인지 정말… 이러지 말고 빨리 나가요."
그는 여자를 마구 밀어 방 밖으로 내보내려고 했다. 그러나 그럴수록 여자는 그에게 더 찰싹 달라붙어서 안겼다.
"사장님, 저 선영이를 예뻐해 주세요."
그렇게 콧소리를 섞어 내는 그녀의 목소리가 그다지 싫지만은 않았다. 그는 굳이 다시 안긴 그 여자를 밀어내지 않았다. 그의 허리를 꽉 안고 있다가 그가 가만히 있자 급기야 그의 가죽 벨트를 능숙하게 풀더니 오른손을 넣어 그의 남성을 꽉 움켜잡았다. 그녀의 부드러운 손이 남성에 느껴졌다. 순간 그의 입에서는 으으으 하는 소리가 저절로 터져 나왔다. 그는 이성의 끈을 놓아버리고 싶은 충동이 강하게 들었다. 그녀는 놀리듯이 말했다.
"사장님, 벌써 똘똘이가 차돌덩이가 되었는데 저보고 나가라구요? 정말 나갈까요?"
"……"
그의 몸은 마치 활활 타고 있는 용광로처럼 후끈 달아오르고 있었다. 하체에서는 증기기관차처럼 스팀이 분출되고 있었다. 그러는 중에도 그는 방에 혹시 몰래카메라가 설치된 것은 아닌지 살폈다. 그러나 아무것도 눈에 띄지 않았다.

몰래카메라가 설치되어 있지 않다는 것을 몇 번이고 확인했다. 아무것도 없는 것을 알게 되자 그는 조금 대담해졌다. 마음속에 여자를 정복하고 싶다는 욕구가 강하게 솟구쳐 올라왔다.

"사장님도 역시 예외는 아니군요. 남자들이란 처음에는 점잔을 빼다가 물건이 서버리면 끝이더군요. 처음에는 성인군자인 것처럼 말하다가도 유혹을 하면 3분을 못 넘기고 남성이 곤두서게 되거든요."

벌써 선영은 실오라기 하나 걸치지 않은 알몸으로 그의 물건을 잡았다. 그럴 때마다 출렁이는 그녀의 젖가슴 촉감에 그만 넋을 잃을 지경이었다.

"사장님, 선영이를 꼭 안아주세요."

그녀가 그렇게 말하자 그는 이성을 잃고 말았다. 그녀의 몸은 탱글탱글한 게 고무공 같았다. 그의 남성이 그녀의 어두운 터널로 쑤욱 미끄러져 들어갔다. 그녀가 몸부림을 치면서 신음소리를 토해냈다.

한 번 더 여진이 일어나면서 그녀는 쾌락의 저편으로 한 마리 백조가 되어 흘러가고 있었다. 그는 위기의 순간 선영이와 깊은 산중에서 맺은 인연을 영원히 잊을 수 없을 것 같았다. 깊은 산중에 홀로 남겨진 상황에서의 섹스는 너무나 묘하고 짜릿했다. 그는 고혹적인 선영의 기교에 홀려서 무너지고 말았다.

그는 순간의 강렬한 섹스로 밀려오는 피로감에 깊은 잠의 세계로 빠져들었다. 잠을 자면서도 선영과 깊은 관계를 갖는 꿈을 꾸었다. 아침에 눈을 떠보니 그녀는 떠나가고 없었다. 참으로 허망했다. 팀장은 이 장면을 정밀하게 숨겨둔 카메라로 처음부터 끝까지 고화질로 녹화해두었다.

며칠 뒤, 아침 식사로 입에 착착 붙을 것 같은 생선 초밥이 올라왔다. 그는 납치된 신세에 이런 깊은 산골에서 초밥이 나오는 것을 보고 불길한 생각이 머리에 스치는 것이었다.

"이게 최후의 만찬인가요?"

그는 공포에 질려 그런지 입술이 시퍼렇게 변해있었다. 이 말을 듣고 팀장이란 자가 큰소리로 웃는 것이었다.

"하하하…. 아니 당신이 예수? 아니면 연쇄살인범? 어서 말해 봐요."

"…"

"남자란 자고로 분수를 알면 세상을 얻는다고 했습니다. 당신이 최후의 만찬에 초대되었던 저런 위인들과 비교가 된다고 생각하는 것을 보니 과대망상증에 걸렸군요. 참 안 되었습니다."

"아니, 그건 지나치게 눈높이를 높게 잡으셨군요. 세상사란 극과 극만 있는 건 아닙니다. 중간값이란 것도 있게 마련입니다. 평범한 저도 강제로 최후의 만찬에 초대받을 수 있습니다."

"네, 상상은 자유고 자유는 인간의 기본 권리입니다. 우리 안에 갇힌 맹수로 사느니보다 자유롭게 들을 뛰어다니는 들쥐가 더 낫습니다."

"…댁은 납치범입니까?"

"저는 납치범이 아니라 당신을 지키는 보디가드입니다."

그는 한마디 말도 안 하고 눈만 껌뻑거리는 것이었다.

"아니 내가 뭘 잘못했기에 나를 납치한 겁니까? 왜 시원하게 말해주지 않는 겁니까?"

그는 분노에 차서 이글거리는 눈으로 똑바로 팀장을 응시하는 것이었다. 그 눈빛이 얼마나 강렬했던지 팀장은 고개를 옆으로 돌렸다.

"처음에 우리가 당신한테 얘기했잖습니까? 당신이 가만히만 있는다면 최상의 예우까지도 해주겠다고 말입니다."

"왜 날 납치해서 이렇게 황당하게 만드나요? 이제는 그 이유를 내게도 말할 때가 되지 않았습니까?"

"세상에 영원한 비밀은 없다고 합니다. 조금만 있으면 알게 될 것입니다. 그게 세상 이치죠."

"오늘 초밥은 사양하겠습니다. 영 구미에 당기지 않습니다. 바다에서 자유를 맘껏 누리던 것들이 산짐승이 우짖는 산골까지 왔다고 생각하니 입맛이 저 멀리 달아났습니다."

"참 놀랍군요. 당신은 생명의 외경 사상에 심취해 있는 것 같네요. 그것도 지나치면 편집증이 되는 법입니다. 이런 산골에서 초밥은 당신에게 감사의 뜻으로 드리는 것입니다."

"저는 살아있는 것이라면 그것이 무엇이든 그 창조주에게 감사를 드리고 싶습니다. 부디 생명의 외경 사상을 들먹이지 않더라도 살아있는 것은 고귀한 것입니다."

"얘기가 논제에서 멀리 갔군요. 자꾸 물으시니 대답해드리지요. 오늘은 그러잖아도 당신이 이곳에 온 이유를 얘기해주기로 한 날이니 말입니다. 모레 해영동 토지, 건물 재판이 있습니다. 당신과 당신 동생이 법정에 나가지 않아야 해영동 주민들이 무변론 판결로 처리가 됩니다."

"뭐라고? 그것 때문에 우리를 납치한 거야? 정말 어이가 없네. 서로 협상하면 될 일인데…"

"당신을 납치한 게 아니라 잠시 격리한 겁니다. 가능한 법정에서 멀리 떼어 놓으라는 의견이 지배적이었습니다. 당신들이나 최 목사 같은 인간들은 무슨 일을 일으킬지 알 수 없습니다. 우리 사업에 가장 위험한 훼방꾼으로 주의할 인물입니다."

팀장은 가방에서 서류를 꺼내더니 그것을 읽어 보라고 건네주었다.
"확인서. 나는 해영동 토지, 건물 소유권 재판에 참석하지 않았다. 이에 대해 민형사상 어떤 소장도 제기하지 않을 것이다. 또한, 이번에 있었던 일에 대해서 누구에게도 발설하지 않겠다. 만약 발설할 경우 사례로 받은 것은 즉각 회수하여도 이의를 제기하지 않을 것이다."

한 편, 최 목사는 비밀리에 지 회장이 황금성 신도재산을 가져갈 소송을 시작했다는 정보를 입수했다. 지 회장의 배치증이 돌고 그것이 휴짓조각이 되었으니, 이미 돈을 받은 지 회장이 수습하는 것으로 추측되었다.
"노 집사, 차근우와 차근수 집에 다녀오세요. 지 회장이 신도들 재산을 탈취하려고 소송을 시작했다고 합니다."
노 집사는 그날 밤으로 차를 타고 달려가 차근우의 집에 도달했다. 그의 대문에 쌓여 있는 우편물과 신문이 며칠 동안 아무도 집에 들어오지 않은 것 같았다.
"목사님, 차근우가 집에 들어오지 않고 있는 것 같습니다. 어젯밤부터 하루종일 지켜봤는데 집에 불도 꺼져 있는 것이 아무도 없는 것 같아요."
"조금만 더 지켜보다가 오세요."
노 집사가 전화를 끊는 순간, 수상해 보이는 누군가가 차근우의 집 앞을 살폈다. 대문을 넘어 집 안을 살피기도 하고, 사방을 살피려고 이리저리 고개를 돌렸다. 노 집사는 그와 눈이 마주치지 않게 차 의자 밑으로 숨었다. 수상해 보이는 남자는 별다른 사항을 발견하지 못한 듯, 어디론가 전화를 걸었다.

"예, 여기는 아무도 없습니다. 아마 최 목사는 모르는 것 같습니다. 판결 선고기일까지는 얼마나 남았습니까? 예… 그럼 그때까지만 데리고 있겠습니다."

노 집사는 들은 내용을 최 목사에게 전달했다. 최 목사는 그것을 듣고는 황급히 성동지방법원으로 갔다. 법정 1층 게시판에는 종이가 두껍게 겹쳐 달려있었다. 최 목사는 그 종이를 마구 뒤졌지만 '차' 씨 명의로 된 소송은 어디에서도 찾을 수 없었다.

최 목사는 차량을 타고 지방에 있는 차근수의 집으로 출발했다. 4시간 동안 한참을 달려 도착했다. 밤이 지나고 시간은 이미 새벽으로 바뀌고 있었다. 차근수의 집에도 역시 온갖 우편물들이 넘쳐나고 있었다. 대문에는 배달된 우유 세 개가 쌓여 빵빵하게 몸을 부풀리고 있었다.

최 목사는 불길한 예감이 들었다. 차근우는 최 목사와 동창이었다. 이미 바뀐 연락처를 동창들에게 수소문해서 겨우 전화를 걸어보았지만 계속 전원이 꺼져 있는 안내메시지만 나왔다.

판결이 끝나던 날 본부에서 두 형제를 석방해도 좋다는 지시가 떨어졌다. 차근우는 아무것도 모른 채 정원에서 어슬렁거리다 방으로 들어섰다.

"지금부터 당신은 자유입니다."

"네? 정말요?"

"놀라지 마세요. 약속한 대로 우리는 당신한테 손가락 하나 안대고 목적을 달성했습니다."

"정말 감사합니다. 너무 오랫동안 잡혀있어서 '죽는 건가?' 하고 걱정이 태산 같았는데요."

"한 시간 후 집으로 출발합니다."

16_ 장 변호사의 계략

 처음에 최 목사는 화해 권고 결정이 뭘 의미하는지를 잘 몰랐다. 한참 후에야 이것이 승소를 의미하는 것이라는 것을 알고 환호성을 질렀다.
 "이건 완벽하게 우리가 승소한 겁니다. 판결을 한 분은 김정현 판사입니다. 그분은 아주 청렴한 법조인입니다. 이 분은 9개월 전 성동지방법원의 판결이 잘못되었다는 것을 알고 화해 권고 판결을 내렸습니다. 비록 반은 얻질 못했지만, 반은 우리 신도들의 것임을 확인받은 것입니다."

 판결일로 며칠 전, 40대 초반의 남자가 검은색 옷깃을 바짝 올려세운 채 바쁘게 걷고 있었다. 자기들이 무변론 승소로 땅을 차지하기는 했지만, 최 목사가 해영지방법원에 소송을 제기했다는 정보를 듣고 손을 놓고 있을 수는 없었다. 그는 장 변호사였다.

장 변호사는 김정현 판사를 만나러 가는 길이었다. 만나지 않겠다는 것을 사정사정해서 겨우 호텔 커피숍에서 잠깐 만나기로 한 것이다. 김 판사가 장 변호사에게 준 시간은 딱 20분이었다. 장 변호사는 김정현 판사에게 다가가 인사를 올렸다.

"김 판사님, 변호사 장원제입니다. 다음 주 재판 관련해서 드릴 말씀이 있어 뵙고자 청했습니다. 이 재판은 더 볼 것도 없습니다. 이미 다른 법원에서 해영주민협의회가 승소한 판결을 받은 상태입니다. 판사님께서 맡고 계신 사건 원고 최 목사에게 패소 판결을 내려주실 것을 부탁드립니다."

김 판사는 아무 말도 없이 장 변호사만 바라보고 있다가 말을 꺼냈다.

"장 변호사, 매우 불쾌합니다. 이건 제 사건입니다. 판단할 권한은 저에게 있습니다. 그리고 그런 건 법정에서 해도 될 말이 아닙니까? 앞으로 이 자리에서 재판에 대해 한 마디도 꺼내지 마십시오. 황금성에 재산을 다 바치고 빈털터리가 된 신도들도 있다고 하던데, 그분들의 재산이 아니라면 누구의 재산이란 말입니까."

이때 사방을 둘러보던 장 변호사가 가방에서 꺼낸 소설책에다가 통장을 넣어서 그 앞으로 내밀었다.

"김 판사님, 여기 5개 있습니다. 이걸 푸는 방법은 이번 건의 자금줄인 구만달 사장님이 도와드릴 겁니다."

장 변호사의 막가파식 행동을 보고 김 판사의 얼굴에 주름 물결이 지나가고 있었다. 이 표정을 본 장 변호사는 아주 당황하여 안절부절못하고 있었다. 김 판사의 입은 굳게 닫혀있었다. 그는 매우 화가 났지만, 판사로서의 체신을 지키고 있었다.

"여보세요. 이러면 절대 안 됩니다. 저는 당신이 이전에 변호했던 판결이 잘못되었다는 것을 알고 있습니다. 그 땅은 엄밀하게 보면 차장순 씨 소유가 아닙니다. 거기에서 발붙이고 살던 신도들의 것입니다. 저는 돈 없고 힘없는 그들을 외면할 수 없습니다. 또한, 후손들에게 그릇된 판결을 내린 판사라는 오명을 남기고 싶지 않습니다."

장 변호사가 아무리 권해도 김 판사는 눈 하나 깜짝하지 않고 버티었다. 다른 판사들은 안 줘서 못 받을 지경인데, 김 판사만은 눈앞에서 돈을 거절하는 것이었다. 이 사람은 별에서 온 인간이었다. 장 변호사는 '아니 김 판사 그 양반 이슬 먹고사는 건 아닐 텐데 왜 안 받는 거야' 하면서 어쩔 수 없이 포기하고 돌아설 수밖에 없었다.

결국, 김 판사는 장 변호사의 유혹에도 넘어가지 않고 판결로써 원래 주인을 외면했던 것을 바로잡아주었다. 그는 이전의 판결이 법관의 상식으로는 도저히 내려서는 안 되는 판결이 내려진 것이라고 확신했기에 내릴 수 있던 판결이었다.

김 판사의 판결은 황금성은 투기세력이 아닌 신도들의 재산이라는 진짜 판결이었다. 이것은 하나님이 주신 선물이었다. 만약 이 판결이 없다면 사기꾼들이 그 땅을 재개발해도 신도들은 속수무책 바라만 보았을 것이다. 김 판사의 판결로 인해 김 교주에게 영혼을 빼앗기고 재산과 가정의 평화를 빼앗긴 오갈 데 없는 불쌍한 신도들은 재산을 되찾을 수 있는 희망을 얻게 되었다.

지 회장은 최 목사가 신도들의 재산이라는 판결을 받은 소식을 알게 되었다. 그러나 눈 하나 꿈쩍도 하지 않았다. 그는 박 판사에게 판결문을 받은 뒤 소유권이전등기를 빠르게 진행하였다. 지 회장과 장 변호사 일당은 사기를 쳐서 황금성 신도들의 재산을 지달수가 급조한 단체인 해영주민협의회 회원들 500명의 명의로 탈취하는 것에 성공했다.

장 변호사는 바로 명도소송을 진행하라고 지시했다. 명도소송은 그 누구도 특히 최 목사가 모르게 암암리에 진행되었다. 시간이 지나고 드디어 사기꾼들의 명도 결정이 났다. '황금성을 무단 점거하고 있는 과거 황금성 신도들은 나가라'라는 명도 결정문이었다. 최 목사는 아직 지 회장과 장 변호사 일당이 받아낸 고약한 판결의 존재도 알지 못하고 있었다.

최 목사가 자고 있던 어느 날 밤이었다. 최 목사의 교회 옆 황금성 철책이 무너지는 소리가 났다.

"아니 이게 무슨 소리야!"

최 목사는 자다가 흠칫 놀라 잠에서 일어났다. 바깥으로 나가보니 어둠 속에 포클레인의 뻘건 빛 두 개가 눈을 부릅뜨고 있었다. 포클레인 3대는 불도저처럼 철책을 파내버리고 그 위를 지나갔다. 최 목사는 그 포클레인의 뒤를 쫓았다.

"이보시오! 이보시오! 뭐 하는 거요!"

포클레인은 최 목사의 외침을 듣는지 못 듣는지, 마구 앞으로 나아갔다. 포클레인 뒤에는 지달수가 돈을 주고 고용한 용역들이 공사 모자를 쓰고 몰려가고 있었다. 그들은 손에 양철로 된 방패와 긴 막대기를 들고 있었다.

황금성에는 지달수에게 쫓겨나긴 했어도 갈 곳 없던 일부 신도들이 몰래 그곳에 다시 숨어들었었다. 밤에 자던 신도들은 날벼락같이 쫓겨났다. 용역들은 사람이 살지 않을 것 같은 낡은 집 문을 일일이 열어보며 붉은 스프레이로 '빈집'이라고 썼다. 그런 뒤 나무와 못을 가지고 와 문을 엑스자로 고정했다. 최 목사는 얼른 판결문을 들고 와서 외쳤다.

"여기는 신도들의 땅이야! 나가! 이 못된 것들아!"

그들을 온몸으로 막았지만 10명 이상 되는 성인 남자 용역들의 힘을 막아낼 수는 없었다. 지달수는 포클레인 위에 서서 거만한 미소를 띠고 황금성 신도들이 내쫓기는 것을 지켜보았다.

최 목사는 갑자기 들이닥친 용역들을 내쫓기 위해 경찰에 신고했다. 밤중이었지만 얼마 지나지 않자 차들이 들어오는 소리가 들렸다. 기다렸다는 듯이 금방 대형 경찰버스 5대가 황금성 안으로 들어왔다. 노란 형광 옷을 입고 헬멧을 쓴 경찰들이 차에서 내렸다. 황금성 일대의 땅들에 가득 대열을 이루고 섰다. 최 목사는 이제야 살았다고 느꼈다.

그들은 아비규환으로 신도들과 용역들이 한데 섞여 있는 한 가운데로 왔다. 그런데 경찰이 신도들을 끌어내고, 그것을 제지하는 지달수 측을 보호하는 것이 아닌가. 그들은 마치 경찰복을 입은 지달수의 용역들 같았다.

"어이 경찰 양반, 왜 우리 신도들을 지켜주지 않아? 누구 편이야? 나라의 녹을 먹고 지금 사기꾼들 편을 들어줘?"

"누구십니까? 왜 반말이시죠?"

"야 그럼 너도 반말해. 너 몇 살이야? 뭣 때문에 사기꾼들 편을 들어주냐고? 난 이 땅의 주인들을 지켜주는 최경진이야!"

"아… 저희가 가는 중에 신고하셨다던 최경진 목사님입니까? 목사님 이곳은 해영주민협의회의 소유로 판결 난 곳이 아닙니까? 여기를 보세요. 이들이 명도소송을 내서 승소판결문을 받았습니다. 명도 집행하려고 하는데 무력충돌이 날 것 같으니 와 달라는 해영주민협의회 대표 지달수 회장의 신고를 받고 왔습니다."

경찰과 최 목사의 대화 중에서도 용역들은 계속 황금성 숙소 안에 들어가 있던 신도들을 찾아냈다. 한 여자는 끌려 나오느라 옷이 다 찢겨 속옷이 다 보였다. 경찰은 그것을 본체만체했다.
"왜 이러는거야! 빨리 나가! 여긴 신도들의 땅이야!"
"이보세요. 판사님들이 여기 해영주민협의회라고 판결을 하셨다잖아요! 따지려면 판사님들한테 따지라구요!"
용역은 경찰에 아랑곳하지 않고 그녀를 땅바닥에 내팽개쳤다. 그녀의 배는 불룩했다. 옆에 끌려 나온 여자아이는 바닥에 내던져진 여자의 옷을 부여잡고 마구 울어댔다. 여자가 울며 말했다.
"좀 판사님, 살려주세요, 좀 판사님, 살려주세요! 좀…판… 좀…판…"

옷가지들이 흙바닥에 내던져졌다. 흙탕물에 젖어 옷이 색깔을 알아보기 힘들게 되었다. 옷은 온통 거멓게 물들었다. 여자는 마구 악을 쓰며 울어댔다. 눈썹 없는 눈에서 굵은 눈물방울이 쉴 새 없이 흘러내렸다. 다른 집에서 끌려 나와 내팽개쳐진 사람들도 마찬가지였다. 악다구니를 쓰며 내 집에서 나갈 수 없다고 하는 여자들도 있었다. 바닥에 주저앉아 울던 사람들은 죽은 것같이 살아있는 늙은 여자, 힘없는 어린아이, 그리고 임산부들밖에 없었다. 이전에 보이던 젊은 남자 신도들은 온데간데없었다.

어지러운 흙탕물에 아이들의 얼굴도 빛을 잃어가고 있었다. 새까만 밤하늘엔 별빛조차 떠 있지 않았다. 하늘도 차마 이 모습은 볼 수 없는지 먹구름에 숨어버렸다. 짙은 구름 사이로 달이 고개를 슬며시 내밀었다. 고개를 땅속에 파묻고 울던 신도들의 민둥머리도 달빛을 받아 번쩍였다. 짐승같이 우는 신도들은 하나같이 민둥머리였다.

지달수 일행은 모든 집을 다 수색하고 폐쇄하고는 경찰들과 함께 황금성을 빠져나갔다. 졸지에 집이 없어져 버린 신도들을 이끌고 최 목사는 교회로 들어갔다. 패잔병 같은 그들은 계속 눈물만 흘리고 있었다. 말을 잃었는지 꺽꺽 소리만 내었다. 아이들은 엄마가 우니 같이 따라 울었다. 노인들은 시체처럼 그들 곁을 따라오기만 했다. 한 무리의 민둥머리들은 죽은 듯 밤을 지새웠다. 그들은 넋이 나간 듯 중얼거렸다.

"좀, 판사님 살려주세요. 좀 판사님, 살려주세요… 좀…판… 좀…판…."

최 목사는 그들의 걱정에 사택에서 뜬눈으로 밤을 새웠다. 장롱 안에 쌓여 있던 이불을 마구 꺼내어 갖다 주었지만, 성전 바닥은 차가울 것이었다. 그들과 함께 기도하며 앞으로의 문제를 생각해 볼 마음을 먹었다.

새벽기도 시간이 다 되어 교회 안으로 들어섰다. 그런데 예배당 문을 연 순간 최 목사는 너무나 놀랐다. 그곳에 가득 차 있었던 황금성 신도들이 사라진 것이었다. 최 목사는 이 많은 이들이 사라질 동안 그가 듣지도 못했다는 것에 자책감이 들었다. 괴로운 눈으로 황금성 일대를 뒤져 보았다. 철책이 다시 세워져 있고, 출입금지라는 빨간 글씨가 크게 붙어 있었다. 아마도 지 회장 일당들이 세워놓은 것 같았다. 사라진 신도들이 그곳으로 들어갈 확률은 낮았다.

새벽기도 후에 노 집사는 최 목사의 지시를 받고 황금성 신도들을 찾아 나섰다. 노 집사는 빠르게 교회를 빠져나갔다. 최 목사의 귓가에는 신도들이 울먹이며 중얼거리는 소리가 맴돌았다.
"좀, 판사님 살려주세요. 좀판사님, 살려주세요… 좀…판… 좀…판…"

사망자 666-144 ?
넘버링은 딸깍 귀를 친다.

사망자는 두개골이 파열되었다. 시신은 눈알이 튀어나와 망가져 있었다. 시신은 대낮에 해영동 거리에 방치되어있었다. 시신의 오른쪽 엄지손가락이 잘려 사라졌다.
검찰은 이상하게 시신을 부검의뢰 하지 않았다. 범죄 수사는 언론에 언급되지도 않았다. 이상한 것은 시신 옆에 박동식 판사가 내린 판결문이 바람에 나부끼고 있던 점이었다. 판사 박동식 이름 끝엔, 속 빈 끊어진 작은 원으로 마침표가 찍혀있었다. 시신의 왼손은 엄지와 검지, 중지, 약지를 모아서 원을 만들고, 소지는 위로 세워져 있었다. 다잉메시지였다.

한 형사는 흰색 구형 아반떼 차량을 좌우로 거칠게 몰고 가고 있었다. 아반떼는 그의 운전이 버거운 듯 요란한 소리를 내며 매연을 뿜어댔다. 그가 들고 있는 휴대전화 속에서 누군가의 고함이 들려왔다.

"아니 한 형사, 이번에도 단독행동하면 넌 이제 나 볼 생각 하지 마…요, 응? 아니 우리 관할도 안 따지고 여기저기 시체 보러 가면 어쩌냐고…요. 내가 한 형사님 때문에 제 명에 못 살 것같아…요. 빨리 돌아와…요. 우리 형사1과 생각도 좀 해주라고…요 이 새끼야!"

전화상의 남자는 어색하게 말끝마다 '요'자를 붙이고 있었다. 한 형사는 그 말투가 바보 같아서 피식 웃었다.

"아 네, 일개 경사가 경위님 말씀을 거역하고 죄송합니다. 팀장님, 죽을 죄를 지었습니다. 그렇지만 어떻게 합니까. 이미 죽은 사람들은 억울해서 어쩝니까. 그들이 왜 죽었는지, 이렇게 살아있는 제가 이유라도 밝혀줘서 그들의 넋이라도 달래줘야 하지 않겠습니까. 끊습니다. 사랑합니다."

한 형사는 그다음에 다시 들려오는 고함에도 아랑곳하지 않고 휴대전화를 끊어 보조석에 던져버리고는 혼자 투덜거렸다.

"이 자식이 나보다 기수 낮은 놈이 내 직속 상관 됐다고 이젠 막말이네. 인생 오래 살고 볼 일이구만, 썩을."

그의 흰색 차량은 이리저리 곡예를 하며 해창동 입구에 흐르는 실개천 다리 위로 접어들고 있었다. 엑셀과 브레이크를 산만하게 번갈아 밟아댔다.

한 형사의 차가 다리를 다 건너자 해창동의 모습이 한눈에 들어왔다.

해창동은 산속 고급 저택 마을이었다. 마구잡이로 얼굴을 치솟아 올리고 있는 주택들 위로 날카로운 돌산이 마을을 노려보고 있었다. 산꼭대기로 다다를 것 같은 좁다란 길들이 실타래 같이 이어져 있었다. 길 양옆은 높은 담이 줄지어 있었다. 겨우 고개를 비집고 있는 도로를 비쩍 마른 50대 여자가 헉헉거리며 오르고 있었다. 여자의 얼굴엔 햇빛이 들어오지 않았다. 햇빛이 닿기엔 여자는 너무 낮은 땅에 있었다. 햇빛은 여자의 얼굴에 닿으려 안간힘을 썼으나 담에 막혀 미처 닿지 못하고 있었다. 한 형사는 그 여자를 흘긋 보고 스쳐 올라갔다.

맞은편에서 검은 세단 차량이 눈치를 보며 슬금슬금 내려오고 있었다. 길이 좁은 탓에 먼저 진입해 올라오던 한 형사의 아반떼가 다 지나가도록 기다려야 했다. 마음이 급한 한 형사의 아반떼와는 달리 세단 차량은 여유가 넘쳐흘러 보였다. 앞이 군데군데 긁힌 한 형사의 아반떼의 앞을 상처 한 군데 없이 매끈한 세단의 보닛이 조심조심 피해갔다. 세단의 앞에는 날카로운 이빨을 가진 동물이 입을 벌리고 꼬리를 추켜세운 엠블럼이 있었다. 세단은 아반떼가 길을 다 오르자 좁은 내리막길로 접어들었다. 전면 유리가 새까만 선팅이 되어 운전자의 얼굴도, 안에 들어있는 사람도 보이지 않았다. 스쳐 가는 세단의 칠흑같이 어두운 유리창에는 한 형사의 얼굴만 비칠 뿐이었다. 한 형사는 그 뒤로 구불구불한 외길을 한참 올라갔다.

17_ 훼손된 시신 1번과 2번, 3번

한 형사의 차량은 제일 꼭대기에 접어들자 다시 내리막길을 가기 시작했다. 올라온 만큼 한참을 내려가자 저택도 들어서지 않은 비포장도로가 나왔다. 한 형사의 차량은 주차되어있던 진회색 차량 앞에 멈춰 섰다. 한 형사가 돌려 뽑은 차 열쇠 소리에 아반떼 차량은 한숨을 내리 쉬듯이 시동을 껐다. 진회색 차량에서 회색 점퍼 차림의 남자가 내렸다.
"선배님, 오셨습니까. 여깁니다."

남자가 인도한 곳으로 가는 길에는 폴리스라인이 설치되어 있었다. 폴리스라인을 걷고 길 밑으로 두 남자는 내려갔다. 큰 하수관 앞에는 붉은 살덩이가 서로를 붙들고 엉켜있었다. 겨우 남은 얼굴 뼈와 눈알이 두 사람의 사체라는 것을 알아볼 수 있었다. 얼굴에 마구 엉겨 붙은 긴 머리칼로 보아 시체 두 구가 모두 여자의 것임을 짐작할 수 있었다. 여자들의 코와 눈, 광대 부근은 뼈가 드러나도록 뜯겨있었다. 두 사람의 입은 벌어져 있었고 서로를 잡아먹을 듯 손을 움켜쥐고 있었다. 그 형상은 사람의 것이 아닌 것 같았다. 마치 두 마리의 짐승이 서로를 물어뜯다가 죽은 모습이었다. 입술인지 알아보기 힘든 입술이 뜯어져 나가 있었고 입속에는 붉은 고깃덩어리 같은 살 조각이 있었다.

흰 방호복 차림의 과학수사대는 얽혀있는 시체의 사진을 계속 찍어댔다. 카메라의 플래시가 터질 때마다 갈기갈기 찢어진 살덩이의 피가 빛을 받아 살아 움직이는 것 같았다. 지난밤의 참혹함을 짐작할 수도 없게 살덩이들은 여기저기 흩어져있었다.

한 형사를 인도한 회색 점퍼의 형사는 헛구역질해댔다. 한 형사가 오기 전부터 한참을 맡았지만, 시체 냄새는 아무리 맡아도 익숙해지지 않았다. 흰 수건으로 입과 코를 막았지만 비집고 들어오는 악취를 막을 방법이 없었다. 회색 점퍼는 한 형사가 입 코도 막지 않고 시체를 여기저기 살피는 모습을 놀랍게 보았다.

하긴 그가 아는 한 형사라면 그럴 법도 하다는 생각이 들었다. 한 형사는 회색 점퍼의 대학 선배였다. 그는 한 형사의 그 모습을 보며 남다른 대학 시절을 기억했다. 지금과 똑같은 더벅머리에 수염은 언제 깎았는지 덥수룩한 모습이었다. 삼선슬리퍼를 끌고 파란 체육복을 입은 한 형사는 마치 고시원에서 10년 정도 썩은 인간 같았다.

그는 당시 과학수사 동아리 회장이었다. 시체에 미친 건지, 시체와 사랑에 빠진 건지 한 형사는 늘 시체와 생활하다시피 했다. 동아리에서 진행하던 시체 해부 프로그램을 한 달에 두 번씩 계속 신청해서 체험하는 시체 마니아였다.

회색 점퍼는 이렇게 심하게 훼손된 괴상스러운 시체의 모습을 보자마자 떠오르는 건 단 한 사람, 한 형사뿐이었다. 그는 시체 광 한 형사가 해영경찰서에서 괴짜 땅딸보로 소문이 난 걸 듣고 있었다. 그러나 한 형사는 미제로 끝날 법한 사건들을 여러 개 해결했다. 그는 그런 한 형사에게 전화를 걸었다. 한 형사는 그 전화를 받자마자 달려온 것이다.

한 형사는 현장을 보존하기 위해 조심스레 발을 떼면서 시체를 살폈다. 신체의 어느 부위인지 알아볼 수 없는 살덩이 위에는 천 조각이 걸쳐있었다. 그 천 조각은 광택이 있는 붉은색이었다. 그 옆의 시신의 몸에 입혀있던 옷은 한복 소재의 분홍색이었다. 작은 한복 조각에는 금박이 조그맣게 보였다.

한 형사는 시체를 카메라에 담았다. 그 정신에 어느새 가지고 왔는지 한 형사의 손에는 카렌 ES 400D을 들고 있었다. 고성능 DSLR이었다. 남루한 한 형사의 복장과는 어울리지 않는 너무 신제품이어서 회색 점퍼는 놀라운 눈으로 그 모습을 지켜보았다.

한 형사는 갑자기 사진을 찍다 말고 핀셋으로 천 조각을 약간 들추었다. 그러자 시체들이 쥐고 있던 천 조각 밑에 예리한 칼로 잘려나간 손가락이 드러났다. 한 시체의 잘려나간 손가락은 오른손 검지였고 다른 한 시체의 잘려나간 손가락은 오른손 중지였다. 이 두 시체의 손도 엄지와 검지, 중지, 약지를 동그랗게 모으고 소지만 위로 올린 상태였다. 한 형사는 그 손가락 모양과 잘려나간 손가락을 보자 떠오르는 것이 있었다. 바로 해영동 길바닥에 유기되었던 시체였다. 해영동 길바닥 시체는 오른손 엄지였다.

며칠 뒤, 한 형사는 해창동 경찰서에 씩씩거리며 들어가고 있었다. 손에는 시체들의 사진을 들고서였다. 그는 형사팀으로 들어갔다. 회색 점퍼가 한 형사의 상기된 얼굴을 보자마자 일어서 그를 온몸으로 막았다. 한 형사가 뭔가 문제를 일으킬 것만 같은 표정이었다. 한 형사보다 키가 한 뼘은 더 큰 회색 점퍼가 난감한 얼굴을 지으며 막아서자 한 형사는 그의 몸에 전신이 가려졌다. 한 형사는 갑자기 막힌 자신의 앞길을 좌우로 왔다 갔다 하며 앞에 있는 남자를 보려고 애썼다. 그러다 회색 점퍼를 따돌리고 한 형사가 앞으로 직진했다. 한 형사는 형사실 창가에 앉아있던 형사과장의 앞으로 들어가 손에 들고 있던 사진을 던졌다.
"과장님, 이게 단순 사망 사건이라뇨, 동물에 물렸다니요. 이건 계획 범죄입니다. 이들의 손가락을 보세요. 다 죽은 다음에 칼에 잘려나갔습니다. 그것도 일반인들이 쓰는 칼도 아니고 아주 예리한 칼에요. 앞으로 얼마나 더 살인사건이 일어날지 모릅니다. 수사지시 다시 내려주십시오. 제가 적극 돕겠습니다. 예? 저희 동네 변사체와 같이 손가락이 잘려나갔습니다. 또한, 다잉메시지가 모두 일치합니다. 이러고도 단순 사망 사건으로 보십니까? 앞으로 이런 범죄가 더 일어나지 않으리란 법이 없습니다. 사망자가 이 대한민국에서 더는 늘어나면 안 됩니다. 과장님, 경찰의 명예를 걸고 수사지시 다시 내려주십시오."

얼굴이 붉으락푸르락하며 말을 이어갔지만, 형사과장의 얼굴은 눈썹 하나 흔들리지 않았다.

"한 형사님, 당신이 어느 서의 누구인지 잘 압니다. 한 형사도 알다시피 한 달 전에 있던 그쪽 동네 변사체 사건도 똑같은 단순 사망 사건으로 종결되었다고 들었습니다. 또한, 시체들의 손가락이 잘린 부분은 의심은 되지만 그뿐입니다. 개가 물어뜯었든 다른 어떤 동물이 물어뜯었든 간에 사람이 개입한 흔적은 전혀 보이질 않아요. 그렇다고 개가 물어뜯은 것 같다고 해창동에 있는 모든 높으신 분들의 집을 뒤지며 개를 다 확인할 수도 없는 노릇 아니겠습니까. 괴롭다면 당신이 소속되어있는 해영동 형사과장에게 가서 부탁하길 바랍니다. 그쪽에서도 수사가 재개된다면 재고해보도록 하겠습니다. 그 전까진 우리 형사과에서 더 이상의 난동은 용납할 수 없습니다."

형사과장은 한 글자도 흘림 없이 또박또박 입술로 곱씹어 말을 내뱉었다. 3:7로 가르마를 깨끗하게 빗어 넘긴 그는 일어서서 뒤의 창가를 바라보며 돌아섰다. 형사실에 있던 다른 형사들의 손에 붙들린 한 형사는 해창동 형사과장의 뒷모습에 소리만 지르다가 바깥으로 끌려나갔다.

한 형사는 차에 털썩 주저앉아 굳게 닫힌 해창 경찰서의 유리문을 쓸쓸히 바라보았다. 한 형사는 그렇게 한참을 바라보다 차량을 돌려 해창 경찰서의 정문을 빠져나왔다.

그는 자신이 근무하고 있는 해영 경찰서의 형사 1팀이라고 적힌 자리 중 한 곳에 앉았다. 그 앞에는 한지만이라는 자신의 이름이 적혀있는 팻말이 놓여있었다. 20년 경력의 경사였지만 그의 자리는 그중 제일 신입이 앉을법한 문가 책상 자리였다.

그가 들어왔지만, 형사실에 앉아있던 누구도 그에게 아는 척하는 사람이 없었다. 오히려 시끄럽던 형사실은 찬물을 끼얹은 듯 조용해졌다. 이미 해창 경찰서로 가기 전에 그가 일으켰던 한바탕 소동 탓에 모두 그와 말을 걸고 싶지 않은 눈치였다. 그는 뒤통수가 근지러워 더는 앉아있을 수가 없었다. 그는 굽혀있던 무릎에 힘을 주어 꼿꼿이 몸을 일으켜 세웠다. 머쓱함에 괜히 뒤통수를 만지며 그는 밖으로 나갔다. 형사과장과 시시덕거리며 웃고 있던 그의 직속 상관이 곁눈질로 한 형사의 뒷모습을 따라가며 노려보았다.

그는 경찰서 건물 앞의 자판기에 몸을 기대고 음료를 마시고 있었다. 캔을 입에 갖다 대자, 속 안에 담겨있던 차가운 음료가 그의 입을 얼얼하게 때려댔다. 혼자 먹는 캔 음료가 낯설지 않은 듯 그는 천천히 입속으로 캔에 담겨있는 음료를 털어 마셨다. 이 정도에 기가 죽을 한 형사가 아니었다. 한 형사는 무엇인가 결심한 듯 다시 그의 낡은 아반떼에 몸을 실었다.

최 목사는 한 형사의 아반떼가 그의 교회 마당으로 들어오는 것을 지켜보고 있었다. 한 형사가 처음 그의 교회로 들어왔을 때는 한 달 전 두개골이 파열되고 눈알이 튀어나온 시신이 유기된 사건이 일어났을 때였다. 한 형사는 그때도 지금과 똑같이 누군가에 의해 살해사건이 일어나고 있음을 직감했다. 한 형사는 이 지역에서 꽤 오래 목회를 했던 최 목사에게 시신의 사진을 보여주고 신원을 물어보았었다. 그 두개골 파열 시신은 최 목사가 황금성에서 나오기 전 황금성 신도의 것이 분명했다.

최 목사는 한 형사가 수사하는 데 적극적으로 협조해주었다. 한 형사는 그로 인해 최 목사가 이번 시신의 신원을 알 수도 있다는 생각에 찾아온 것이리라고 최 목사는 짐작할 수 있었다.

그러나 최 목사는 이번에는 한 형사에게 도움을 주지 못했다. 그 여자들의 얼굴이 형체를 잘 알아볼 수 없게 망가져 있을뿐더러 일면식이 없는 여자들이었기 때문이었다. 한 형사는 조금 실망한 표정을 짓고 떠나갔다.

최 목사는 한 형사가 알려준 세 구의 사망 사건을 생각하며 하나님께 피해자를 위한 기도를 드렸다. 그리고 더는 이런 피해자들이 생기지 않게 기도드렸다. 깨끗이 잘려나간 손가락이며 시체가 모두 똑같은 다잉메시지를 남긴 것이 모두 같은 범죄임을 누가 봐도 알 수 있었다.

초여름의 밤은 다가올 무더위도 깨닫지 못한 채 서늘한 기운이 맴돌았다. 최 목사는 여태 겨울의 솜이불을 장롱에 집어넣지 못했다. 열기 넘치던 젊은 시절의 최 목사는 점차 세월의 힘을 이겨내지 못하고 식어갔다. 그러나 최 목사의 마음만은 세월을 아랑곳하지 않고 더욱 뜨거워졌다.

황금성에서 교주에게 속아 가산을 털어 넣고 이혼당하고, 인생과 영혼을 모두 말살당한 많은 신도들의 영혼을 구원하려면 아직도 갈 길이 멀었다. 혹시 이 일이 황금성과 관련이 되어있다면 상상을 초월할 만큼 괴로운 일들이 앞으로 벌어지게 될 것이었다. 최 목사는 노 집사를 불렀다.

"노 집사님, 아무래도 큰일이 벌어지고 있는 것 같습니다. 막아야 해요. 정체 모를 사람들이 벌써 세 명이나 죽어가고 있습니다. 그중 한 명은 황금성 신도였지 않습니까. 이번에 발견된 시체 두 구도 황금성이 연관되어있을 가능성이 큽니다. 알아보세요."

"예, 목사님 알겠습니다."

"행불된 철구의 소식도 아직 입니까?"

"예, 그대로입니다. 그 일에 가담했던 자들이 황금성 지역 교회에 난입해 무단 점거하고 있는 것만 빼고는 말입니다."

"그쪽의 동태를 주시해보세요. 이 살인사건에 연루되어있을 수도 있습니다. 무언가 의심될 만한 정황을 포착하면 그 즉시 저에게 알려주세요."

"예 알겠습니다."

한 형사는 다시 해창동으로 향하고 있었다. 해창동은 지난번보다 더 악착같이 산에 들러 붙어있는 것 같았다. 그와 함께하던 노장 아반떼는 오늘은 보이지 않았다.

그는 해창동을 향하는 냇가 위 다리를 건너자마자 처음으로 보이는 집의 벨을 과감히 눌러댔다. 한참이 지나자 대문이 열리는 소리가 들렸다. 한 형사의 네 배는 되어 보이는 큰 대문이 뒤로 물러섰다. 앞치마를 한 아주머니가 한 형사의 앞으로 나왔다. 한 형사는 자신이 형사라고 밝히고는 집에 개가 있는지, 그 개는 목줄을 하고 있는지, 가끔 개만 혼자 집 밖을 나갈 때가 있는지 등을 물었다. 아주머니는 그 집의 큰 개를 가리켜 보여주었지만, 그 개는 단단한 목줄로 묶여 있었다. 그리고 그 집의 담은 가로수만큼이나 높았다. 다른 저택도 마찬가지였다. 해창동 저택들의 담은 너무나 높았고 개가 혼자 나갈 방법은 없었다.

한 형사는 뒤도 돌아보지 않고 저택의 대문을 닫고 나왔다. 그는 계속 해창동 일대의 저택을 뒤졌다. 개가 없는 집을 보면 그의 바지 주머니에 있던 지도를 꺼내어 엑스 표를 쳤다. 개가 있으나 개가 단독행동을 하지 못하는 집은 세모 표시를 했다.

그의 지도에는 대부분 세모 표시가 많았다. 저택이 큰 만큼 큰 개들을 많이 키웠으나 그 저택들은 하나같이 다 담이 너무나 높았다. 그는 지친 몸을 이끌고 큰 편의점 앞마당 의자에 기대앉았다. 해가 거의 넘어가 사위는 조금씩 어두워지고 있었다. 편의점 앞마당에는 아직 등이 켜지지 않았다. 불을 켜기엔 주변이 아직 밝았다.

한 형사는 작은 빵과 우유가 담긴 봉투를 테이블 위에 올려놓다가 그만 우유가 빵과 함께 밑으로 떨어졌다. 내리막길 경사를 타고 우유와 빵이 든 봉투는 멀리까지 굴러갔다. 한 형사는 무거운 엉덩이를 들고 그것을 주우러 몸을 낮춰 걸어갔다.

편의점 문을 무언가를 사 들고 나오던 한 남자의 검붉은 색 가죽구두가 그것을 콱직 밟았다. 우유 팩이 터지며 남자의 검붉은 가죽구두와 회색 정장 바지에 튀었다. 검붉은 구두의 남자는 그것을 순간 노려보았으나 발을 멈추지 않고 걸어갔다. 재빠르게 검은색 세단에 몸을 싣고 사라졌다. 조금 기분이 나빠진 한 형사는 그 세단에 사과라도 받아 볼 요량으로 따라가기 시작했다.

세단은 조심스럽게, 은밀해 보이기까지 할 정도로 느릿하고도 소리 없이 오르막길을 올랐다. 이따금 검붉은 구두 남자의 머리가 얼핏 좌우를 살피려고 흔들거렸다. 한 형사는 그 남자에게서 풍겨 나오는 수상한 기운을 감지했다. 저택들의 대문이나 구조물들에 몸을 은폐하며 따랐다.

세단은 산길이 시작되는 일식집 앞에 멈춰 섰다. 우유가 튄 흔적이 역력한 발이 운전석 밖의 땅을 내디뎠다. 그리고 등산로를 향해 발길을 옮겼다. 날렵한 몸은 한 형사도 따라가기 힘들 정도로 빠르게 등산을 했다. 정장을 입은 남성이 등산하는 모습은 비현실적으로 보였다. 검붉은 색 구두는 열심히 계단을 올랐다.

검붉은 색 구두를 따라가 보니 둥그런 담이 나왔다. 크기를 가늠할 수 없을 만큼 넓은 땅을 둘러싸고 있는 담이었다. 벽돌이 차곡차곡 높이 쌓여 있었다. 대문이 열리고 검붉은 색 구두가 그 안으로 사라졌다. 한 형사는 그 대문 안쪽이 보이게 자리를 옮겼다. 어디서 났는지 소형 망원경을 들고서였다.

검붉은 구두는 넓게 난 잔디밭 끝에 서 있는 흰 저택 안으로 사라졌다. 한복을 입은 여자와 함께였다. 여자는 아래에 한복 치마를 입고, 위에는 얇은 적삼만을 걸쳤다. 얇은 적삼을 입은 탓에 상반신의 살빛이 다 드러나 보였다.

한 형사는 그 한복을 보며 시신의 정체를 알게 된 것 같은 느낌이 들었다. 하수관에 버려져 있던 두 구의 시신 중 한 구의 시신이 같은 색 한복을 걸치고 있었던 것이었다. 한 형사를 등지고 걷던 여자와 검붉은 구두가 문이 나 있는 왼쪽으로 몸의 방향을 바꾸었다. 그러자 그 여자의 치마에 큰 금박이 드러났다.

18_ 산속의 초호화 별장

"고위층처럼 정장을 입고 8시에 일식집 어부가 앞으로 오시랍니다."

한 형사는 회색 점퍼가 해창동 산속 별장에 위장 진입할 방법을 찾아왔다는 소식을 들었다. 하여간 그는 대학 때부터 요령을 잘 부리는 모사꾼이었다. 한 형사는 그의 그런 면이 한편으로는 부럽기도 했다. 한 형사는 장롱에 고이 모셔뒀던 정장을 꺼내 입었다. 회색 점퍼도 또한 매일같이 입던 꼬질꼬질한 점퍼를 벗고 말쑥한 정장을 입었다.

그들은 오후 8시가 다 되어서 일식집처럼 보이는 '어부가' 앞으로 갔다. 외장이 고급스러운 대리석으로 꾸며져 있는 건축물이었다. 계단이 일곱 개 정도 있고 앞에는 테라스가 있었다. 가게의 등이 은은하게 켜져 있었지만, 손님이 들락거리는 모습이 전혀 보이질 않았다. 그가 의문의 산속 별장을 발견한 뒤로 몇 번 더 가보았지만 '어부가'는 위장의 장소 같았다. 영업하는 듯 건물 외벽 사방엔 불이 들어와 있었지만, 그 앞에 차량을 세워두어도 아무도 내다보는 자가 없었다. 들어가는 자도, 나오는 자도 없었다. 다만 주차장에 유리가 새까맣게 썬팅이 되어있는 세단 차량이 4대가 있을 뿐이었다. 그들은 하루 렌트한 세단 차량에 타서 옆에 주차되어있는 세단 차량 번호를 적었다.

"연락이 오면 그때 저택으로 들어가면 된답니다. 촬영기기는 입구에 금속 탐지기가 크게 있으니 거기에만 안 걸리게 조심한다면 다음엔 알아서 하신다고 합니다."

회색 점퍼의 휴대전화 진동이 울렸다.

"예. 들어가셨다고요? 알겠습니다. 올라가겠습니다."

협조해주기로 한 고위층의 연락이었다. 그는 이름은 밝히지 못했지만, 고위층 사회의 어두운 면을 바로잡으려는 사람이라고만 자신을 소개했다. 두 형사는 산길이 시작되는 곳으로 들어갔다. 바깥의 가로등이 닿지 않는 등산로 입구는 그 둘을 빨아들였다. 돌계단을 한참 올랐다. 눈을 들어보아도 앞에는 어둠밖에 없었다. 조금만 발을 헛디뎌도 떨어질 것 같았다. 왜 고위급 간부들이 이런 불 꺼진 길을 떳떳하지 못하게 가는 것일까. 한 형사는 그들이 잘 이해되지 않았다. 자신이 너무 낮은 계급이어서 이런 일들을 이해하지 못하는 것일까.

이런저런 생각을 하다 보니 지난번 미행 때 본 것처럼 평평한 잔디밭이 나왔다. 커다란 담장이 나왔다. 가운데 대문 앞에 서서 벨을 눌렀다. 카메라가 한 형사와 회색 점퍼를 비추었다. 대문이 달칵 소리를 내며 열렸다. 한 형사와 회색 점퍼는 안으로 들어갔다.

그들은 그 앞의 광경에 짐짓 놀라 잠깐 서 있어야 했다. 대한민국에 이런 초호화 저택이 있었다니 놀라울 따름이었다. 마당 한가운데에 큰 풀장이 있었다. 물에는 정원 등이 반사되어 일렁거리고 있었다.

한껏 꾸며진 정원을 지나 벤치 의자가 줄지어 놓여있는 곳으로 들어갔다. 대리석으로 바닥이 장식되어있었다. 둘은 그 위를 구둣발 소리를 들으며 걸어갔다. 구두가 내는 딱딱 소리가 복도에 울려 퍼졌다. 길고 긴 복도였다.

"이야… 다른 세계에 온 것 같구만. 어디선가 지독한 냄새가 나지 않나. 산속에 호화로운 저택, 그리고 몸 파는 여자들…"

"네. 선배님 여기 너무 화려하네요."

복도 끝 무렵 눈앞에 집이 서 있었다. 가까이 걸어갈 때마다 검은 유리창에 얼핏 검은 나무그림자가 비쳤다.

현관까지 들어서자 여자가 문을 열고 나왔다. 지난번에 검붉은 구두와 회색 정장을 맞이하던 사람과 같은 옷을 입은 여자였다. 그녀는 금박이 크게 찍힌 한복을 입고 공손히 인사했다. 적삼 속에 가슴골이 비쳤다. 한 형사와 회색 점퍼 형사는 민망했는지 여자에게서 시선을 돌렸다. 그녀는 앞장서며 안쪽으로 안내했다.

양 문이 열리자 안쪽으로 들어갔다. 안에는 협조자가 일러주었던 금속 탐지기가 서 있었다. 경호원이 그들이 검문에 잘 응하는지 지켜보고 있었다. 한 형사는 정장 가슴께에 꽂혀있던 행커치프를 꺼내 들어 땀을 닦는 시늉을 했다. 행커치프와 휴대전화를 손에 들고 금속 탐지기 속을 통과했다. 경호원이 기다리고 있다가 그들의 몸을 휴대용 금속 탐지기로 다시 탐색했다. 아무런 소리도 들리지 않았다. 경호원은 공손히 인사하며 앞을 가리켰다.

여자는 탐색이 끝날 때까지 기다리다가 앞장서서 그들을 인도했다. 천장이 높은 복도가 저택 끝까지 이어져 있었다. 복도 양옆으로는 기둥이 두 개씩 서 있었다. 기둥은 복도 끝까지 있었는데 그 개수만 십여 개가 되었다. 기둥 안쪽으로 탁 트인 응접실이 한눈에 들어왔다. 그들은 여자를 따라서 복도 한가운데로 걸어가기 시작했다.

한 형사는 행커치프를 다시 정장 앞주머니에 꽂았다. 그리곤 행커치프에 숨겨 있는 카메라에 이 모든 광경이 잘 담기도록 좌우로 몸을 흔들며 걸어갔다.

복도 끄트머리가 되자 양옆으로 트여있던 응접실이 끝나고 방 문들이 나왔다. 고급스러운 빛깔의 나무문들은 굳게 닫혀있었다. 한 형사는 궁금해져서 과감히 그 문 중 한 개를 확 열어젖히고는 성큼성큼 들어갔다.

"뭐… 뭐요?" "꺄악!"

"앗 죄송합니다. 제가 화장실이 급해서 그만."

날카로운 목소리의 남성이 한 형사를 쏘아보았다. 문 안에는 15평 남짓한 응접실과 침실이 있었다. 그 남성은 응접실의 안쪽에 있는 침실에서 여자와 옷을 벗고 몸을 섞고 있었다. 바닥에는 옷가지들이 지저분하게 널려있었다.

그들을 안내하던 여자가 들어와 방 안에 있던 남자에게 인사를 하고 사과했다.

"죄송합니다. 처음 오신 분이라 길을 헤매신 듯합니다."

안내하는 여자는 한 형사를 데리고 다시 나왔다. 그들이 나가고 난 조금 뒤에 문이 딸깍 잠기는 소리가 났다. 한 형사의 기억에 남은 방 안의 남자 얼굴이 어디엔가 낯이 익었다.

"고객님, 여기는 프라이빗한 공간입니다. 실례지만 문은 함부로 여시면 안 됩니다. 화장실이 급하시다면 저희가 안내해드리겠습니다."
"흠흠. 그러지."

여자는 당황한 듯, 한 형사에게 말했다. 한 형사와 회색 점퍼는 여자가 안내해 주는 화장실로 갔다.

"보니까 이곳에 방이 수십 개로군. 그 안에서 뭔 개 짓을 하든지, 누가 죽어가든지 아무도 모르겠어."

회색 점퍼와 나란히 서서 소변을 보던 한 형사가 속삭이며 말했다.

"네 정말 정체불명의 저택이군요. 아까 보아하니 여자가 성 접대하고 있던데요."

"이 개 같은 새끼들 아랫도리 주체할 곳이 없어서 이런 데를 만들어 놨나, 그래."

그때, 화장실 밖에서 소란스러운 소리가 들려왔다. 서로 눈빛을 나눈 두 사람은 바깥으로 빠르게 나갔다. 누군가의 괴성 같기도 했고 무언가가 부서지는 소리 같기도 했다. 그는 안내하는 여자가 다른 쪽으로 한눈파는 사이, 소리 나는 쪽으로 숨어들었다. 그들에게 소란스러운 방이 점점 가까워져 오고 있었다. 발걸음을 죽이고 문 앞에 귀를 대었다.

"야 이년아, 왜 너는 비싸게 구는 거야. 접대하려면 제대로 해야지. 너가 고급 저택의 마님인 줄 아느냔 말이야. 적당히 튕기고 벌려야 할 거 아니야!"

"꺄악……."

이어서 여자의 뺨을 때리는 소리와 둔탁한 쿵 소리가 들려왔다. 무언가 떨어져 깨어지는 소리도 이어 들려왔다.

한 형사와 회색 점퍼는 누가 다가오는 소리를 듣고는 다른 곳으로 몸을 숨겼다. 관리인처럼 보이는 남성이 달려와 소란스러운 방문을 두드렸다.

"회장님 저 석 매니저입니다. 잠시 들어가겠습니다."

문이 열리는 사이로 옷이 반쯤 벗겨진 여자가 쓰러져 있었고, 나체의 남자는 허리에 손을 얹고 서서 그녀를 내려다보고 있었다. 방에 있던 그 자의 남성은 빳빳이 곤두서 있었다. 석 매니저는 뒷주머니에 차고 있던 무전기에 대고 말했다.

"여기 VIP 3실, VIP 3실, 지원 바람. Ga 5번 여자 쓰러짐. Ga로 한 명 더 부탁드립니다."

조금 있자 경호원 두 명이 방으로 들어갔다. 두 명은 안에 쓰러진 반나체의 여인을 들것에 들고 나왔다. 여인은 머리에 피를 잔뜩 흘리고 정신을 잃은 채였다. 어디론가 빠져나가자 한 형사는 회색 점퍼에게 그들을 따라가 보라고 속삭였다. 회색 점퍼가 그들 뒤를 따라나섰다. 그 순간, 석 매니저에게 무전이 들어왔다.

"안내하던 두 분 이탈입니다. 수색 요청합니다."

한 형사는 그 무전을 듣고는 다시 아까 자신을 안내하던 여자에게 다가갔다. 여자는 남자 경호원과 함께 있었다. 남자가 먼저 앞으로 나와 한 형사에게 캐묻듯이 말했다.

"화장실에 갔다가 사라지고는 도대체 어디를 다녀오시는 겁니까? 그리고 같이 오던 나머지 한 분은 어디 계십니까?"

"길을 또 잃었었소. 내 일행분은 먼저 자리에 가셨다고 하던데. 못 보셨나?"

경호원과 안내 여자는 고개를 갸우뚱하더니 방으로 한 형사를 데려갔다. 한 형사가 방에 들어갔다. 방에는 그들의 협조자 고위간부가 있었다.

"형사님, 먼 길 오시느라 수고 많았습니다. 꼭 이곳의 폐해를 드러내 어두운 사회를 밝혀주길 바랍니다."

"감사합니다. 어르신 같은 분들이 있기에 대한민국이 아직은 망하지 않는다고 확신합니다. 숱한 암흑의 유혹에도 양심을 지켜주신 것이 존경스럽고 감사합니다."

그들은 서로 짧은 감사의 인사말을 나눴다. 그때 회색 점퍼가 연락해 왔다.

"아까 실려 나온 여자 포함 두 명의 여자가 차에 실려 외부로 이동 중입니다. 이 저택 지하주차장이 바깥으로 연결되는 곳이 있었습니다. 아마 매우 높으신 분들만 지하주차장을 이용하는 모양입니다. 일단 제가 차량 속도를 따라갈 수는 없어 지원팀에 미행 지원 요청해놓은 상태입니다."

"알겠다. 아까 타고 온 차 앞에서 만나자. 바로 내려가겠다."

협조자를 뒤로하고, 한 형사와 회색 점퍼는 그 길로 바로 차를 타고 지원팀이 알려주는 곳으로 달려갔다. 지원팀이 알려준 곳은 30여 분 거리에 있는 시티병원이었다. 그들은 시티병원으로 들어가 여자들의 행색을 말하고 보호자라고 해보았지만, 병원 직원 중 아는 사람은 한 명도 없었다.

병원에는 평범한 환자들과 보호자뿐이었다. 그들은 이후에도 줄곧 병원 곳곳을 뒤지고 다녔다.

"야, 확실하게 여기 들어가는 걸 봤대?"

"네, 추적지원팀이 뒷문으로 실려 들어가는 것을 확실하게 봤다고 합니다."

"그런데 여자들이 땅으로 꺼졌나 하늘로 솟았나, 왜 없어!"

여자들은 분명 병원 안으로 들어갔으나 그들은 어디에서도 찾아볼 수 없었다. 한 형사는 그 이후로 며칠 동안 시티병원 곳곳을 수색하기 시작했다. 그를 따라 수색하던 회색 점퍼가 지쳐 말했다.

"선배님, 그만 좀 하시죠. 그 여자들은 어디로 갔겠죠. 뭐 우리가 못 본 사이에 구급차로 다른 병원에 갔다거나, 바로 퇴원했을 수도 있구요."

"아니야, 여기 뭔가 수상해. 왠지 음침한 기운이 흐르잖아. 이번에 그 여자들 찾다가 병원에서 죽은 사람이 몇 명인 것까지 우리가 알아냈는데도 시체는 사라져버렸잖아. 장례식도 안 하고."

"하하하… 선배님 시체만 쫓아다니시더니 이제는 무당 흉내까지 내십니까? 그만 하세요. 너무 지쳤어요. 생각이 너무 많아지면 없던 사건도 만들어 냅니다. 장례식 하러 다른 장례식장으로 갔나 보죠. 어휴 진짜…"

"야 이 새끼야! 내가 음침한 기운이라면 그런 줄 알아야지. 말이 많아. 내 동생이 없어진 것도 여기란 말이야!"

"네?"

"……."

홧김에 자신의 이야기를 꺼낸 한 형사는 회색 점퍼가 놀라 되묻는 말에도 더는 대답 하지 않았다. 그는 시티병원에 오니 옛날의 그 기억이 너무나 생생하게 살아났다. 어쩔 수 없이 수사를 위해 왔다지만 어디엔가 혼수상태였던 여동생이 그대로 살아있을 것만 같았다. 만약 죽어서 다 썩어 뼈밖에 남지 않았을지라도 그는 그녀의 뼈만이라도 수습해 납골당에 안치하고 싶은 심정이었다. 한 형사는 묻어두었던 슬픔이 저며오는 것을 느꼈다.

"혹시… 선배님 그러셔서 자꾸 시체에 대해 그렇게…"

"……."

회색 점퍼는 입을 굳게 다문 한 형사에게 다른 질문을 더 하지 않았다. 그게 예의일 것 같아서였다.

임 지사가 눈을 뜬 것은 박 비서가 깨우는 소리가 아닌 휴대전화 벨 소리 때문이었다. 박 비서와 지난밤의 뜨거웠던 시간이 꿈속으로 사라지는 것 같았다. 휴대전화는 시끄럽게 쉴 새 없이 울려댔다. 임 지사는 눈을 찌푸렸다. 아내의 전화였다.

"여보, 어제도 일이 많았어요?"

아침부터 아내의 거친 목소리를 듣고 있자니 인상부터 찌푸려졌다. 임 지사는 박 비서에게 말하는 상냥한 목소리가 아닌 사무적인 목소리로 아내에게 답했다.

"응. 내가 일이 있어서 이만 끊지."

임 지사는 아내에게 남은 정이 없었다. 아내의 관심은 너무나 부담스러웠다. 이혼할 맘은 없었으나 많은 유명인사처럼 쇼윈도 부부로 살고 싶었다. 자기 뜻대로 되지 않는다면 마구 소리부터 지르던 무 토막 같은 여자를 더는 자신의 아내로 두고 싶지 않았던 것이었다.

임 지사는 지난밤 마신 와인 때문인지 머리가 깨질 듯이 아팠다. 아침 브리핑을 해야 했다. 그는 하루를 시작하기 전, 약속과 업무체크리스트를 확인했다. 박 비서, 하고 불러보았지만, 박 비서는 대답이 없었다. 침대 밑에 널브러져 있는 것은 임 지사의 옷뿐이었다. 임 지사는 샤워실로 가서 간단한 샤워를 마친 후 거울을 보며 머리 가르마를 타서 빗었다. 젤을 발라 빗어 넘긴 머리였다. 늘 하던 머리였지만 오늘따라 잘 빗어지지 않았다. 가운데의 가르마 근처 짧은 머리카락이 자꾸 솟아나는 것이었다. 임 지사는 인상을 찌푸리며 머리를 자꾸만 빗어대고 있었다. 말을 안 듣고 버티는 게 그의 아내 같다고 생각했다. 임 지사의 등 뒤에 침대 밑에 있던 전화벨 소리가 시끄럽게 울려댔다.

임 지사는 박 비서가 살해되었다는 사실을 연락받았다. 연락한 사람은 자신을 어느 서의 경찰이라고 소개했다. 그는 믿고 싶지 않은 내용에 장난 전화인 줄만 알았다. 지난밤도 그와 함께 보냈던 박 비서가 갑자기 죽다니. 옆에 있던 민 비서에게 그 사실을 확인해 보라고 지시했다. 일이 손에 잡히지 않을 정도로 혼란스러웠지만, 티를 낼 수 없었다. 그의 숨겨 둔 연인이었기에 박 비서에 대해서만큼은 최대한 감정조절을 해야 했다.

그는 표정관리를 하며 아무것도 하지 않고 민 비서의 연락을 기다렸다.

 민 비서는 반나절이 지난 뒤 다시 임 지사에게 돌아왔다. 박 비서의 잔혹한 피살 사진을 들고서였다. 사진에 담겨있는 시체를 보았다. 곳곳에 떨어져 나간 살덩이가 흩어져 있었다. 사진 속에는 여기저기 뜯겨나간 그녀의 흰 블라우스 조각도 함께 찍혀있었다. 심하게 훼손되어 얼굴을 알아보기 힘들었지만 분명 박 비서였다. 마구 뜯겨나간 그녀의 몸을 보자 그가 그녀의 몸에 구석구석 키스해 주었던 지난날의 기억이 떠올랐다. 그는 가슴이 아려왔다.
 손으로 감싸면 손 안에 다 들어오던 그녀의 얼굴이 뜯어져 있었다. 손으로 만져보면 부드럽던 피부가 피 반죽이 되어있었다. 키스해 주면 가쁜 숨을 쉬던 그녀의 목이 뜯어져 속의 뼈가 보일 정도였다. 더 이상 사랑스럽던 그녀의 모습을 볼 수가 없었다. 얼마나 아팠을까. 사랑하는 이의 아픔이 자신에게 느껴지는 것 같았다. 자신이 아내를 두고 그녀를 사랑해 받은 벌 같았다. 그녀가 이렇게 벌을 받을 것을 알았다면 박 비서를 사랑하지 않을 걸 그랬다. 다 자신 때문에 그런 것만 같았다.
 임 지사는 사진 속 잔혹한 시체가 그녀의 것이라는 사실을 인정하고 싶지 않았다. 지난밤 그가 마음껏 맡았던 그녀의 향이 자신에게 남아있는 것 같았다. 박 비서가 지금이라도 지사실의 문을 두드리고 들어올 것만 같았다.
 혼미해진 정신에 사진을 내려놓고 숨을 한참 골랐다. 믿어지진 않았지만 이것이 그녀의 시체라는 것을 억지로 생각했다. 그녀의 죽음의 원인을 찾아야만 했다.

그는 이성의 끈을 간신히 잡고 박 비서 시체 사진을 자세히 뜯어보았다. 사진에는 한두 가지 이상한 점이 있는 것이 아니었다. 그녀의 얼굴은 흉측하게 뜯어져 있었고 다른 시체들과 뒤엉켜있었다. 마치 동물 먹이가 되어 뜯겨 죽은 것 같은 모양새였다. 오른손 약지는 날카로운 칼로 잘려있었다.

임 지사는 곧바로 해창 경찰청장을 임 지사의 비밀 집무실로 불러들였다.

"성 청장님, 오랜만입니다. 그간 잘 계셨습니까."

"아이고 이게 누구십니까. 이렇게 도지사님을 다시 뵈니 영광입니다. 저희 청은 도지사님께서 봐주신 덕분에 아주 잘 있습니다. 도지사님께서 저를 다 오라고 하시고 어쩐 일이십니까."

"청장님, 어제 해창 서에서 꽤 큰 사건이 터졌다지요. 단도직입적으로 말하지요. 그중 한 명이 제 비서입니다."

"예? 비서요? 이 부장님의 보디가드도 그중 한 명이라고 저에게 연락을 주셨는데… 이게 도대체 무슨 일입니까."

임 지사는 '이 부장'이란 말을 듣자 눈썹을 꿈틀거리며 소파에 기대앉았던 몸을 일으켰다. 그가 연루되어있다면 자신에게 도전하려는 의도였을까 하는 생각이 뇌리를 스쳐 갔다. 하지만 이내 표정을 다잡고는 다시 소파에 기대앉아 말을 꺼내기 시작했다.

"매우 잔혹한 시체로 제 비서 포함 세 명이나 함께 발견되었다고 하던데요. 여기 손가락도 잘려있고. 누군가가 계획적으로 범죄를 한 것 같은데… 이건 그냥 보고만 있으시면 해창 서에서도 좀 문제가 되지 않겠습니까. 특별 수사팀을 꾸리셔야 되지 않겠습니까.”

성 청장은 임 지사가 왜 이렇게까지 이 일에 나서나 싶어 되물으려다 입을 다물었다. 박 비서는 임 지사의 모든 일에 다 따라다니던 수행비서였다. 성 청장이 머뭇거리는 것을 보자 임 지사가 마지막으로 한 마디를 꺼냈다.

"성 청장님 지난번에 드린 과일은 맛있게 드셨는지… 과일 딸기가 끝물이지만 드시는 데 손색이 없을 정도로 맛있더군요."

"예, 알겠습니다. 지사님께서 수족 같던 수행비서를 잃으셔서 상심이 크시겠습니다. 알아서 처리하겠습니다."

성 청장은 임 지사의 뒷말을 얼른 가로막아버렸다. 그가 과일을 가장해 돈 박스를 받은 것이 들통날까 봐서였다.

19_ 특별 수사팀

 해창 경찰서는 경찰청장의 특별 지시로 특별 수사팀이 꾸려지게 되었다. 해창 경찰서 특별 수사팀이었지만 해영경찰서에서도 협력하기로 했다. 비슷한 사건으로 해영 경찰서에도 있다는 것을 강력하게 주장했던 한 형사 덕분이었다. 자연스럽게 첫 번째 오른손 엄지가 잘린 시신 이후 계속 수사를 하던 한 형사가 특별 수사팀으로 가게 되었다.
 한 형사는 대학 후배인 회색 점퍼를 통해 이 사실을 전해 듣게 되었다. 그들은 해창동 저택 단지가 시작되는 입구의 편의점에서 서로 만나 대화를 나누었다. 한 형사는 빵을 게걸스럽게 먹고 있었다. 회색 점퍼는 무릎 위에 손을 올려놓고 물끄러미 보고 있었다.
 "전에는 그렇게 일반 사망 사건이라고 애써 부인하더니 왜 갑자기 특별

수사야? 나야 좋지만."

"높으신 분들이랑 관련이 있는 사건이지 않습니까. 선배님이 그걸 노리시고 임정수 지사에게 연락하신 것 아니었습니까? 게다가 이윤근 정보부장까지 관련되었으니 당연히 특별수사를 하는 것이겠지요. 그 누구도 아닌 대한민국 최대 실권자들 아닙니까. 그들의 아랫사람들이 사망했는데 가만히 있는 것이 이상한 일이겠지요."

"쳇, 더럽네. 똑같이 뒤진 건데, 높으신 분들 쪽이 뒤지면 일반 사망 사건이 특별수사팀까지 만들 큰일이 되고, 그냥 서민들이 뒤지면 개죽음에 일반 사망 사건이고… 하여간 나라 꼴 잘 돌아간다니까."

"에휴… 뭐 다 그런 거 아니겠습니까. 그건 그렇고 선배님, 이 시신들 지난번에 선배님 보여드렸던 여자 둘 시신과 비슷한 상태입니다. 사건 발생지점도 이전 사건과 100m 내외이구요. 세 시신이 서로 몸을 뜯어먹으려는 듯 부둥켜안고, 얼굴과 시체는 심하게 훼손된 점, 또한 손가락이 잘려나간 점, 등이 똑같았습니다. 이번엔 오른손 약지, 소지, 그리고 왼손 엄지가 각각 잘려나가 있습니다."

"아주 사망사건 열 개 다 채우려 그러나, 손가락은 왜 자르는 거야?"

"그러게 말입니다… 사건이 더 벌어지면 안 될 텐데… 선배님 측엔 별다른 특이사항 뭐 좀 없으십니까."

"개들에게 물린 건가 싶어서 여기 일대 저택 다 돌면서 개들을 살펴봤는데 그런 사건을 낼만한 상태가 아니더라고. 저택들은 모두 담이 높고…"

"그럼 누군가가 개를 길들여서 그렇게 했을 수도 있지 않겠습니까. 선배님이 확인한 개가 다일 것 같진 않습니다."

"그런데 이걸 좀 봐. 정식 수사가 아닐 때라서 과학수사관에게 개인적으로 부탁한 건데, 물어뜯은 자국이 사망한 시신 서로의 것일 가능성이 98%라는군."

"예? 그럼 진짜 그게 살인사건이 아니라 서로 물어뜯었다는 겁니까? 좀비처럼요?"

"그래. 나도 그게 뭔가 이상해. 여태껏 이런 괴이한 사망 사건은 듣도 보도 못했어."

회색 점퍼는 한 형사의 말을 듣자 소름이 돋은 점퍼 속의 팔을 벅벅 긁었다. 점퍼가 팔에 긁혀 버석버석 소리가 났다. 한여름이 다 되었는데도 회색 점퍼는 긴 팔 점퍼를 좀처럼 벗지 않고 있었다. 한 형사는 한숨을 후욱 내쉬고는 고개를 들어 하늘을 쳐다보았다. 시선 끝에는 CCTV가 길가를 비추고 있었다. 한 형사는 몸을 벌떡 일으켜 편의점 안으로 들어갔다.

"수고하십니다. 해영경찰서에서 나온 한지만 형사입니다. CCTV 좀 볼 수 있겠습니까."

점원은 형사라고 하자 순순히 CCTV를 보여주었다. 사건 발생 당일의 새벽, 화면이 잡혀있었다. 화면에는 임 지사의 비서 박 비서와 검은 티를 입은 50대 남성, 그리고 그 뒤를 쫓는 경호원처럼 보이는 말쑥한 정장을 입은 남성이 차례로 잡혔다. 박 비서와 검은 티를 입은 50대 남성은 어딘가에 홀린 듯 골목을 오르고 있었다.

4, 5, 6번째 사건 지점으로 한 형사와 회색 점퍼는 다시 한 번 가보았다. 폴리스라인이 쳐 있었다. 지난번의 사건처럼 살점이 여기저기 뜯겨있

고 뼈까지 다 드러난 시체들이 누워있던 자리는 잡초 사이사이가 헤쳐져 있었다. 서로를 물어뜯었다는 시체들을 보고 있자니 머리가 어지러워졌다. 이들이 단체로 마약을 해서 그런 건가 싶어 마약검사도 해봤지만, 음성반응이 나왔었다. 세상에 말도 안 되게 서로를 물어뜯어서 죽은 사건은 듣도 보도 못했다. 서로 왜 그렇게 뜯어대다 죽었는지, 그는 그것을 밝혀야만 했다.

사건 현장의 풀밭에서 앉아 음료를 삼키고 있었다. 그는 앉아 길가를 바라보았다. 한 검은 세단이 폴리스라인에 놀란 건지 머뭇머뭇하고 있었다. 한 형사는 낯익은 세단에 눈길을 주기 시작했다. 검은 세단은 눈까지만 창문을 열어 사건 현장을 지켜보다가, 앉아있던 한 형사와 회색 점퍼와 눈이 마주치고는 창문을 닫고 재빠르게 사라졌다.
"야, 저거 번호 적어라. 조회 떠보자. 내가 지난번에도 여러 번 봤던 차야."
한 형사의 다급한 말에 회색 점퍼는 그 차량 뒷모습을 휴대전화에 담았다.

한 편 이 부장은 지난밤 자신의 지시를 받고 임 지사의 비서를 쫓은 보디가드가 시체가 되어 돌아왔다는 연락을 받았다. 지난밤에 있었던 일을 돌이켜 보았다. 보디가드는 11시경, 임 지사의 비서가 충군로 인쇄소로 들어갔다는 연락을 했다.
"부장님, 박 비서와 인쇄공이 인쇄를 하다말고 갑자기 어디론가 걸어가고 있습니다. 갑자기 미친 건지 얼빠진 표정입니다… 제가 그 뒤를 쫓겠습니다."

 그 뒤론 연락해도 받질 않고 연락이 끊어졌다. 이것은 분명 자신이 쫓는 것을 눈치 챈 임 지사가 본인의 비서를 희생하면서까지 날린 도전장일지도 몰랐다. 이 부장은 철저히 수사해 범인을 밝혀달라고 해창동 경찰청장에게 아침 일찍 연락해 두었다. 임 지사가 자신에게 도전장을 내밀었으니 거기에 응해주어야 마땅했다. 이 부장은 지달수에게 연락을 했다.

"지 회장, 잘 계셨습니까. 해영동 부동산은 잘 진행되고 있지요?"

"예. 예. 여부가 있겠습니까. 부장님께서 친히 저에게 연락을 다 주시고 너무 영광입니다."

 거실에서 팬티 바람으로 누워 텔레비전을 보고 있던 지달수는 갑작스러운 이 부장의 전화에 몸 둘 바를 몰랐다. 안절부절 똥마려운 강아지처럼 좌우로 왔다 갔다 했다.

"한번 뵙죠. 장 변호사와 늘 만났지만, 지 회장이 능력 있는 건 내 처음부터 알고 있습니다. 사안이 급박해서 그런데, 오늘 저녁 시간 어떻습니까."

"예, 예. 가겠습니다. 어디로 가면 될까요?"

"제 개인 집무실로 안내하겠습니다. 사람을 보내드리죠. 차에 타고 오십시오."

 저녁이 되자 이 부장의 T사 차량은 번쩍이며 지 회장의 집 근처로 도착했다. 지 회장은 골든글라스타워 지하주차장에서 운전기사의 안내를 받고 32층으로 들어갔다. 이 부장의 집무실 한가운데에는 이 부장이 소파에 한쪽 다리를 꼬고 앉아있었다.

"지 회장, 내 부탁 하나 할 테니까 꼭 들어주세요."

"예예, 분부하십시오."

지 회장은 이 부장의 엄숙한 표정에 살짝 긴장되었다. 그다음에 무슨 이야기를 할지 겁부터 났다.

"해창동에서 벌어진 어젯밤 살인사건을 알고 있나요? 텔레비전에서 내 보디가드와 임 지사 비서, 그리고 인쇄공이란 것을 엄청 떠들고 있다고 하던데."

"예. 그렇다고 들었습니다."

"사건 진행이 어떻게 되어가고 있는지는 알고 있나요?"

"아니요, 제가 어찌 알겠습니까. 전혀 알지 못합니다."

"내가 듣기론 이전에 비슷한 사건들이 있다고 들었어요. 손가락이 잘렸다지요. 그런데 사인이 과다출혈이라는 거예요. 시신에는 모두 사람의 이빨 자국이 있었고 그로 인해 사망했다는 것이지요."

"그게 말이 됩니까? 이 21세기 대한민국에 좀비도 아니고 사람이 물어뜯었다니요?"

"그러게 말입니다. 수사가 계속된다면 이전 사건들처럼 종결해 버릴 수도 있어요. 손가락 잘린 것만 빼고는 타살의 흔적이 전혀 없거든요… 그래서 말입니다. 난 지금 이 사건을 임 지사를 끝낼 절호의 기회로 보고 있습니다."

"이… 임 지사님을요?"

"지 회장, 듣기론 당신이 나랑 임 지사 사이에서 줄타기했었다지요? 지난번에 임 지사를 자주 만났었다고."

"예? 그럴 리가 있겠습니까? 저는 모르는 일입니다. 장 변호사라면 모를까… 저는 그런 생각조차 해보지 않았습니다. 감히 어떻게…"
 지달수는 처음 듣는 이야기였다. 임 지사와 손잡아 배치증을 발행한 것은 모두 장 변호사 혼자만의 소행이었기 때문에 지달수는 그 사실을 알 리 없었다. 그러나 그 사실을 아는지 모르는지, 이 부장은 계속 지달수를 물고 늘어졌다.
 "지 회장 그렇게 말하는 거 아닙니다… 장 변호사가 어떤 사람인데 그러나요."
 지달수는 난처해지기 시작했다. 자신이 누구를 만나고, 만나지 않고는 다른 것으로 입증할 방법이 없었다. 아무리 생각해도 이 오해를 어찌 벗을 수 있을 것인지 답이 떠오르지 않았다.

 "지 회장, 이 사건은 지 회장이 총대를 메고 모든 책임을 져줄 수는 없겠나요?"
 "예? 무엇을요?"
 "이번 사건, 자네가 키우는 개를 시켜 그렇게 했다고 하세요. 임 지사의 사주로."
 "부장님, 그건 제가 도와드릴 수 없을 것 같습니다."
 단호한 지달수의 답변에도 이 부장은 놀라지 않았다. 그는 자신이 예상하던 대로 역시나 그럴 줄 알았다는 표정이었다. 그는 잠시 뜸을 들이더니 말을 이었다.
 "지 회장, 말을 듣는 게 좋을 텐데요. 내 말을 듣는다면 당신이 내 밑에서 호사를 누릴 겁니다. 돈은 물론이고 권력도 맘만 먹으면 얻을 수 있어요. 난 지 회장이 배치증 팔아 돈 챙긴 것까지 눈감아 주었습니다."

이 부장의 협박 섞인 달콤한 제안에도 지달수는 고민조차 하지 않았다. 그도 이미 배치증으로 아쉬울 것 없는 큰 재산을 손에 넣었기 때문이었다.

"죄송합니다만 저는 하지도 않은 범죄를 했다고 뒤집어쓸 순 없습니다."

이 부장은 딱 잘라 거절하는 지달수의 모습을 보며 안됐다는 표정을 지었다.

"그래요… 지 회장 생각이 그렇다면야 내가 어쩔 수 없지요. 그런데, 내가 여태 얼마나 많은 일을 겪으며 여기까지 왔는지 압니까? 많은 사람이 자네와 같이 내 부탁을 거절하기도 했지요. 그런데 나는 일을 해야 하고… 그땐 어찌했는지 알겠나요?"

이 부장은 일어서서 지달수를 등지고 말을 건넸다. 지 회장이 그 말을 듣고 대답을 해야 할지 우물쭈물하고 있을 때였다. 순간 이 부장의 얼굴에서 몇 초 전의 자상했던 그 모습은 온데간데없고 험상궂은 악마의 형상으로 변했다.

이 부장은 비상벨을 눌렀다. 옆방에 있던 조폭 3명이 방으로 후다닥 들이닥쳤다. 조폭들은 지 회장과 그와 함께 있던 양 여사의 어깨를 잡아 일으켜 세웠다. 지 회장과 양 여사를 이 부장 앞에 무릎 꿇렸다. 이 부장이 고개를 끄덕하자 조폭 3명이 양 여사의 머리를 가격했다. 그녀는 소리도 내지 못하고 쓰러져버렸다.

"양 여사, 양 여사, 일어나보게. 눈을 떠 봐. 부장님, 왜 힘없는 여자에게 이러시는 겁니까."

순식간에 머리를 가격당한 양 여사는 정신을 잃은 듯 보였다. 지 회장은 어쩔 줄 몰라 했다. 이 부장만 바라보며 말하던 지 회장의 고개도 획 돌아가며 퍽 소리가 났다. 키가 땅딸막하고 표독스럽게 생긴 녀석이 그의 오른쪽 얼굴을 내려쳤던 것이었다. 지 회장의 입에서 튄 피가 거울 쪽으로 날아갔다. 뒤돌아서 거울을 보던 이 부장의 거울에 비친 얼굴에 피가 겹쳐 보였다.

"으으윽, 아아아…."

"너 이 쥐새끼 같은 놈아. 부장님이 어렵게 부탁하면 예하고 따라야지 뭐 못 도와드리겠다구? 이 씨발새끼 싸가지가 바가지네. 너 오늘 뼈도 못 추리게 될 거다."

지 회장은 양손으로 입을 감싸 쥔 채 쿵 하는 소리를 내면서 구석으로 나가떨어졌다. 이건 분명히 사전에 충분히 계획된 것으로 보였다. 이 부장은 만약에 협조하지 않을 때를 대비하고 있었다. 그들은 거기서 멈추지 않았다. 그중 가장 어리게 보이는 녀석이 지 회장의 등에 발을 얹고 힘껏 누르면서 훈계조로 말하였다. 그 바람에 그의 이마가 바닥에 부딪히면서 고통을 못 이겨 신음소리를 더 크게 내었다.

"아야야, 으으음. 얼른 나를 빨리 병원으로…. 으으윽."

"일 초라도 빨리 병원에서 치료받는 것은 순전히 너한테 달렸다. 네 놈이 조금 전까지는 회장이었는지 모르지만, 이제는 끈 떨어진 갓 신세다. 너를 보호해줄 사람은 오직 너밖에 없다."

갑자기 당하는 봉변이라 미처 대처할 틈이 없었다. 입에서는 피가 튀었고 목으로 선혈이 낭자하게 흐르고 있었다. 입안에서 뭔가 돌 같은 게 씹혔다. 부러진 이빨 조각 같았다. 그는 이빨조각과 침을 한데 모아 키다리 얼굴을 향해 퉤 하고 뱉어 버렸다. 이빨조각과 핏덩이가 하얀색 셔츠에 장미꽃 무늬처럼 엉겨 붙어버렸다.

"어 이 개 같은 놈 좀 보게. 이게 간덩이가 홀러덩 배 밖으로 튀어나온 거 아냐. 야, 이 새끼야 어디 끝까지 개기겠다는 거야? 내 너 죽이고 개 값 물어주겠다. 좆같은 놈아."

지 회장은 시간이 지날수록 통증이 점점 더 심해지는지 몸을 비틀면서 뒹굴었다. 얼굴은 석류처럼 벌겋게 부어올라 괴물같이 보였다. 허우대가 멀쑥한 녀석이 수세미를 가지고와 상처 부위를 문질러 댔다. 그러자 당장 죽을 것처럼 비명을 질렀다.

"아야앗… 제발 떼 줘. 으으으 흑흑흑…."

이건 마지막 숨을 몰아쉬고 있는 단말마처럼 거친 신음이 방을 채우고 있었다.

"너는 임 지사의 사주로 너의 개가 살인사건을 일으킨 것이다 알겠나."

이 말이 끝나자 그의 머리 앞에 종이와 볼펜이 툭 떨어졌다. 그는 퉁퉁 부어오른 실눈을 겨우 뜨고 내려다보았다.

"여기서 살아나가고 싶으면 지금부터 내가 부르는 대로 받아쓰고 입에 있는 피를 묻혀서 지장을 찍어라."

"애들아, 저놈 손을 들어 얼굴의 피를 묻혀서 서명란에 지장을 찍어라."

이 말이 떨어지기 무섭게 오른손 엄지를 잡더니 바닥에 떨어진 피를 꾹꾹 눌러 묻혔다.

"잠깐 찍기 전에 다시 읽어 보게 해라."

그러면서 문서를 지 회장 얼굴 밑에 던져 놓았다.

"자 이건 법적인 구속력을 갖는 문서니까 꼼꼼히 읽어 보고 맘에 안 드는 데가 있으면 바로 얘기해라."

그는 고개를 떨어뜨린 채 미동도 하지 않고 있었다. 시간만 계속 흐르자 다시 지시가 떨어졌다.

"영 못하겠다는 거지. 좋다. 지장을 찍게 해라. 나중에 군말하면 그땐 영원히 밥숟가락을 놓게 해줄 것이다."

팀장의 지시를 받은 조폭들은 지 회장의 손을 잡아 피를 묻혀 억지로 지장을 찍었다. 지 회장이 아무리 힘으로 버텨보려 해도 소용이 없었다.

"이만하면 됐다. 그만 마무리해라."

그가 고개를 치켜드니 얼굴은 퉁퉁 부어올라 눈이 깊숙이 꺼져 있었다. 막내가 그의 뒷덜미를 잡고 있었다.

"저기 휠체어에 싣고 가서 차에 태워라. 그리고 시티병원 후문으로 가면 의사와 간호사가 기다리고 있다. 인계만 하면 우리 임무는 끝이다."

"넷, 알겠습니다."

20_ 풀리지 않는 의문

지달수는 양 여사와 함께 새까만 차에 실려 병원으로 호송되었다. 지달수의 상태는 정신 잃은 양 여사보다는 훨씬 나았다. 그녀는 정신을 잃고 사경을 헤매고 있었다.

까만 차에서 내리자 의사와 간호사가 대기하고 있었다. 사람이 드나들지 않는 병원 뒷문이었다. 조폭 중 우두머리로 보이는 사람이 내려 나이가 지긋해 보이는 의사에게 인사를 했다.

"잘 처리해 주십시오. 옆에 의식을 잃고 쓰러져 있는 년은 어떻게 하든 상관없다고 하셨습니다. 이 옆에 나이 있는 노인은 응급처치만 해 주시면 됩니다."

시티병원의 병원장 권 씨와 간호사는 늘 있는 일이라는 듯 고개를 끄덕였다. 불이 꺼진 병원은 주위가 캄캄했다. 뒷문에서 모자를 쓴 청소부원 차림의 남자가 양 여사가 누워있는 침대를 가지고 창고 같은 곳으로 사라졌다. 지달수는 충격받은 나머지, 가만히 침대에 누워 그 모습을 지켜보았다.

지달수는 일반 병실로 옮겨져 간단한 처치를 받았다. 나이 지긋한 의사가 심드렁한 얼굴로 지달수의 팔에 링거를 꽂았다. 그 링거를 맞으니 몸에 긴장이 풀리는 것 같았다. 그리고 인지하지 못한 사이에 잠에 들었다. 그가 정신을 차려보니 자신의 집의 침실이었다. 누가 데려다 놓았는지 알 수가 없었다. 바깥에는 들린 적 없던 큰 개 짖는 소리가 났다. 어슴푸레하게 새벽빛이 밝아오고 있었다. 누군가 문을 닫는 소리가 났.

"속보입니다. 지난달에 있었던 살인사건이 임정수 도지사의 교사로 해영주민협의회 회장 지달수가 꾸몄던 것으로 밝혀졌습니다. 이것은 지달수가 자백문서를 특별 수사팀에 발송 함에 따라 드러나게 되었는데, 지달수의 집에서 키우고 있던 애완견 도베르만의 근처에서 피해자들의 혈흔과 살점 일부가 발견되어 수사에 탄력을 받고 있습니다. 해창 경찰청장은 오늘 오전 사건 관련 기자회견에서 임정수 도지사가 이윤근 정보부장에게 억하심정을 품고 살인교사를 하였으며 임정수 도지사의 살인교사혐의와 지달수 살인혐의에 대해 검찰에 기소의견으로 송치했다고 밝혔습니다. 또한, 이 둘에 대해 즉각 구속영장을 신청했다고 밝혔습니다."

지달수는 이 부장의 억압으로 인해 해창동 특별수사기관에 자백문서를 받아 적었다. 그것을 자고 있던 사이 누군가가 수사기관에 발송했다.

"자수합니다. 저는 임정수 도지사의 사주를 받아 제집에 있는 훈련되어있는 개로 사람을 물어뜯게 했습니다. 저는 그들이 죽는 것까지 지켜본 후 임 지사님께 보고하였습니다. 더는 양심의 가책을 느껴 참을 수 없어 자백하는 바입니다."

지달수가 쓴 자백 문건이 오전 경 해창동 특별 수사팀에 도착하자, 수사팀은 발칵 뒤집혔다. 경찰은 기다렸다는 듯 지달수 집에 들이닥쳐 소파에 앉아있던 지달수를 체포했다. 지달수는 갑작스럽게 들이닥친 경찰에도 놀라지 않은 표정이었다. 해영동 자택에는 폴리스라인이 쳐졌고, 그 집에 언제부터 있었는지 지달수는 알지도 못하는 도베르만 개도 지달수와 함께 철창에 갇혀 끌려가게 되었다.

검은 개 도베르만은 개집 앞에 놓여있던 생고기조각을 맛있게 뜯던 중이었다. 그 개의 입은 피로 붉게 여기저기 물들어 있었다. 검찰 수사 결과 도베르만 근처에 있던 살덩이와 혈흔은 모두 여태껏 나온 시신들 6구의 시신의 DNA로 밝혀졌다. 지달수의 휴대전화는 경찰에 압류되었다. 포렌식 결과 지달수가 임 지사에게 "임무완수 했습니다."라고 문자를 보냈다가 지운 흔적이 드러나게 되었다. 모든 증거는 지달수가 6구의 시체를 살해했다고 명확하게 가리키고 있었다.

한 형사는 이 모든 결과를 듣고 확신이 서질 않았다. 몰래 그는 그가 의뢰한 해창동에서 자주 목격했던 검은 세단의 정체를 듣고 오는 길이었다. 그 세단에 달려있던 번호판은 대포 차량으로 수년 전 도난 된 차량의 것이었다. 한 형사는 그 세단이 자꾸 사건 현장에 나타난 것이 이 사건과 연관이 되어있는 느낌이 들었다.

지달수의 집에서는 어떠한 차량도 발견되지 않았다. 집 근처에도 어떤 차량도 없었다. 해영동에서 해창동까지의 거리는 꽤나 멀었다. 그런데 해영동에 있는 지달수의 집에 있던 개를 타인에게 드러나지 않고 아무도 모르게 어떻게 해창동까지 데려갔는지 의문이었다. 드러나 있는 모든 증거가 지달수를 향하고 있자 너무 꾸며진 것 같다는 생각도 들었다. 사건 발생 당일 지달수의 대문 앞 CCTV에 지달수가 개를 데리고 나가는 장면 또한 포착되지 않았다. 그 뒤로 CCTV 데이터는 누군가에 의해 사라지고 없었다. 아무리 경찰에서 복구하려고 해도 할 수 없었다.

잔인하게 망가진 시체가 해창동에서만 5구 발견되자 민가는 흉흉해졌다. 사람들은 해만 지면 길거리를 지나다니지 않았고 외출 또한 극도로 자제했다. 새벽까지 하던 술집도 일찍 문을 닫는 곳이 많아졌다. 밤의 거리는 쥐죽은 듯 조용해졌다.

큰 개에 대한 공포심도 극대화되었다. 큰 개를 키우는 사람들은 개를 데리고 외출하는 것을 자제했다. 평소와 같이 어떤 행인이 큰 개를 끌고 밖으로 나왔는데 위협적이라는 이유만으로 신고하는 해프닝도 벌어졌다. 텔레비전에서는 크고 작은 뉴스 모두 지달수 살인 관련 이야기만 떠들어대고 있었다.

지달수의 개가 살해했다는 것이 밝혀지고 지달수에게 살인교사를 한 임 지사도 구속이 되었으나 좀처럼 민심이 진정될 기미는 보이지 않았다. 해창 경찰서의 특별 수사팀은 수사를 종결했다. 검찰에 넘어간 뒤 검찰에서는 구속된 두 사람에 대해 강력한 조사가 이루어졌다.

그들이 검찰로 조사를 위해 수송이 될 때마다 많은 언론사에서 그들의 모습을 카메라에 포착하려고 몸싸움을 해댔다. 뉴스에는 카메라 플래시를 맞으며 팔이 둘둘 묶여 수송 차량에서 내린 두 사람의 모습이 나왔다. 두 사람은 고개를 푹 숙이고 수송 경찰이 이끄는 곳으로 들어갔다.

휴대전화로 뉴스를 보고 있던 한 형사의 옆에 회색점퍼가 다가왔다. 그는 한숨을 크게 쉬었다.

"선배, 우리가 봤을 땐 스스로 물어뜯어 죽은 거였잖아요… 나중에 부검결과 그렇게 나올 텐데요."

"그러게 말이야. 지달수는 왜 본인이 나서서 살해범으로 자처했을까? 사망한 자들은 왜 다 스스로 물어뜯고? 그리고, 손가락은 왜 순서대로 잘려나가냐고. 아무리 생각해도 의문이 풀리지가 않는단 말이야…"

그때, 휴대전화 벨 소리가 울려왔다. 그는 바지 주머니에 있던 휴대전화를 꺼내어 전화를 받았다.

"형사님, 윤 기자입니다. 일급기밀 정보를 드리겠습니다. 제가 말씀드렸단 얘기는 절대 안 해주셨으면 합니다. 살해의 위협을 받고 있습니다…"

"아니 윤 기자님, 살해의 위협이라니요? 지금 어딥니까? 만나서 얘기해 주십시오. 원하신다면 우리 서에 요청하여 기자님의 신변 보호를 해드리겠습니다."

"형사님, 저는 너무 두렵고 떨립니다. 그냥 이 자들과 관련 없이 조용히 살려고 합니다. 형사님이 대신 이자들을 잡아주십시오. 오늘 밤 9시, 해영동 선도 별장에서 시티병원 병원장과 이 부장 등 주요 인사들의 회합이 있습니다. 그럼 이만 끊겠습니다."
"기자님, 기자님!"
"뚜뚜뚜······."
"선배님, 선도라면 그 김철구가 이용했다는 별장 아닙니까? 거기서 환각 파티를 벌였다는 그곳이잖습니까."
"그래, 그러곤 황금성 2대 교주 김철구가 사라지고 버려져 있던 곳이지. 그런데 어떻게 그들이 거기를 쓰는 거지?"
"뭔가 구린 냄새가 너무 많이 풍겨오네요. 혹시 김철구가 사라진 것도 병원장과 연관이 있는 건가요."
"…그것까진 모르겠고, 아무래도 거기에 가봐야겠어. 너는 병원장 동태를 주시하고 있다가 그놈이 나서면 그놈 따라 선도로 출발하라구."
"예, 알겠습니다."

회색 점퍼는 자신도 이렇게 허망하게 사건이 종결되어 버린 것이 이상했는지, 혹은 그간에 들인 노력이 너무 아쉬웠는지 한 형사와 마찬가지로 이 사건에서 헤어 나오지 못하고 있었다.
저녁 8시가 되자 회색 점퍼에게서 병원장이 출발했다는 연락이 왔다. 한 형사는 차에서 내려 선도 쪽으로 다가갔다.

그곳은 해안선에 맞닿은 쪽에서 작은 다리를 건너야만 들어갈 수 있었다. 한 형사는 관광객인 척, 커다란 가짜 사진기를 들고 건넜다. 여기저기 찍는 척을 하며 선도 가까이 다가갔다.
평소 듣기로는 선도에 가까이만 가면 이상한 놈들이 경계하며 쫓아온다고 들었는데 어찌 된 일인지 아무도 없었다. 썰물에 바닷물이 조금 빠진 다리 밑에는 선도로 걸어갈 수 있게 바닥이 드러나 있었다. 바위가 뾰족뾰족 올라와 있었지만, 그럭저럭 건너갈 만했다. 한 형사는 주변을 살피며 어둠에 파묻혀 선도 섬으로 올라섰다. 그곳은 철조망으로 둘러싸여 있었다. 철조망은 자물쇠가 잠겨 녹슬어 있었다. 김철구가 사라진 뒤로 멈춰있었다. 그곳은 버려진 폐가가 되어있었다. 이런 폐가로 그들이 진짜 오는 건지 의문스러웠다. 선도는 요트를 타고 들어가던 곳이었기 때문에 섬 뒤편 수심이 좀 깊은 곳에야 별장 정문이 나왔다.

그는 문으로 들어가지 않고 조용히 대문 옆의 철조망을 넘었다. 주변엔 바다만이 펼쳐져 있었다. 한참을 숲속에 가만히 있자, 요트가 다가오는 소리가 들려왔다. 요트에는 시티병원장이 타고 있었다. 병원장은 함께 타고 온 남자의 안내를 받아 별장 안으로 들어갔다. 그는 슬쩍이 뒷문을 탐색하려고 몸을 움직이려고 했다. 그런데 멀리서 또다시 요트 소리가 들려왔다. 이번엔 두 대였는데, 자세히 보니 이윤근 정보부장과 해창 경찰청장이었다. 그들은 여유롭게 별장 안으로 들어갔.

셋이 만나서 무슨 말을 하는지 잠입해서 확인해야 했다. 한 형사는 별장 지하실로 들어섰다. 지하실에서 지상층으로 들어가는 길이 있을 것이었다. 지하실은 오랫동안 쓰지 않았는지 철문이 녹슬어 쉽게 열 수 있었다.

문을 열자 악취가 풍겨왔다. 오랫동안 인적이 닿지 않은 곳이라서 그런지 무언가가 엄청 썩어가는 냄새가 났다. 그는 무작정 앞으로 직진하다가 계단에 닿았다. 계단 끝에는 문이 있었다. 악취가 있는 공간에 오래 있다 보니 몸에 악취가 배어드는 것 같았다. 그는 문을 슬쩍 열어보았다.

시끄러운 음악 소리와 맛있는 음식 냄새가 지하실 문 안으로 들어왔다. 문 앞은 큰 커튼으로 가려져 있었다. 그가 커튼 뒤로 숨어 1층 동태를 확인해 보았다.

불이 켜져 있고 와인색 카펫이 깔렸는데 한 웨이터가 음식을 들고 그의 문 옆을 지나가고 있었다. 그는 입을 막고 그 웨이터를 문 안으로 끌어들였다. 챙겨온 마취 바늘을 목에 꽂자 정신을 잃고 늘어졌다.

한 형사는 웨이터의 옷으로 갈아입고는 연회장 안으로 들어갔다. 정신 잃은 웨이터는 조용히 별장 밖으로 꺼내 놓고 난 뒤였다. 연락을 받은 회색 점퍼 후배가 와서 데리고 육지로 가주기로 했다.

연회장에선 한참 밴드가 공연하고 있었다. 그 앞에 큰 대리석 테이블에 앉은 남자들 셋이 보였다. 진수성찬에다 술판이 한참 벌어져 있었다. 모여 앉아 건배하는 자들은 바로 병원장, 이 부장, 그리고 해창 경찰청장이었다. 시끄러운 밴드 음악을 들으며 그들은 마구 술을 들이켜고 있었다.

"허허허… 이 부장님, 어찌 이런 특별한 별장을 다 갖고 계셨습니까. 이 부장님은 알아줘야 한다니까요."

"청장님 이번 일을 잘 마무리 해주셔서 감사의 뜻으로 준비해 보았습니다. 마음에 드시니 감사합니다. 병원장님께서도 이번 일을 잘 도와주신 덕에 깨끗하게 처리되었습니다. 두 분이 계시니 저는 천군만마를 얻은 것 같습니다."

"하하. 감사합니다. 이 부장께서 끊임없이 제공해주신 덕에 우리 병원 이식수술 성과가 아주 높습니다. 도와주신 은혜 잊지 않겠습니다."

"말씀도 참… 제가 한 게 뭐 있다고… 하하하! 하여간 우리가 임 지사 그 눈엣가시 놈을 처리했으니 세간의 걱정은 모두 뒤로 하고 신나게 놀아 보십시다."

"그건 그렇고 해영동 재개발은 언제 시작되는 겁니까? 제 아내가 그 아파트를 아들 결혼할 때 맞춰 줘야 한다고 자꾸 닦달하는데 아주, 죽겠습니다."

"예, 이제 잔챙이들 내쫓았으니 얼른 철거하고 진행이 될 것입니다. 걱정하지 마십시오."

"듣기론 최경진이라는 자가 자꾸 눈엣가시처럼 황금성 부지를 소유권 이전 등기한 우리를 형사고소 하고 있다던데 그건 문제없는 것입니까?"

"병원장님 걱정도 많으십니다. 검찰도 사법부도 다 우리 편입니다. 그것은 심려 마십시오. 그리고 그자의 오른팔 격인 노명수란 자를 죽일 예정입니다."

"하하하… 병원장님, 이 부장님이 어련히 알아서 하시겠지요. 우린 이 부장님만 믿으면 됩니다."

세 남자는 술에 취해 주변에 듣고 있는 사람도 잊고 목소리를 높여 말했다. 한 형사는 그들이 마구 떠드는 소리를 녹음하는 것도 잊지 않았다. 그는 열심히 일하는 척을 하며 그들의 동태를 살폈다.

술이 한참 취하자 그들은 각자 방으로 흩어졌다. 옆에는 여자들을 하나씩 데리고서였다. 여자들은 술에 취한 남자들을 부축해 각각 방으로 들어갔다. 한 형사는 연회장의 직원들이 모두 빠져나갈 때까지 저택 구석에 숨어서 모든 것을 지켜보았다.

새벽이 다 되어서야 불이 꺼지고 음란한 파티도 끝을 맺었다. 술에 취해 정신을 잃고 잠든 세 남자를 두고 별장에는 모두 잠들어 있었다. 한 형사는 그들이 돌아갈 때까지 동태를 지켜볼 생각이었다. 그는 주변이 고요해지자 긴장이 풀어져 구석에서 잠깐 잠이 들었다. 연회장문을 끼익 여는 소리와 발소리에 흠칫 눈을 떴다. 문을 살짝 열어보니 불이 꺼져 있지만, 달빛이 환한 연회장이 보였다. 그곳에는 세 남자가 다시 모이고 있었다.

그런데 어딘가 이상했다. 셋은 아무런 말도 없었고 심지어 옷도 입지 않은 채였다. 아까 여자들과 음란한 파티를 즐긴 그대로의 행색이었던 것이다. 그들은 정신이 나간 것처럼 서로에게 가까이 걸어오고 있었다. 아니, 기어오는 듯 걸어오고 있었다. 발을 지익 지익 끌며 머리는 한쪽으로 떨군 채였다. 그들은 앞을 보는지 안 보는지, 본능적으로 대리석 탁자를 중심으로 서로 가까워지고 있었다.

한 형사는 이 괴이한 광경을 숨을 죽이고 지켜보고 있었다. 그들의 눈은 생기를 잃었고 이 부장은 눈을 까뒤집고 있기까지 했다.

이 부장은 앞의 대리석 탁자 위로 올라갔다. 그 앞에서 계속 꿈틀거리던 경찰청장의 목을 물기 시작했다. 피가 얼굴에 튀었다. 경찰청장도 이에 질세라 앞에 다가온 이 부장의 왼쪽 이마를 물어뜯었다. 그 옆에 있던 병원장은 이 부장의 옆구리를 물어뜯었다. 이 부장 옆구리 큰 살점이 떨어져 나갔다. 세 명은 한데 얽혔다. 손으로 긁기도 했고 발을 꼬아 서로를 움직이지 못하게도 했다.

세 명이 얽혀 누운 바닥에는 피가 점점 많이 흐르고 있었다. 한 형사는 꼼짝없이 이 광경을 목격해야만 했다. 그들이 물어뜯는 것이 밤새 계속될 것만 같았다. 보기가 역겨워졌다.

그는 몸에 지닌 몰래카메라에 녹화가 잘 되고 있는지 확인했다. 타이머를 잘 맞추어 한쪽 벽에 고정해 놓고는 별장을 빠져나왔다. 별장 앞에는 회색 점퍼가 요트 주변에서 대기하고 있었다. 그는 말없이 요트를 타고 회색 점퍼와 함께 육지로 들어갔다.

한 형사는 이 사건을 어떻게 처리해야 할지 한참을 고민했다. 그가 녹화한 이 충격적인 장면이 세상에 공개된다면 큰 혼란에 빠질 것이 분명했다. 그는 며칠 후 다시 별장에 들어가 몰래카메라를 회수했다.

화려했던 별장의 연회장에는 시체 썩는 냄새가 가득했다. 고위급 간부 세 명은 서로 한데 얽혀 썩어가고 있었다. 벌써 거멓게 변하고 흉측하게 뜯겨 썩은 얼굴은 형체를 알아볼 수 없었다. 한순간에 이렇게 썩을 인생이었는데 왜 그렇게 욕심을 부리고 타인들을 아무렇지 않게 죽였는지 한 형사는 좀 비통한 마음이 들었다. 높은 지위에 올라간 사람이 물욕이나 명예욕을 탐하면 이렇게 모든 것을 잃는 법이란 생각이 들었다.

그들이 죽어있는 모양은 한 형사가 여태껏 본 수많은 시체와 별다른 바 없었다. 오히려 마구잡이로 서로 물어뜯어 더욱 꼴이 우습게 되어버렸다. 그들의 오른손은 엄지, 검지, 중지, 약지를 동그랗게 모으고 소지를 세운 모양이었다. 또한, 각각 왼손의 검지, 중지, 약지가 날카로운 칼로 잘려나갔다. 연회장 한구석에는 구겨진 박동식 판사의 판결문이 버려져 있었다. 여태까지의 6구의 시체들과 같은 정황들이었다.

그는 카메라를 가지고 와 재생을 돌려보았다. 판결문과 손가락 모양, 그리고 손가락을 잘라낸 자의 모습이 찍혀있을 것이었다. 참혹하게 서로를 물어뜯는 장면은 다시 보아도 충격적이었다. 이것을 함께 본 회색 점퍼도 충격에 말을 잇지 못했다.

피가 강을 이루고 한참이 지나서야 세 남자의 움직임이 멈추기 시작했다. 더는 움직일 힘이 남아있질 않자 죽어가고 있는 듯했다.

그런데 별안간 카메라가 흐릿하게 변하더니 마구 흔들렸다. 문이 흔들리는 건지, 그 별장이 흔들리는 건지 알 수가 없었다. 흔들리는 카메라 화면에 세 남자의 사체에서 나온 것 같은 희뿌연 것이 붙어있었다. 한 개의 사체에서는 희뿌연 것이 아직 빠져나오고 있었다. 화면상 연회장 바깥의 창에는 해가 밝아오고 있었다. 해가 밝아올수록 뿌연 것은 안개가 걷히듯 점차 사라지고 화면도 원래의 화질을 되찾았다. 깨끗해진 화면 사이로 한 형사가 보던 익숙한 장면이 나와 있었다. 손가락은 이미 잘려나간 뒤였고 판결문도 나뒹굴고 있었다.

최 목사에게 지달수가 죽었다는 의문의 전화 한 통이 온 것은 그로부터 며칠 뒤였다. 최 목사는 노 집사를 시켜 주변을 수소문해 지달수의 장례식장을 찾아내었다. 임 지사와 함께 수감 되었던 지달수가 보석으로 풀려난 지 꼭 이틀 만에 벌어진 일이었다.

최 목사는 지달수가 감옥에 가기 몇 개월 전, 그와의 검찰에서 벌인 대질심문을 돌이켜 보았다.

"지달수 선생, 아니 지 집사, 부탁인데요. 먼저 하나님께 회개부터 하세요. 왜 주택배치증을 위조해 많은 사람에게 피해를 줍니까? 그것도 모자라 배치증이 위조라고 밝혀지자 사기소송까지 하다니요? 아니, 말이 돼요? 1986년부터 2006년까지 20년 살았다는 사람들이 90년대 태어난 사람들이 수두룩하니 그게 말이 됩니까? 그런 것을 이유로 판결을 받다니, 말이 됩니까?"

지달수는 연신 땀을 닦아내며 그의 옆에 앉아있을 뿐이었다. 지달수의 죽음에는 무엇인가가 있었다. 그렇게 갑자기 죽을 인물이 아니었다. 지달수의 왼손 소지는 잘려있었고 똑같이 반대 손에는 엄지, 검지, 중지, 약지가 동그랗게 말려있고 소지는 하늘을 보고 꼿꼿이 솟아있는, 다잉메시지를 남겼다. 마치 하늘에서 저주를 받듯이 괴로운 표정이었고, 그 괴로움에 미처 눈을 감지 못한 상태였다.

이전에 형사가 보여준 세 구의 시신과 같았다. 최 목사가 본 손가락 절단된 시체는 세 구, 즉 오른손 엄지, 검지, 중지 그리고 지달수의 왼손 소지였다.

교회 신도들이 피땀 흘려 하나님께 바친 하나님의 재산을 욕심에 눈이 멀어 사기로 가져간 사기꾼들은 모두 비참하게 생을 마감했다. 이것은 하나님이 주신 저주일지도 몰랐다. 최 목사는 두려움에 몸을 떨었다.

장 변호사는 지달수의 장례식에 슬쩍 들어왔다. 지달수의 영정사진 옆에 추모를 위해 마련되어있는 흰 국화꽃 열한 송이를 모두 집어들었다. 그리곤 던지듯 올려 두었다.

비운의 죽음을 맞이했는데도, 그의 영정사진의 얼굴만큼은 매우 밝았다. 살아생전에 자주 짓던 괴팍한 얼굴을 포토샵으로 억지로 웃게 만든 모양이었다. 욕심으로 가득 찬 주름살에 웃는 얼굴이 끼워 맞춰지자 괴상스러워 보이기까지 했다. 괴물의 웃음인지 저승사자의 웃음인지 몰랐다. 그는 지달수의 영정사진 앞에 둔 국화꽃이 너무 아까운 생각이 들어 다시 그것들을 모두 집어 들고 나왔다. 또 다른 손에는 식당에 있던 양주병을 가지고서였다.

장 변호사는 진 총무와 김영일과 무리가 긴장하며 서로를 대치하는 옆을 지나쳐 나왔다. 바닥을 보며 터덜터덜 걸어 나오는 그의 얼굴은 씁쓸하고 슬퍼 보였다.

그는 걸으며 이 부장에게 전화를 걸었다. 휴대전화는 꺼져 있었고 그는 이미 일주일이나 연락이 두절 된 상태였다. 그는 이제 어찌해야 할지 곰곰이 생각에 잠겼다. 이 일에 성공하면 손안에 들어올 것만 같았던 100억은 꿈과 같이 사라져버렸다. 장 변호사는 허망한 듯, 그러나 이 상황이 너무 재미있다는 듯 웃음을 지었다. 무엇을 향해 그렇게 미친 듯이 달려왔는지 자신의 꼴이 우스웠다.

장 변호사는 운전석에 몸을 실었다. 바깥은 칠흑 같은 밤이었다. 그의 조수석엔 장례식장에서 들고나온 양주병과 국화 11송이가 있었다. 그는 미친놈같이 깔깔깔 웃어댔다. 웃다가 정신이 나갔는지 주차되어있는 차 안에서 양주병을 깠다. 그 병에 입을 대고 마셨다. 독한 술기운이 그의 입안에 퍼졌다. 양주가 식도를 거쳐 위로 안착했다. 뜨끔한 느낌이 들었다. 그는 단숨에 양주를 벌컥벌컥 다 마셔버렸다.

그는 주차되어있던 차량을 시동 걸어 움직인 기억이 없었는데 달리는 차 안에 앉아있었다. 그의 발은 엑셀이 밟혀 떼어지지 않았다. 핸들이 저절로 왼쪽으로 돌아갔다. 그의 차가 중앙선을 넘었다. 반대편에서 트럭이 오고 있었다. 환각같이 그는 트럭과 정면으로 부딪쳤다. 그는 그 자리에서 즉사했다.

한 형사는 형체를 알아보기 힘들 정도로 뭉개진 장원제 변호사의 잘린 오른쪽 엄지발가락을 보았다. 그는 어디에서부터 시작되었고 어디까지 갈지 모르는 저주에 극한 두려움을 느꼈다. 장원제의 주변에서도 다른 시체들과 똑같이 박동식 판사의 판결문이 발견됐다.

*****

한 형사는 지달수가 명도집행을 할 때 그 자리에 있었다. 그는 그 장면을 아직도 생생하게 기억하고 있었다.

"좀, 판사님 살려주세요. 우리는 갈 곳이 없어요. 이곳은 우리가 평생 살던 집이에요. 좀, 판사님 우리를 이렇게 내치면 저주받아요. 하늘이 무섭지 않나요. 좀 판사님 살려주세요. 좀 판사님 살려주세요 좀 판사님 살려주세요… 좀 판… 좀 판…."

지달수는 장 변호사가 시키는 대로 좀판들을 끌어냈다. 용역 20명과 집달관의 지시대로 좀판들을 끌어내고 바리케이드를 쳤다.

민둥머리의 갓난아기, 민둥머리의 노인네, 민둥머리의 젊은이들은 하나둘, 어디론가 사라지기 시작했다.

해 설

『카멜레온』
: 그 오메가 포인트는 하나님의 길과 그 질서의 정당성 선양

조신권 박사 (시인/문학평론가/총신대 초빙교수/연세대 명예교수)

『갈라파고스 수용소』와 짝을 이루는 소설(companion novel)『카멜레온』은 구조상 유기적으로 연결되지만, 그 스케일이나 분량이나 주제가 훨씬 더 웅대하고 사건들이 복잡하게 얽혀져 있는 소설로서, 소설적인 가치로 보아서는 전자보다 더 높은 평가를 줘도 좋을 것 같다. 그렇다고 『갈라파고스 수용소』가『카멜레온』보다 못하다는 뜻은 아니다. 내질이 다르다는 것을 말하고 싶을 뿐이다. 이 작품의 오메가 포인트는 단적으로

말해 하나님의 길 또는 그 질서가 정당하다는 것을 형상화해서 선양(宣揚)한 것이라 할 수 있다.

이 작품의 발단은 기독교 장로였던 김영일 씨가 세운 교회가 크게 부흥되고 재물이 축적되면서 구세주 예수를 부인하는 동시에 자기가 예수 노릇 하는 교주가 되는 데서부터 야기된다. 그는 교주로서 행세하며 그 위상을 높이기 위한 재물을 착취할 목적으로 사기행각을 벌이고 기가 막힌 사술과 현혹적인 구원의 수단으로 위장 이용한 섹스파티를 통해 여인들로부터 재물을 헌납받고 가산까지 탈취하여 갑부 기업인이 되는 것이다. 이렇게 가산을 다 바치고 가족을 떠나 오갈 데가 없는 맹신자들을 한데 모아놓고 무임 노동력으로 활용하기 위해 그들이 머물 집성촌을 세웠는데, 그 집성촌을 이름하여 황금성이라 했다. 집과 가산을 다 들고 들어온 신도들이 임시로 머물 거주지를 주면서 1960년대 말에 김영일 교주가 신도 주택배치증을 배부한 일이 있다. 그 후 바로 이 주택배치증은 회수되어 현재는 존재하지도 않는 문서가 되고 만 사문서(死文書)이다. 그런데도 개발 붐이 일어나는 동시에 김영일 교주가 죽고 그 둘째 아들 김철구가 교주를 승계하여 호화판 아버지를 흉내 내는 사기행각을 벌이다가 졸지에 행방불명이 되면서 황금성 토지가 임자 없는 땅이라는 정보를 악용해 한탕 하려는 사기꾼들이 신도 배치증을 주민 주택배치증으로 위조하여 시중에 돌리면서 심각한 갈등이 벌어진다. 이 갈등은 신도들의 재산과 건축물을 탈취하려는 권력과 결탁한 검은 세력들의 쟁탈전으로부터 시작된다. 황금성은 종교적 갈라파고스와 같은 남과의 소통이 이루어지지 않는 섬과 같은 곳인데, 부정한 권력과 투기꾼들에 의해 카멜레온처럼 낯선 자들의 섬, 검은 악마의 성으로 변해가게 되는 것이다. 수천억짜리 해영동 토지를 놓고 심지어 대통령, 국회의원, 도지사, 정보부장, 조폭 등까지 쟁탈전을 벌이게 된다.

이 소설은 흔히 서사시에서 볼 수 있는 변증 구조를 갖는다. 변증법은 정반합의 원리에 의해서 전개되는 하나의 논증법이다. 이 작품에 있어서 정은 하나님의 창조 질서를 대변하는 최경진 목사의 권력과 결탁한 사기꾼들의 놀음에 희생당한 사람들을 사지에서 건져내고 그들의 재산을 지키고 되찾기 위해 벌이는 소송을 통한 합법적인 투쟁행위라 할 수 있다. 반은 이 질서를 파괴하려는 검은 세력들의 술수와 사기행각이라 할 수 있다. 정과 반으로 나타나는 두 질서가 상충하고 갈등 구조를 이루다가 보이지 않게 움직이는 하나님의 정의를 포괄한 커다란 사랑 속에 포섭되면서 악행 자들은 저주의 심판을 받는 것으로 지양 승화되는 것이다.

여기 나오는 황금성은 마치 존 밀턴이 쓴 『실낙원』에 나오는 타락한 천사들이 하늘에서 떨어지면서 생긴 지옥의 중앙에 세워진 만마전(萬魔殿, pandemonium) 같은 곳으로서 악의 온상이요 모든 악행의 전략이 여기서 세워지고 실천되는 악의 꽃이 만발한 악의 소굴이다. 이 만마전 또는 복마전(伏魔殿)을 근거지로 삼은 검은 세력들은 이윤근 중앙 정보부장, 임정수 도지사, 지달수 주민협의회 회장, 박동진 판사, 장원제 변호사 등인데, 이들은 서로 상충하면서도 악을 도모하는 데는 서로 결탁하고 조직적으로 협조하는 막강한 조직을 이룬다. 물론 그 세력들 간의 갈등과 음모, 탈취와 쟁탈이 이루면서 분열하지만 그래도 대국적인 면에서는 한 집단이다. 이 검은 세력들의 음모와 재산 탈취에 항거하고 신도들의 재산을 되찾아 그들에게 돌려주려는 하나님의 창조 질서를 대리하는 세력들은 힘도 없고 돈도 없으며 지위도 없는 최경진 목사, 노명수 집사, 한지만 형사, 회색 점퍼 형사, 김정일 판사 등으로 이루어진다.

 해영동 토지와 건물은 소송 사기에 노련한 장원제 변호사의 조종 때문에 부당하게 저들에게 소유권이 넘어가게 된다. 그러나 그것으로 그치지 아니하고 이 소설의 주인공이라 할 수 있는 최경진 목사와 지달수 해영동 주민협의회 회장, 이윤근 정보부장 3인이 삼각 구도를 이루면서 갈등은 격화된다. 인물도 많이 등장하고 사건도 복잡하게 얽히고 간간이 에피소드도 삽입되어 재미있으면서도 얽히고설켜 이 악의 세력들이 꾸미는 흉계가 좀처럼 풀릴 것 같지 않아 보인다. 이 3인의 갈등 구조 안에 황금성 주택배치증이라는 문서가 자리 잡고 있다. 엄청난 이익을 노린 급조된 가짜 주택배치증이 등장하면서, 서상한 바와 같이, 대통령, 국회의원, 검사 판사, 도지사 등이 서로 많이 가지려는 암투와 음모가 이루어지며 섹스파티가 이루어지고 잇따라 의문의 살인 사건이 계속 일어난다. 여기에 이윤근이라는 중앙정보부장이 개입하여 소설 속의 당시 백 대통령 아들 백철환에게 비자금을 만들어준다.

 최경진 목사는 이들을 고소 고발했지만, 검찰은 계속 무혐의 불기소 처분을 내린다. 이들은 '신도 총유재산'을 '주민 총유재산'이라고 대법원 판결을 변조하여 소송사기극을 벌인다. 그런데도 그들은 무죄로 오늘날까지 무사하다고 한다. 그러나 소설 속에서는 우여곡절 끝에 이윤근 정보부장과 해창 경찰청장, 그리고 시티병원 원장이 의기투합하여 결탁,

지달수 회장과 그의 비밀을 다 알고 섹스를 제공하고 주택배치증을 한 장 받은 양정숙 주민협의회 사무직원까지 제거하고, 세 사람이 산속 초호화판 별장에서 마지막 파티를 연다. 이 별장으로 세 사람이 모인다는 정보를 입수한 한 형사와 회색 점퍼 형사 등이 별장으로 잠입하는데 타고 온 차는 아반떼지만, 정보부장과 해창 경찰청장과 시티병원장이 타고 온 차는 검은 세단이다. 또한, 두 질서를 단적으로 나타내주는 색깔은 회색 점퍼와 분홍색 한복이다. 성거산 토굴과 소도시 컨테이너와 산속 초호화판 별장 등도 대칭되는 질서의 표상 공간이다.

이런 조건이나 환경 또는 여건으로 봐서 최경진 목사가 추구하는 선과 정의가 쉽사리 이루어질 것 같지가 않다. 그런데 이 소설의 마지막까지 서스펜스를 따라 인내하며 따라가다 보면 대반전이 일어난다. 아리스토텔레스는 그의 『시학』에서 반전은 사건을 예상 밖의 방향으로 급전시켜 충격을 줌으로써 새로운 발견 즉 깨달음을 갖게 하고 독자에게 주제를 효과적으로 전달하게 하는 방법이라 하였다. 등장인물들 그중에서도 갈등의 한 주체를 이루던 검은 세력들의 엔딩이 행복에서 불행으로 갑자기 바뀌거나 불행에서 행복으로 역전되는 방식을 통해 주제를 효과적으로 전달하게 된다는 것이다.

이 소설에서 마지막 정보부장과 해창 경찰청장과 시티병원 원장이 벌인 초호화판 별장에서의 섹스를 겸한 초호화판 파티가 이루어지다가 끝나는가 했더니 갑자기 괴이한 광경으로 돌변하는 것을 그 별장에 몰래 잠복한 한 형사는 목격하게 된다. 그 대목을 좀 길지만 인용하겠다. "이 부장은 앞의 대리석 탁자 위로 올라갔다(섹스하던 나체 그대로). 그 앞에서 계속 꿈틀거리던 경찰청장의 목을 물기 시작했다. 피가 얼굴에 튀었다. 경찰청장도 이에 질세라 앞에 다가온 이 부장의 왼쪽 이마를 물어뜯었다. 그 옆에 있던 병원장은 이 부장의 옆구리를 물어뜯었다. 이 부장 옆구리 큰 살점이 떨어져 나갔다. 세 명은 한데 얽혔다. 손으로 긁기도 했고 발을 꼬아 서로를 움직이지 못하게도 했다. 세 명이 얽혀 누운 바닥에는 피가 점점 많이 흐르고 있었다. … 화려했던 별장의 연회장에는 시체 썩는 냄새가 가득했다. 고위급 간부 세 명은 서로 한데 얽혀 썩어가고 있었다. 벌써 거멓게 변하고 흉측하게 뜯겨 썩은 얼굴은 형체를 알아볼 수 없었다."

그들이 죽어 있는 모양은 한 형사가 여태껏 본 6구의 시체와 별다른 바 없었다. 오히려 마구잡이로 서로 물어뜯어 더욱 꼴이 우습게 되어버렸다. 그들의 오른손은 엄지, 검지, 중지, 약지를 동그랗게 모으고 소지를 세운 모양이었다. 또한, 각각 왼손의 검지, 중지, 약지가 날카로운 칼로 잘려나갔다. 이 손 모양은 저주받은 김영일 교주의 이름을 딴 0과 1의 표시이고 한 번 사악한 영혼들에 지배당한 사람들은 죽어도 사악한 영에서 벗어나기 어렵다는 것을 보여주는 외적인 표증이라 할 수 있다. 그리고 연회장 한구석에는 구겨진 박동진 판사의 판결문이 버려져 있었는데, 그것은 저주받은 영혼들이 받을 하나님의 저주심판의 물증이 되는 하나의 마크. 그 후 지달수도 죽었고 장원제 변호사도 만취해 승용차를 몰고 가다가 마주 오는 트럭과 충돌해 그 자리에서 즉사한다. 그들이 죽은 자리에는 반드시 박동진 판사의 판결문이 있다. 여기서 한 가지 말해두고 싶은 것이 있는데, 그것은 이윤근 정보부장과 해창 경찰청장, 그리고 시티병원 원장 등은 황금성 토지라는 먹이를 놓고 개처럼 서로 물고 뜯다가 결국은 개와 같은 실체(reality)가 되어 서로 물고 뜯다 죽는다는 것이다.

　박동진 판사의 판결문에 근거해 지달수는 살려달라고 하는 좀판들을 용역 20명과 집달관의 지시대로 끌어냈고 바리케이드를 쳤다. 민둥머리의 갓난아기, 민둥머리의 노인네, 민둥머리의 젊은이들은 하나둘 어디론가 사라졌던 그대로, 그들도 저주를 받아 하나둘씩 죽어 나갔다. 지달수와 장원제 변호사 말고는 모두 개에 물어뜯긴 듯이 살이 찢겨나가 피를 많이 흘려 죽었고 똑같은 손 모양과 박동진 판사의 판결문이 그 자리에 있다. 김영일의 사술과 같은 재물 착취에 눈이 먼 이윤근이나 지달수, 그리고 시티병원 원장은 저주받은 영혼이라는 것이고 결국은 하나님께서 심판의 도구로 이용한 개처럼 본인들이 그렇게 되어 서로 물어뜯다 죽는다는 보이지 않는 하나님의 정의구현의 보이는 증거다. 결국은 검은 악의 세력은 하나님의 정당한 섭리에 의해 저주의 심판을 받아 마침내 지옥에 떨어지게 된다. 다시 말하자면, 지은 대로 보응 받는다는 원리를 보여주는 하나님의 질서의 외적 표출이라 할 수 있다. 결국은 하나님의 길 또는 그 질서가 정당하다는 것이 밝혀지는 것이 시적인 정의(poetic justice)요 결국은 이 작품이 지향하는 오메가 포인트라 할 수 있다.

　김영일 교주가 믿고 주장한 교리의 **뼈대**가 좀판들의 영혼은 분리할 수 있고 이 분리된 영혼들이 가해자들 속에 들어가 상대방의 육을 제압하여 서로 물고 뜯어 피 흘려 죽게 한다는 것이다. 최경진 목사는 이에 피해받은 불쌍한 영혼들을 교정하고자 하는 사명감으로 목사가 되었다.

　이런 사명감을 가지고 불의의 세력들과 싸우며 소설 속에 그 추악한 죄악상들을 담아 세상에 널리 알리고자 하는 허병주 목사님을 통해 하나님의 크신 역사와 사이비종교의 비리 증언과 그의 나라의 확장이 이루어지기를 축원하며 이 책에 대한 애정을 갖고 일독을 권하면서 해설을 가름한다.

2020년 8월 28일
文巢濟에서
雲岩 趙神權 씀

_편집 후기

저자 허병주 목사님과의 만남은 저의 부친 되시는 목사님과 한 이단 대책 협의회에서 회원으로 연이 되어 협의회 모임 자리에서 몇번 뵈었던 것이 전부였습니다.

그러던 중에, 불과 몇 개월 전 저의 아버님으로부터 허병주 목사님께서 본인의 원고를 출판하고 싶어하신다는 이야기를 전해 들었고, 협조할 수 있는 부분이 있다면 동역해 주기를 부탁하셨습니다.

그리하여 허병주 목사님의 소설 시리즈 1권 '갈라파고스 수용소'의 편집과 디자인, 인쇄 과정에 참여하게 되었습니다.

그 과정에서 몇번의 만남과 회의와 조정 과정을 거치면서, 허병주 목사님이 어떤 분인지, 어떤 길을 걸어오셨고, 어디를 향하고 있는지 어렴풋이나마 느끼게 되었습니다.

무엇보다, 일흔을 넘기신 연세에도 불구하고, 겸손을 잃지 않으면서도, 분명한 비전을 가지고, 또 소명을 향하여 나아가시는 열정에 매우 도전을 받는 시간이었습니다.

처음 시작은 타의에 의하여 시작되었지만, 작업이 이어질수록 허병주 목사님의 글을 통해 전달하고자 하는 메시지가 저에게도 전달이 되는 것을 느꼈고, 그러한 이끌림이 이번 두 번째 소설 '카멜레온: 낯선 자들의 섬'의 편집 작업으로까지 이어지게 되었습니다.

개인적으로 전작 '갈라파고스 수용소'는 르포 형식을 취한 소설 이었다면, 본 작 '카멜레온·낯선 자들의 섬'은 영화 시나리오와 같은 묘사와 지문, 대사들로 채워져 있다고 생각됩니다. 페이지를 넘기며 마치 영화의 장면들을 떠올리게 만드는 이번 작품은 가히 '블록버스터 급 사이비 종교 스릴러물' 소설이라 불려도 손색이 없을 정도라 여겨집니다.

전작에서부터 시작되는 이 이야기들의 스케일은 한국전쟁 후 대한민국의 시대와 맞물려 돌아가는 거대한 역사의 수레바퀴의 한 축을 이루고 있는 우리 모두의 어두운 단면을 가감없이 보여주며 독자로 하여금 압도감을 느끼게 합니다.

또한, 특정 종교 단체의 이야기를 중심으로 스토리가 흘러가지만, 그 속에서 풍기는 인간의 단면들은 우리의 사회, 우리의 피부속에 녹아 들어있는 일면이라는 데에는 누구도 쉽게 부정할 수 없으리라 생각합니다.

특히, 본 작에서 보여주는 인간의 욕망의 지향점과 종착점은, 여느 문학작품들과는 또 다른 시각에서 스스로를 파멸시키는 인간이 가지고 있는 욕망의 민낯을 보여주고 있습니다.

또한, 훌륭한 스릴러 작품에서와 같이 곳곳에 존재하는 복선과 암시, 적절한 반전과 열린 결말 등의 트렌디한 요소들은 다소 어둡고 무거운 주제를 속도감있게 이끌어 갑니다.

부디 이 소설을 통하여 잠자는 이 시대의 우리의 비뚤어진 양심에 경종을 울리며, 슬픈 시대를 살아온 우리의 상처입은 영혼들에 위로가 되는 작품으로 읽혀지기를 바랍니다.